Maria, Jeshua, Maria Magdalena

URSULA SCHNEIDERWIND

Maria, Jeshua, Maria Magdalena

Ein unheiliger Roman

Bibliografische Information der Deutschen Nationalbibliothek
Die Deutsche Nationalbibliothek verzeichnet diese Publikation
in der Deutschen Nationalbibliografie; detaillierte bibliografische
Daten sind im Internet über http://dnb.d-nb.de abrufbar.

© 2015 Ursula Schneiderwind
Umschlagdesign, Satz, Herstellung und Verlag:
BoD - Books on Demand
ISBN 978-3-7392-7702-8

Maria saß im Abendschein auf den Stufen des Tempels der Weisheit, ein Gebäude aus weißem Stein mit Bogengängen, Säulen und Kristallwänden, umgeben von den Häusern und Gärten der Priesterinnen.

Diesen Platz hatte sie in den zwölf Jahren ihres Hierseins lieben gelernt. Hier genoss sie auch heute mit ihren Freunden aus dem Pflanzenreich, den Elfen, Feen, Trollen und Zwergen, nach den anstrengenden Einweihungen die Ruhe im abnehmenden Frühlingslicht.

Ihre Gedanken eilten zurück zur ersten Begegnung mit diesem Ort. An der Hand ihrer Mutter kam sie als Sechsjährige voller Abschiedsschmerz, der in Wellen auch von ihrer geliebten Mamutschi zu ihr herüberflutete.

„Warum können die anderen nicht mit?", fragte sie schluchzend, als der hohe Zaun des Tempelgeländes vor ihr emporwuchs. Sie hatte vier Geschwister.

„Deine beiden Schwestern wollen andere Wege gehen. Das weißt du doch, kleine Göttin. Nur du wähltest den Weg zum Licht." Tröstend fügte sie hinzu, was Maria längst wusste. „Ich war auch hier und es war eine wunderschöne, licht- und liebevolle Zeit." Ja, Mutter war Priesterin und Vater auch.

Wie schön es gewesen sein musste, spürte Maria bei der Begrüßung mit jeder einzelnen Priesterin, und ihre erste Nacht durfte sie zusammen mit ihrer Mutter verbringen. So kam sie hier an und der Abschied wurde kein Drama.

„Denke dran, Göttin Maria, du kannst mich immer mit deinen Energien erreichen. Telepathisch! Wir haben es ja oft geübt", sagte Mamutschi, strich ihr übers Haar und ging zügig davon.

Ja, so war das damals. Und an diesem ersten Nachmittag wählte sie sich Sarah als Freundin, mit der sie den gemeinsamen Aufenthaltsraum neben ihren Einzelschlafzimmern teilte. Sarah lernte nicht so leicht wie

Maria, bei der scheinbar nur alles erinnert werden musste. Bald half sie auch anderen beim Lesen, Schreiben und Meditieren. Aber heute hatten sie alle ihre Prüfungen, Einweihungen bestanden bis auf die letzte: die Einweihung zur Erwachten Priesterin im Tempel der Weisheit der Göttin des Lichts. Sie war in zwei Tagen. Tiefe Freude breitete sich bei diesem Gedanken in Maria aus. Und eines fernen Tages würde sie auch die Einweihung als Hohe Priesterin dieses Tempels absolvieren.

Ein Kätzchen hatte sich bei diesen Gedanken in ihre streichelnden Hände geschoben und schnurrte leise in ihrem Schoß.

Urplötzlich sah Maria ein Leuchten links in ihrem Gesichtsfeld und wandte abrupt den Kopf. Erschreckt sprang das Kätzchen von ihrem Schoß. Maria konnte kaum glauben, was sie sah. Eine leuchtende Kugel wie eine kleine Sonne! Nun schob sich eine Tür zur Seite und ein Mann, genauso strahlend, trat heraus! Bestand der aus purem Licht? Oder hatte sie zu viel Sonne abbekommen?

Maria sprang auf und wendete sich zur Flucht. Doch eine sanfte Stimme ließ sie innehalten.

„Maria Mahnaz! Fürchte dich nicht! Ich komme in Frieden, um dich an deine Mission zu erinnern!"

Mission? Ihr Verstand wehrte sich, aber tief in ihrem Innern war da so ein Gefühl …

Langsam wandte sie den Kopf, dann den Körper und betrachtete diesen leuchtenden, fast durchsichtig aussehenden Mann mit blondem Haar und leuchtend blauen Augen, nie gesehenen Augen! War das ein goldener Anzug? Sah so ein Engel aus? Ihr Gefühl suggerierte ihr, dass sie ihn kannte, doch für ihren Verstand war es unfassbar.

Seine Augen hielten ihren Blick fest und sie fühlte seine Stimme mehr, als sie sie hörte. „Ich bin Sananda."

Irritiert schweifte ihr Blick von seinem ätherischen Körper fort zu dem seltsamen Gefährt. Sie hatte schon von Feuerwagen gehört, die mit donnerndem Getöse durch die Luft kamen und Angst und Schrecken verbreiteten. Aber diese Kugel kam ja ganz geräuschlos, war einfach da mit ihrem Leuchten! Und sah so leicht aus!

Mit einem Mal fand sie auch Worte, obwohl noch immer zutiefst verwundert. „Woher kennst du meinen Namen?" Gab ihr ihre eigene Stimme Sicherheit? „Und überhaupt: Männer dürfen sich nicht bei den Tempeln der Priesterinnen aufhalten!" Es klang sogar ein wenig Empörung mit. Durfte sie denn SO zu solch einem Wesen sprechen? Im Nachhinein wurde sie unsicher.

Er lächelte. „Maria Mahnaz, ich kenne dich länger als du dich selbst. In den lichten Räumen der höheren Dimension stellte ich dir vor deiner Erdenzeit hier die Frage, ob du Gaia helfen willst, indem du ein lichtvolles Wesen für sie auf die Erde bringst."

Fasziniert betrachtete sie ihn, während er darüber sprach, dass sie durch ihre Erfahrungen hier im Tempel so durchgeistigt, so lichtvoll sei ...

„Darf ich dich berühren?", fragte sie mitten hinein in seine Rede. Er lächelte und nickte.

Überaus vorsichtig berührte sie seine Wange, um ja nichts zu zerstören. Diese Feinheit! Dagegen war ja Babyhaut wie Leder. Selbst die Naturwesen waren nicht so ... zart. „Bist du ein Engel?", fragte sie mit angehaltenem Atem.

Er lachte leise. „Ich bin wie du, nur nicht von dieser Erde. Ich komme aus den lichten Dimensionen, aus denen du ebenfalls hervorgegangen bist, bevor du dich für diese Dichte entschiedst, um der Erde ein Licht zu sein. Ich habe mir nur eine Hülle geschaffen, um dich aufsuchen zu können. Die Zeit ist reif, um dir die Frage zu stellen, die deine jetzigen Pläne eventuell über den Haufen wirft."

Was sollte das jetzt? Sie wollte im Tempel leben und irgendwann einmal Hohe Priesterin werden. Hier! Verwirrt, fast entsetzt blickte sie ihn an.

Er seufzte. „Der Schleier des Vergessens! Maria, bevor du diesmal inkarniertest, entschiedst du dich, Mutter eines Kindes zu werden, das dieser Erde das Licht zurückbringt!"

„Ich? Mutter? In diesem Land? NIE!" Es schüttelte sie vor Entsetzen. Sie hatte in ihrem Heimatort erlebt, wie Frauen und Mädchen behandelt wurden. SO wollte sie nicht leben! Nur als freie Priesterin und Heilerin war das Leben hier zu ertragen, war es schön!

Sananda schaute sie sehr ernst an. „Maria, du lebst seit deiner Geburt in einem geschützten Umfeld. Inzwischen überfallen die Schergen der dunklen Mächte die Tempel der Weißen Schwesternschaft, schleifen sie, vergewaltigen die Priesterinnen und töten sie, weil sie sich ihrer Macht entziehen ..."

Maria sah alles, was er beschrieb, und Tränen tiefsten Mitgefühls stürzten aus ihren Augen und tropften auf ihr Gewand.

„... Sie wollen jedes Licht von der Erde verbannen, weil sie alles hassen, was ihre Macht schmälert. Deshalb wollen wir ein neues Licht verankern, eine neue DNA installieren, denn sie haben die DNA verändert, als sie auf die Erde kamen. Dadurch können die heutigen Menschen noch nicht mal ein Viertel ihrer einstigen geistigen Kräfte nutzen. Sie sehen kein Naturwesen mehr, können sich nicht telepathisch verständigen, sich nicht aus ihren Körpern lösen, um andere Seinsebenen zu besuchen. Und wenn eine Seele sich im Schlaf einmal löst – das geschieht oft in der Nacht – und eine kleine Erinnerung bleibt hängen, dann wurden und werden sie als ‚Träume sind Schäume' verlacht und abgewertet."

Bei seinen ernsten Worten dämmerte langsam Marias Erinnerung in ihrem Tagesbewusstsein auf. Doch sofort folgte auch das große Erschrecken. „Wie soll das gehen? Niemals wird ein Mann mich besteigen wie sein Pferd!" Empörung blitzte aus ihren blauen Augen.

Seine durchscheinende Hand legte sich beruhigend auf ihren Arm. „Maria!", sagte er eindringlich. „Ich verspreche dir, dass das nie geschieht! Wir haben andere Möglichkeiten als die Dunkelmächte!" Maria glaubte ihm aufs Wort. Seltsam!

„Maria, überlege es dir noch einmal, ob du einen Sohn der Göttin der Liebe mit unverfälschter DNA tragen willst. Das wird keine leichte Mission und es ist deine freie Entscheidung. Wenn du ablehnst, werde ich dich NIEMALS wieder fragen. Dein freier Wille ist Gesetz bei uns. Morgen um die gleiche Zeit werde ich mir deine Antwort holen. Bis dahin lebe wohl!"

Er wandte sich seinem kleinen Gefährt zu und sie sah ihn mehr schweben als dorthin gehen. Kaum war die Tür geschlossen, verschwand alles wie eine Vision.

Seinen Worten nachspürend, ging Maria wie in Trance zu ihren Räumen. Dort wartete Göttin Sanchia, freie Priesterin und seit Marias erstem Tag hier ihre Führerin. Sanchia erkannte, dass etwas Außerordentliches passiert sein musste, und umarmte sie liebevoll. „Du siehst müde aus", murmelte sie und führte sie zur Liegestatt. „Der Schlaf wird dich erquicken", meinte sie fürsorglich und half Maria, das Gewand zu wechseln.

„Kennst du ein Wesen aus der höheren Welt, das sich Sananda nennt?", fragte Maria mit schwerer Zunge.

„Nein, Liebes. Aber wenn du möchtest, kannst du mir davon erzählen. Jetzt ruh dich erst einmal aus."

Sanft, aber bestimmt drückte sie Maria auf ihr Bett. Maria fühlte ihr weiches Kissen, ihre Augen schlossen sich und sie sank zur Seite. Sie spürte noch ihre Seele aus dem Körper gleiten und zu den vertrauten Ebenen eilen, doch Sanchias liebevolles Bedecken ihres Körpers erfasste sie nicht mehr.

Kaum schlug Maria am Morgen ihre Augen auf, wusste sie, dass sie den vorgeschlagenen Weg gehen wollte. Das WIE würde sie Sananda überlassen, denn sie wusste, dass sie hier in diesem Land als unverheiratete Frau mit Kind nur die Steinigung zu erwarten hatte. Es schauderte sie, als sie an eine Heirat mit einem dieser Männer dachte. Dann jedoch zog das Bild ihrer Eltern in ihren Sinn. Wie respekt- und liebevoll sie miteinander und mit ihren Kindern umgingen. Mamutschi hatte sie und ihre Geschwister mit den Naturwesen vertraut gemacht und Vater schlichtete den Streit der Brüder häufig nur mit einem liebevollen Blick unter hochgezogenen Brauen. Dass die Kinder mit dem Zusatz Göttin oder Gott – wie im Tempel üblich – angesprochen wurden, war alltäglich und stärkte den Respekt vor dem anderen.

Ihre Gedanken kehrten immer wieder zum Ausgangspunkt zurück und deshalb verlief ihr Tag recht schweigsam. Sanchia war immer liebevoll für sie da, durchbrach jedoch ihre Schweigsamkeit nicht.

Als der Abend nahte, ging Maria mit zögerndem Schritt und klopfendem Herzen zum Tempel. Schon aus einiger Entfernung sah sie Sanandas Leuchten auf den Stufen des Tempels. Er saß wartend und lächelte freudig zu ihr auf, streckte ihr seine Hand zur Begrüßung entgegen und beim Ergreifen floss ein Energiestrom zu ihr, der sie schwindlig machte. Der leichte Zug seiner Hand forderte sie auf, sich neben ihn zu setzen.

Während sie es tat, erblickte sie all ihre kleinen Freunde ringsum und freute sich, dass Sananda auch sie begrüßte.

Bevor Sananda aber auch nur ein Wort sagen konnte, purzelten schon all ihre Bedenken aus ihr heraus. Und als sie zuletzt die Unmöglichkeit betonte, lachte er freudig auf.

„Also hast du die Möglichkeit jedenfalls in Betracht gezogen", meinte er lächelnd und sprach voller Wärme weiter. „Das freut mich unendlich! Du würdest also in liebevollem Dienst an Gaia und den Menschen einer großen Seele Mutter sein?"

Marias „Ja" kam kaum hörbar. „WENN ich dann meine Würde und Göttinnenkraft nicht verliere!", schob sie mit fester Stimme nach.

„Maria", sagte Sananda würdevoll und Maria spürte einen Anflug von Tadel, „wir kennen die Regeln der dunklen Macht in diesem Land und werden alles Erdenkliche tun, um das Umfeld unseres Sohnes zu schützen." Er schwieg einen Moment, wohl um ihr Zeit zu lassen, diese Worte in sich aufzunehmen. „Nun zum nächsten wichtigen Schritt: Ein junger Priester, Eingeweihter und lichtvoll wie du, gab ebenfalls vor seiner Inkarnation sein Ja zu diesem Projekt. Ihr beide habt vereinbart, euch in diesem Alter zu treffen. Also JETZT!"

Vor Verblüffung blieb Marias Mund offen, obwohl sie gerade protestieren wollte. Das sollte sie auch vergessen haben? Das konnte doch nicht sein! Ihr Verstand verhakte sich in diesem Tatbestand und sie hörte Sanandas weitere Worte wie durch Watte.

„Er heißt Joseph und lebt wie du im Tempel des Lichts. Wenn du einverstanden bist, besuchen wir ihn jetzt. Ihr werdet euch sehen und könnt energetischen Kontakt aufnehmen und wenn ihr beide euch vorstellen könnt, diese Mission gemeinsam zu verwirklichen, werde ich alles Weitere vorbereiten." Sananda blickte sie aufmerksam von der Seite an.

Maria atmete erleichtert auf. Also war noch nichts entschieden. Wenn sie den Mann nicht riechen konnte, könnte sie in ihrem Leben hier im Tempel bleiben. Dann wäre alles Seltsame, das seit gestern auf sie einstürmte, nur noch ein merkwürdiger Traum. Sie nickte. „Gut, ich komme mit!" Trotz dieses Einverständnisses war sie völlig verunsichert und wusste nicht, wie ihr geschah, als er sich erhob und sie einlud, dem Mann einen Besuch abzustatten.

„Jetzt gleich? Wie …?"

Sananda lächelte. „Darf ich dich in mein Gefährt einladen? Du musst keine Angst haben. Aber zu Fuß wäre der Weg doch ein wenig zu weit und du kämst heute Nacht nicht mehr zum Schlafen."

Langsam folgte sie ihm zu dem runden Ding und betrat es sehr vorsichtig. Alles strahlte so hell, dass sie blinzelte. Aber außer zwei behaglich aussehenden Sesseln war nichts in diesem kleinen Raum. Kaum saß Maria, fühlte sie sich hochgehoben. Sie hielt die Luft vor Schreck an und schaute sich mit geweiteten Augen um. Ihr Blick fiel durch ein kleines Fenster nach draußen und sie sah die Häuser und Bäume kleiner und kleiner werden. Aber kaum hatte sie zwei Atemzüge getan und wollte es genießen, da kam das Land auch schon wieder näher und sie setzten auf.

„Was war das?", wunderte sie sich. „Wie funktioniert das? Ich sehe weder riesige Vögel, die das Ding tragen, noch hast du irgendeinen Zügel in der Hand und doch bewegt es sich!"

Sananda nahm ihre Hand und zog sie aus dem bequemen Sessel hoch. Er kicherte. „War es schön?"

Sie nickte begeistert und hörte seiner Erklärung andächtig zu, seine Worte, sein Bild und sein Gefährt in sich aufnehmend.

„Ich kann dich nur besuchen, wenn ich mit meiner Gedankenkraft mich und das Gefährt dieser Dimension anpasse, also die Schwingung erniedrige. Denk dran: Dampf wird zu flüssigem Wasser, wenn die Schwingungen langsamer werden. Licht hat eine sehr hohe Schwingung und ich lasse sie nur Kraft meiner Gedanken langsamer werden."

Marias Verstand konnte es kaum fassen. Wenn sie ihre Heiltränke und -balsame mit der Kraft der Quelle versehen wollte, musste sie in tiefe Meditation gehen, und einen Gegenstand ohne Berührung zu bewegen, kostete sie enorm Energie. Doch Sananda trug sein Gefährt und sie mitten darin durch die Lüfte, als sei es für ihn überhaupt nicht anstrengend. Ob das in allen anderen Dimensionen außer auf der Erde möglich war?

Sananda ergriff Marias Hand – er fühlte, dass sie sonst wohl stolpern würde – und führte sie zu einem wesentlich größeren Tempelbereich als ihrem. Auch hier sah sie keine Türme. Die standen nur bei den Dunkelmächten und feuerten die Energien in den Himmel. Sie erkannte beim Gehen, dass auch hier kleine Häuser mit Gärten abwechselten, und spürte die gleiche Harmonie. Als sie eins dieser Häuser hinter sich ließen, lag der Tempel in all seiner Pracht vor ihnen und auf den Stufen, fast am selben Platz wie sie daheim, saß ein junger Priester, tief in seine Meditation versunken, sodass sie ihn voller Neugier einen Moment betrachten konnte. Seine Schönheit ließ eine unbekannte Saite in ihr erklingen, ein Gefühl stieg in ihr auf …

„Joseph, fürchte dich nicht", redete Sananda ihn leise an und der junge Mann sprang genau wie sie ganz erschrocken auf, flüchtete jedoch nicht, sondern stutzte nur und ließ seinen Blick zwischen den beiden wandern.

„Die Göttin neben mir ist Maria", fuhr Sananda fort. „Sie ist Priesterin im Tempel der Weisheit der Göttin."

Josephs interessierter Blick traf in Marias Augen und verharrte sekundenlang darin. Unbekannte Gefühle durchpulsten Maria, ließen sie erröten und verlegen ihren Blick senken. Ihm ging es ähnlich. Er wandte sich verwirrt Sananda zu.

Maria trat einen Schritt zurück und hörte sich die Erklärungen Sanandas an, die fast genauso klangen wie gestern bei ihr. Sie spürte, dass Joseph ebenso verwirrt war wie sie. Doch er reagierte anders.

„Bitte, liebe Freunde, schenkt mir einen Augenblick, damit ich in meinem Tempel beim Meditieren in mir die Antwort finde."

Während Sananda seine Zustimmung gab, blickte Joseph noch einmal in Marias Augen. Sehr nachdenklich, wie sie fand, und entfernte sich dann leichtfüßig.

Sananda setzte sich auf die Stufen und seine kleine Handbewegung lud auch Maria ein. Beide genossen die friedliche Stille dieses Frühlingsabends.

Widerstreitende Gefühle durchrasten Maria. Eine Seite in ihr wollte, dass Joseph Nein sagte, die andere aber hatte sich längst für diese Mission entschieden und hoffte auf sein Ja. Sowas Verrücktes! Beides geht nun mal nicht, schalt sie sich selbst in ihrer Verwirrung. Nicht wie eine ausgebildete Priesterin, sondern wie eben ein junges Mädchen wurde sie von ihren Gefühlen hin und her gerissen.

Leichte Schritte ließen sie aufschrecken und aufspringen, so schnell, dass sie fast Joseph angerempelt hätte, der damit nicht rechnete.

Joseph trat ein klein wenig zurück und streckte ihr seine Hand entgegen. „Maria, wir kennen uns scheinbar nicht", sagte er mit fester Stimme, „doch ich fühle eine tiefe Verbundenheit unserer Seelen. Eigentlich wollte ich niemals heiraten, sondern mein Leben hier im Tempel verbringen. Aber in meiner Meditation sah ich Bilder, die Sanandas Worten Kraft geben. So würde ich diese Mission annehmen, wenn auch du dazu bereit bist. Deshalb frage ich dich, Maria, als die Göttin, die du bist, in aller Ehrerbietung und in Liebe zu Gaia, ob du als freie Priesterin, als freie Frau und Mutter mit mir als freiem Priester, freiem Mann und Erdenvater diese Erfahrung erleben willst, um dieser Welt das Licht zurückzubringen?"

Tiefe Röte überzog Marias Gesicht bei seinen Worten. „Ja", hauchte sie leise und senkte den Blick. Sie spürte Sananda neben sich. Wann hatte er sich erhoben? Was sagte er? Schnell hob sie den Blick zu Joseph. Sie überzeugte sich von seinem Vorhandensein. „Er ist ja auch rot geworden", stellte sie überrascht fest und ein komisches Gefühl breitete sich im Bauch aus. Ein tiefes Bedauern kam in ihr auf, als Sananda sich von Joseph verabschiedete.

Maria reichte Joseph zum Abschied die Hand und schaute ihm in die Augen. Erneut fühlte sie die Glut in ihr Gesicht steigen. Trotzdem hätte sie am liebsten diese Hand in ihrer behalten. Ein inniges Verstehen war plötzlich da, das sie mit dem Intellekt nicht begreifen konnte.

Noch länger Josephs Hand zu halten, wäre unmöglich. So ließ sie sie zögernd los und lief neben Sananda zum Gefährt, spürte kaum den Sessel und die Luftfahrt.

Sananda warf ihr ab und zu einen forschenden Blick zu, sprach nichts und verabschiedete sich mit wenigen, warmen Worten. Maria sah sein Gefährt mit der beginnenden Morgenröte verschmelzen. Tief sog sie die Luft ein. War das alles ein Traum? Sananda … die Luftfahrt … Joseph … wie er auf den Stufen sitzt … aufspringt … wie er ihre Hand hält … ein schöner Mann … und seine braunen Augen …

Selbst jetzt stieg wieder Röte in ihr Gesicht. Während sie nun langsam ihre Schritte ihrem Häuschen zuwandte, kam sachte Freude in ihr auf und die Gewissheit, richtig gewählt zu haben. Tiefer Frieden breitete sich in ihr aus.

Im Häuschen erwarteten sie Göttin Sanchia und Sarah. Während Sanchia wie immer Güte und großes Verständnis ausstrahlte, konnte Sarah ihren Vorwurf nicht zurückhalten.

„Wo warst du? Gestern schon habe ich dich gesucht! Und jetzt bricht schon der Morgen an! Wo warst du denn bloß?" Sie schaute kurz zur älteren Priesterin. „Wir haben uns große Sorgen gemacht!"

Sanchia lächelte nur geduldig, wie Maria mit raschem Blick sah. Sicher wollte auch sie etwas erfahren.

„Liebe Göttinnen, ich habe viel erlebt. Doch wenn ihr es erfahren wollt, dann labt mich mit einem schönen Tee und einem kleinen Imbiss. Ich bin ziemlich erschöpft von den schweren Entscheidungen, die ich treffen musste." Sie ließ sich auf die Liegestatt sinken und schloss für einen Moment die Augen, weil sich alles drehte. Sie hörte Sanchias liebe Stimme, die Sarah bat, Tee und Imbiss zu holen, und staunte, dass Sarah keine Widerworte fand, sondern gleich davonlief.

Sie spürte, dass Sanchia ihr Energie schickte und als Sarah erschien, fühlte sie sich wesentlich besser.

„Lasst uns auf der Terrasse die Morgensonne genießen, während Göttin Maria berichtet", schlug Sanchia vor.

Maria trank mit Genuss und fühlte neue Kraft. „Wo soll ich nur beginnen? Es macht mir das Herz schwer, wenn ich daran denke, dass ich bald diese Oase des Lichts verlassen werde …"

„WAAS?" Sarah fuhr auf und wurde lauter als hier üblich. „Das kannst du nicht machen! Wir wollten gemeinsam hier alt werden!" Ja, das war typisch Sarah! Aber ein Wunder war es nicht, dass sie so entsetzt reagierte, hatte sie doch erlebt, wie ihr Vater ihre Mutter der Steinigung auslieferte, als er eine Jüngere begehrte.

Sanchia hatte ihre Hand beruhigend auf Sarahs Schulter gelegt und so ihren Redeschwall unterbrochen. „Lass Maria erst einmal erzählen. Danach können wir alles bedenken", mahnte sie nun.

Leise begann Maria von ihrer ersten Begegnung mit Sananda und schilderte ihre Luftfahrt und das Treffen mit Joseph. Dabei fühlte sie erneut dieses seltsame Vibrieren im Bauch, das sie nicht einordnen konnte.

Sarah wurde immer unruhiger, je mehr sie von Joseph hörte. Schließlich konnte sie nicht mehr an sich halten. „Entschuldige! Warst du zu lange in der Sonne? Das kann ja wohl nicht wahr sein! So eine Luftfahrt kann es doch nicht geben! Und dann: Du und heiraten! Einen Mann, den du gar nicht kennst!"

Sanchia legte erneut ihre Hand auf Sarahs Schulter. „Bitte, Göttin Sarah, zügle dich!", mahnte sie liebevoll.

„Kann ich diesen Sananda kennenlernen oder ist es nur …" Sarah verschluckte das „Hirngespinst", sank tief in ihren Sessel und begann zu grübeln.

Sanchia erhob sich, zog Maria hoch und schloss sie in ihre Arme. „Du willst einen schweren Weg gehen", sagte sie leise. „Der Tempel wird dir keinen Schutz mehr geben können. Ich bewundere deinen Mut, für Gaia den Schutz des Tempels aufzugeben und in die Welt zu gehen. Die Göttinnen aller Universen mögen bei dir sein und dich beschützen." Sie drückte Maria in den Sessel zurück und setzte sich ebenfalls.

„Ja", seufzte Maria gedankenvoll. „Den Schutz werde ich wohl benötigen. Sananda meinte auch, dass mein Weg nicht mehr so sicher und leicht sein würde. Aber Gaias Weg ist bestimmt viel schwerer. Wie all ihre Kinder, Menschen wie auch Tiere und Pflanzen, leiden müssen … Sananda zeigte mir Bilder … Wie flossen meine Tränen in tiefem Mitgefühl. Hättet ihr das gesehen, ihr würdet ebenfalls den Weg gehen … Ich weiß noch so vieles nicht … Das Kind … Wie werde ich seine Seele empfangen ... Doch das ist alles nicht so wichtig. Schließlich geht es um Gaia und um die Menschheit, die in ihrem Leiden erstickt." Einen Moment schwieg Maria in tiefem Mitgefühl. Dann sprang ihr Verstand zur nächsten großen Unbekannten.

„Der Mann, der Priester ist wie ich Priesterin. Wir sollen uns vor unserer Inkarnation in der höheren Dimension für jetzt verabredet haben. Er gibt genau wie ich seinen Erdenplan, immer im Tempel zu bleiben, auf, um diese Mission zu erfüllen. Er ist wie ich, er fühlt wie ich ..."

Sarah sprang auf, die Fäuste erhoben. „Wehe ihm, wenn er nur EIN abfälliges Wort zu dir sagt. Ich bringe ihn eigenhändig um! Ja, ich werde mit dir gehen und aufpassen! Das schwöre ich!"

Ihr Ausbruch überraschte Maria und auch Sanchia zog erstaunt die Brauen hoch.

„Ich habe nichts gegen dein Mitkommen. Überdenke das aber noch einmal gut, denn dort draußen bist du nicht geschützt. Du tauscht das sichere Leben im Tempel mit der Unsicherheit im dunklen System dort draußen. Überlege es dir gut." Maria hatte sehr eindringlich gesprochen und Sarah kaute nachdenklich auf ihrer Unterlippe.

„Hm, vielleicht ...", meinte sie leise mit Zweifel und Hoffnung zugleich, „erhalte ich auch solch eine Mission ..."

Maria hob die Schultern. Was sollte sie dazu sagen? Sie wusste es nicht und versank in Nachdenklichkeit.

Eine ganze Weile herrschte tiefe Stille, die nur aufgehellt wurde vom Gesang der Vögel und dem Gesumm der Bienen und Hummeln, die zu den Frühlingsblüten eilten.

Sanchias sanfte Stimme riss Maria aus ihrer Versenkung.

„Geliebte Göttin Maria, du solltest die Hohe Priesterin aufsuchen und ihr deine Entscheidung mitteilen, damit sie deine abschließenden Einweihungen vorbereiten kann."

Maria nickte bestätigend und erhob sich. Sie betrachtete liebevoll die weinende Sarah und strich ihr mitfühlend über das Haar. Auf dem Weg zum Haus der Großen Weisen glitt ihr Blick wie Abschied nehmend über die Beete und Büsche ringsum, fühlte ein wehes Ziehen in der Brust. Oh, wie sie das alles vermissen würde! Aber sie hatte sich entschieden. Tief sog sie die Luft ein und straffte sich beim Weitergehen.

„Bleib bloß nicht am Vergangenen hängen", mahnte sie sich selbst. Als sie aus den Büschen trat, sah sie die Hohe Priesterin auf ihrer Terrasse halb liegend im Sessel sitzen. Scheinbar schlief sie, denn ihre Augen waren geschlossen. Liebevoll betrachtete Maria beim Nähern die Weise Frau. Ihr Fuß stockte, als sie unvermutet angesprochen wurde.

„Groß bist du geworden, Göttin Maria, und erwachsen. Du bist wunderschön in deinem Licht ... Ich weiß noch genau, wie du zu uns kamst ... Doch nun fühle ich, dass du uns verlassen wirst. Schade. Du warst die Freude meiner Tage und ich freue mich, dass ich deine Einweihung vornehmen darf." Sachte hoben sich ihre Lider und ihr Blick traf auf Marias. Ihre Hand streckte sich und wies auf den gegenüberstehenden Sessel. „Setz dich und erzähle mir, was du mir erzählen möchtest."

Maria ließ sich in den Sessel gleiten und begann zu erzählen. Mit wachem Blick folgte die Hohe Priesterin ihren Worten. Einige Male nickte sie aufmunternd, wenn Marias Rede stockte und sie überwältigt wurde von dem Außergewöhnlichen, das sie, ja, SIE erleben durfte. Erst jetzt wurde es ihr so recht bewusst. Sie endete und bemerkte plötzlich, wie erschöpft sie war. Sie schaute auf ihre Hände in ihrem Schoß. Zitterten sie gar? Verwunderlich wäre das nicht, denn die Sonne stand schon hoch am Himmel.

Kräftige Hände legten sich auf ihre. Maria fühlte neue Energie in sich hineinströmen und richtete sich aus ihrer zusammengesunkenen Haltung auf.

Die Augen der Hohen Priesterin senkten sich in Marias. „Göttin Maria, ich freue mich, dass du diesen Weg gewählt hast. Du hast die Größe dazu und ich möchte dir die Gewissheit vermitteln, dass du mit deinem Sohn immer in diesen Räumen willkommen bist. Durch dich wird eine wunderbare Seele, die die Energie der Göttin in sich trägt, diese Erde beseelen. Und in einer sehr fernen Zukunft wird sich eine freie Erde mit vielen lichtvollen Menschen in die höheren Dimensionen erheben, weil du diese Mission anzutreten bereit warst.

Sollte während der Kindheit deines Sohnes – wenn er zur Lehre bei seinem Vater ist – dein Herz vor Einsamkeit weinen, dann komm zu mir, damit wir in dir die Freude am Leben auf Gaia neu entfachen können."

Maria konnte vor Rührung kaum sprechen. „Von ganzem Herzen danke ich dir, Große Mutter", stieß sie überwältigt hervor.

Die Weise Frau lächelte warm. „Noch etwas möchte ich dir für deinen Weg mitgeben, geliebte Tochter. Ich werde dich nicht nur zur Erwachten Priesterin weihen, sondern auch zur Hohen Priesterin, damit du dort draußen niemals deine Fähigkeiten verlierst, egal, was auch geschieht."

Kerzengerade setzte sich Maria auf. Das war eine Überraschung! Ungläubig blickte sie in die gütigen und wissenden Augen. Hohe Priesterin! Das war hier im Tempel ein langer Weg, denn man musste die vollkommene Kontrolle über alle niederen Gedanken haben und das Bewusstsein, das Licht der Quelle selbst zu sein. Immer! In jeder Situation!

Atemlos hörte sie die nächsten Worte der Großen Mutter.

„Du bist auf dem Weg dorthin schon so weit fortgeschritten, dass ich es vor mir selbst und vor allen Göttinnen in allen Welten verantworten kann, dir diese Einweihung zu schenken, wenn du sie möchtest!"

„Oh, Große Mutter, vollkommene Göttin", stammelte Maria und sank vor ihr auf die Knie. „Nur du konntest ermessen, wie sehr ich das möchte. Ich wollte den Weg hier im Tempel gehen und es war ein großes Bedauern in mir, als mir vorgestern der andere Weg aufgezeigt wurde. Danke für dein großes Vertrauen, danke. Ich werde alles tun, um es niemals zu beschädigen."

Die nächsten Tage waren für Maria anstrengend, aber auch voller Freude, Wärme und Licht, denn die Große Mutter unterrichtete sie, das Licht der Quelle in sich selbst zu verankern und trotz aller Widrigkeiten den Kontakt dazu nicht zu verlieren. Sie lernte sogar, das Licht der Quelle in anderen Menschen zu verankern und das Licht zu bündeln und in universelle Liebe zu verwandeln, die in die Welt hinausstrahlte. Auch die letzten Geheimnisse der Heilkunst lernte sie kennen und erfolgreich bei Mensch und Tier und der Natur anwenden.

An jedem Abend sank sie völlig geschafft auf ihr Lager. Aber nach der letzten Einweihung erfasste sie ein ungeheurer Jubel. Alles in ihr war reine Freude. Jede ihrer Zellen schien vor Glück zu bersten.

„Gaia, oh Gaia, geliebte Seele unserer Erde", jubilierte sie, „ich bringe dir das Licht, das du so dringend benötigst. Ich komme, um dir mit neuen Menschen eine lichtvolle Zukunft zu schenken. Oh Gaia, meine Freude ist überirdisch!"

***

Die Tage verstrichen mit neuen Aufgaben für Maria. Doch ihre Mußezeit genoss sie noch immer gern im Garten mit den Naturwesen. Gerade als sie an einem warmen Maientag mit ihrer Lieblingselfe Viviana erzählte, rief Sarah nach ihr.

„Göttin Maria, du möchtest zur Hohen Priesterin kommen!"

Maria eilte dorthin und hörte verwundert hinter der Tür eine sympathische männliche Stimme. Ein Mann? Hier?

Doch als sie in den Raum trat, erkannte sie Joseph.

Er wandte sich ihr zu und ergriff ihre Hände. „Ich grüße dich, Maria, Göttin des Lebens. Die Große Mutter sandte mir eine Einladung und hier bin ich." Sein Blick senkte sich in ihre Augen.

Wärme durchströmte Maria, weitete ihr Herz und ließ es überströmen vor Glück. Eine Vertrautheit war da, als seien sie schon seit Kindertagen miteinander bekannt. „Wir können hier nicht ewig stehen!", erinnerte sie sich plötzlich und löste ihre Hände aus seinen.

Göttin Vardah, die Hohe Priesterin und Große Mutter, lud sie mit einer kleinen Handbewegung ein, Platz zu nehmen. Ihr Blick wanderte zwischen beiden hin und her. Keiner sprach. Dann schloss sie langsam die Augen.

„Ich schenke euch beiden meinen Segen. Ihr seid wahr und wahrhaftig eine große Seele in zwei Körpern. Eure Liebe wird wachsen und euch stetig fester vereinen, je stärker die Belastungen des Lebens sein werden. Lasst mich bitte die erste Hohe Priesterin sein, die eine Hochzeit in einem Tempel der Göttin des Lichts zelebrieren darf. Ich möchte euch mit dem Segen der Göttin verbinden."

Beide blickten sprachlos, denn eigentlich war es die Regel, dass der heilige Ehebund eines Priesters mit einer Priesterin im Tempel der Priester geschlossen wurde. Maria konnte vor Freude nicht sprechen.

Joseph fasste sich als Erster. „Große Mutter, dein Geschenk sprengt fast mein Herz vor Freude. Noch nie erlebte ich die Energien in einem Tempel der Göttin. Ich kann es kaum fassen, dass ich das erfahren darf. Ich danke dir. Mein Herz jubelt vor Glück!"

Endlich hatte auch Maria ihre Sprache wiedergefunden.

„Auch ich möchte dir von ganzem Herzen danken, geliebte Schwester." Sie tupfte eine Träne von ihrer Wange. Jetzt, ebenfalls Hohe Priesterin, konnte sie Vardah auch „Schwester" nennen.

Vardah lächelte beiden zu. „Eure Hochzeit wird in sieben Tagen sein, am Ehrentag der Göttin der Morgenröte. Für dich, Joseph, wird ein Haus hergerichtet." Sie schaute beide fragend an und weidete sich an beider Staunen.

Maria nickte mit großen Augen.

Joseph ergriff das Wort. „Große Mutter, ich danke dir und bin einverstanden. Ich werde heute noch in meinen Tempel zurückeilen, meine Angelegenheiten ordnen und morgen mit meinen Habseligkeiten hier erscheinen. Ist das recht?" Er schaute zuerst Vardah, dann Maria an.

Beide waren einverstanden und so verabschiedete sich Joseph eilends.

Eine Weile herrschte Schweigen. Dann brach es aus Maria heraus. „Aber wo sollen wir denn leben? Hier geht es nicht und bei unseren Familien auch nicht ..." Ratlos sah sie Vardah an.

Die lächelte wissend. „Sorge dich nicht, Liebes. Das findet sich alles. Ich weiß es. **Es ist immer für alles gesorgt, wenn wir dem Weg unserer Seele folgen.** Aber deine Familie kannst du benachrichtigen", sagte sie spitzbübisch und amüsierte sich über Marias verdutzte Miene. „Du möchtest sie doch bestimmt dabeihaben."

In den Tagen bis zur Hochzeit lernten sich Maria und Joseph auf langen Spaziergängen besser kennen. Vertieft in interessanten Gesprächen, aber genauso im gemeinsamen Schweigen genossen sie die Gegenwart des anderen.

Maria fühlte die Liebe zu ihm immer stärker werden, doch auch die Gewissheit, dass Joseph zur starken Stütze ihres Lebens werden würde, egal, was auch geschähe.

Kurz war die Zeit, die Maria am Abend vor dem Schlafen noch mit Sarah verbrachte. „Ich werde dich begleiten und dich verteidigen, wenn nötig mit dem eigenen Leben!", rief sie am Vorabend der Hochzeit mit wehem Herzen.

Maria nahm sie in ihre Arme. „Aber Liebes, du bist doch bei uns immer willkommen. Meine Eltern haben schon alles für unsere Heimkehr vorbereitet. Sie haben ein Haus in unserem Dorf erworben. Das wird auch dich aufnehmen. Sei also nicht mehr traurig. Genieße die Stunden, die dir hier noch bleiben." Maria strich ihr liebevoll eine Haarsträhne aus dem Gesicht und Sarah blickte ihr hingebungsvoll und froh lächelnd in die Augen.

Als die Familien erschienen, sahen sie ein sich tief verstehendes Paar und schlossen es tief bewegt in ihre Arme.

Am nächsten Morgen wuchs neben der Freude auf die Hochzeit auch die Aufregung in Maria. Sicher, als Hohe Priesterin hatte sie ihre Gefühle im Griff, aber sie war auch ein achtzehnjähriges junges Mädchen, das noch nie eine Hochzeit erlebt hatte. Und dies war ihre eigene!

Angetan mit dem feierlichen Gewand der Hohen Priesterin betrat sie den Tempel der Weisheit, bereit mit Joseph die Weihe für den heiligen Bund der Ehe zu empfangen. Vardah erwartete sie mit der ihr eigenen göttlichen Energie, mit der sie die Seelenbande der beiden Eingeweihten miteinander verknüpfte. Maria fühlte sich eins mit Joseph werden. Tiefes, ehrfurchtsvolles Schweigen erfüllte den gesamten Tempel. Von draußen strömte das Jubilieren der Vögel in den Raum. Maria schienen sie noch nie so schön gesungen zu haben.

Nach dem Ritual trat Sananda lächelnd zu den beiden, in den Händen einen kostbaren Kelch mit einer golden schimmernden Flüssigkeit.

„Dies ist verdichtete Energie aus der Quelle selbst. Trinkt es, meine geliebte Schwester, mein geliebter Bruder, auf dass es euren Bund heilige."

Maria trank zuerst und spürte kaum Stoffliches in ihrem Mund. Es rann auch nicht wie Wasser in sie hinein, sondern wie ein warmer Energiestrom in alle Zellen, die sich mit Licht füllten. Sie fühlte ihre DNA sich ausdehnen und mit einer göttlichen Kraft füllen, wie sie es bisher noch nie erlebte. Sie fühlte sich erstrahlen.

Ein Blick zu Joseph zeigte ihr, dass es ihm genauso ging. Ein Strahlenkranz umgab ihn. Alles war so unwirklich, kaum zu glauben. Besonders wenn sie daran dachte, dass sie vor zwei Wochen noch ganz andere Ziele hatte. Es war ein Singen in ihr, ein Dankgesang an das Universum, an Sananda und an Joseph für diesen so vollkommenen Tag in ihrem bisherigen Leben.

Viele Tränen flossen am nächsten Tag, dem Tag des Abschieds aus dem Tempel. Doch Maria war nicht mehr das kleine Mädchen. Inzwischen beherrschte sie die Telepathie so gut wie essen und trinken und konnte jederzeit mit Vardah, Sanchia oder einer anderen Priesterin Verbindung aufnehmen.

Das Haus, das sie bezogen, hatte die richtige Größe. Doch die Inneneinrichtung konnte warten. Maria und Sarah beeilten sich, die aus dem Klostergarten mitgebrachten Pflanzen in dem wunderschönen Garten ringsum einzusetzen.

Maria begann ihre Tätigkeit als Heilerin und Sarah half ihr, wo sie konnte. Joseph füllte währenddessen viele Schriftrollen mit seinen Erkenntnissen, um sie für kommende Generationen nutzbar zu machen.

Die alltäglichen Aufgaben im Haus wie Kochen und Reinigen erledigten Angestellte, die vor allem von Sarah beaufsichtigt wurden. Einen

Mangel gab es nicht, denn Marias und Josephs Familien gehörten der Oberschicht an und sie selbst nahmen ebenfalls für ihre Tätigkeiten Geld oder Tauschwaren ein. Fehlte etwas, mussten sie nur daran denken, schon fand es sich auf irgendeinem Wege ein. So ist es, wenn man sich auf dem Weg seiner Seele befindet.

Kaum fühlten sie sich in ihrem neuen Umfeld heimisch, stand eines Abends Sananda neben Maria, als sie wie stets mit ihren Naturwesen plauderte.

„Ich grüße dich, Maria. Bist du bereit für den nächsten Schritt?"

„Oh, Sananda!" Maria richtete sich auf und lächelte über sein plötzliches Erscheinen. Joseph erhob sich von seinem Platz auf der Terrasse und trat zu ihnen, um Sananda freudig zu begrüßen.

„Natürlich bin ich bereit für den nächsten Schritt, Sananda", antwortete Maria endlich.

Sananda wandte sich an Joseph. „Bist du bereit, sie gehen zu lassen?"

„Ja", antwortete Joseph kurz.

„Dann, Maria, wirst du am morgigen Abend abgeholt. Allerdings nicht von mir. Ich werde die Energie der Lichtinsel, die dir angepasst wird, aufrechterhalten. Aber das Gefährt ist das Gleiche." Er lächelte und verabschiedete sich.

Als ihm Marias Blick zu seinem Luftwagen folgte, sah sie wieder mit Erstaunen seinen fast schwebenden Gang. Doch kaum war er fort, überfielen sie Ängste. Wie sollte die Zeugung vor sich gehen? Joseph hatte sie noch nie so ... berührt. Beide scheuten diesen Teil der Ehe bisher.

Joseph fühlte ihre Ängste und ergriff ihre Hand. Er zog sie an seine Brust und schaute in ihre Augen. „Maria, mach dir keine Sorgen deswegen. Sananda sagte dir doch, dass es dort andere Möglichkeiten gibt als hier in der Dichte. Vertrau ihm." Er küsste ihre Fingerspitzen und sie fühlte ein Kribbeln darin. Seine eindringlichen Worte zerstreuten ihre Ängste.

Kaum saß sie am nächsten Abend im Sessel des Gefährts, kamen ihr erneut Sorgen und störten die Freude über die Luftfahrt. Da nützte es auch nichts, dass der Engel ihre Hand hielt.

„Fürchte dich nicht, Göttin des Lebens", hörte sie plötzlich Sanandas Stimme in sich. „Dich erwarten Seelen voller Liebe und Wege, die auf der Erde unmöglich und völlig vergessen sind. Genieße die Fahrt."

Das tat sie nun und ließ alle Bedenken fallen. Die Erde wurde immer kleiner und kleiner und sah aus wie eine blaue Kugel im Reigen der Sterne auf schwarzem Samt. Es sah so wunderschön aus, dass Marias Herz vor Freude überfloss und sie ihr Versprechen, Gaia zu helfen, erneuerte.

Eine weibliche Seele, Sanada, empfing Maria und geleitete sie zu einem Bad, das so gar nichts Erdähnliches besaß.

„Leg deine Kleider ab", forderte Sanada sie auf. „Die golden schimmernde Flüssigkeit ist verdichtetes Licht aus der Quelle allen Lichts. Nur durch deine Einweihungen im Tempel bist du schon so lichtvoll, dass du dies erhalten kannst. Jetzt wird dein physischer Körper noch stärker angepasst, sodass es dir keine Schwierigkeiten machen wird, wenn du noch lichtvolleren Wesen begegnest", lächelte sie geheimnisvoll.

Maria tauchte in die Flüssigkeit, die sich nicht wie Wasser der Erde anfühlte, und genoss sie voller Freude. Es war, als ströme Frieden, Vertrauen und Harmonie in sie hinein. Ein nie gekanntes Glücksgefühl durchpulste sie, füllte jede Zelle in ihr und ein inniger Dankgesang erklang in ihr … für sich selbst und für alle, die ihr dies ermöglichten. Mit jedem Atemzug fühlte sie sich leichter werden, fühlte sie die Anpassung an die hohen Energien dieser Dimension, sah sie die Wände durchscheinender werden.

Als sie dann Sananda, Miranlaya und Metatron gegenüberstand, Wesen mit sehr hohen Energien, die in ihrem Licht erstrahlen, hatte sie keine Schwierigkeiten, sie zu ertragen. Sie war ihnen nun gleich.

Sananda nahm Marias Hand in seine. „Dein Körper ist bereit, Göttin Maria! Bist auch du bereit, den Teil meiner Seele in deinen Körper zu nehmen, der den Männern auf der Erde das Licht in die Herzen zurückbringt?"

„Ja, Sananda, ich bin bereit!"

„Dann lasst uns einen Kreis bilden", sagte er und ergriff Sanadas Hand.

Miranlaya und Metatron schlossen den Kreis und Maria fühlte die Energien der Quelle selbst fließen.

Sananda begann sein Lied der Schöpfung zu singen. Strahlende Wärme durchflutete Maria. Nachdem auch die anderen einstimmten, ließ auch Maria – zuerst nur zaghaft – ihren Gesang erklingen. Die Energie pulste im Kreis. Je lauter und reiner ihr schöpferischer Gesang wurde, desto stärker floss die Energie und erfüllte sie. Raum und Zeit gab es nicht mehr. Sie war eins mit den anderen Seelen im ewigen Tanz der Universen.

Plötzlich fühlte sie ein warmes Licht in ihrem Körper erblühen, fühlte den Eintritt der großen Seele, ihren Sohn! Und seine Stimme ertönte: „Willkommen, Mutter meines Lebens auf Erden. Ich grüße und ehre dich. Ich danke dir, dass du diesen Weg für mich und mit mir gehst."

Tiefe Freude erfüllte Maria und sie spürte, wie die anderen ganz sanft ihre Energien aus ihr zurückzogen in ihr eigenes Ich. Sie fühlte voller Liebe die Seele ihres Sohnes.

„Willkommen in meinem Leben, Sohn meines Herzens. Ich werde dich hüten und schützen und deine Mission begleiten", begrüßte sie ihn in ihren Gedanken.

Der Gesang wurde leiser und leiser. Maria spürte die Freude Sanandas und seine Rührung. Liebevoll blickte sie in seine Augen. Als der Gesang endete, konnte Maria sehen, wie sich alle, sie eingeschlossen, wieder verdichteten und Einzelwesen wurden. Die Hände lösten sich zwar, aber die hingebende Liebe blieb greifbar im Raum.

Sananda umarmte Maria liebevoll und dankte ihr noch einmal von ganzem Herzen. Sie spürte das neue Leben in sich und nahm wortlos seine Hand und legte sie auf ihren Bauch. Nun schien es ihr wirklich, als weine Sananda vor Freude.

Joseph erwartete Maria schon und nahm sie freudig in seine Arme. „Wie wunderschön du bist", war das Erste, was er voller Bewunderung herausbekam. „Ich kann mich gar nicht sattsehen an dir. Du leuchtest geradezu! Erzählst du mir alles?", fragte er fast schüchtern.

Sie tat es. Sogar von Sanandas Rührung sprach sie.

„Darf ich auch?", kam es bittend. Sie nickte lächelnd. Ganz vorsichtig legte er seine Hand auf ihren Bauch. Tränen lösten sich aus seinen Augen, als er mit der neuen Seele Kontakt aufnahm.

In diesem Moment wusste Maria, dass Jeshua den besten Vater auf Erden gefunden hatte, und sie dankte Joseph für sein Dasein.

Natürlich wollte auch Sarah alles ganz genau wissen und sie betrachtete Maria schon fast anbetend. So vergingen die Tage und Marias Zustand wurde öffentlich.

Während dieser Zeit verbrachte Maria immer wieder einige Tage auf der Lichtinsel, um die Energie der großen Seele, die in ihr wuchs, anzupassen. Während dieser Zeit übernahm Sarah selbstverständlich die Betreuung des Hauswesens und Joseph eilte zu Marias und seinem Tempel, später auch zu anderen, um sie auf die Aufgaben, die auf die Priesterinnen und Priester zukämen, vorzubereiten.

Beim letzten Besuch auf der Lichtinsel erfuhr Maria auch den Termin der Geburt. Deshalb fuhren sie am achten März zu ihrem Tempel, denn Vardah hatte schon voller Liebe alles vorbereitet. Jeshua sollte doch einen würdigen Empfang in den Armen der Göttin erhalten. Die Göttinnenenergie des Tempels und aller Priesterinnen sollte ihn bei seinem Eintritt in die physische Welt unterstützen.

Am Morgen des neunten März verspürte Maria ein leichtes Ziehen im Unterkörper und begab sich in die dafür vorgesehenen Räume. Die zuständige Priesterin erwartete sie schon.

„Erlaubst du, Göttin Maria, dass ich nachsehe, wie weit die Geburt schon ist?", fragte sie respektvoll.

„Selbstverständlich, Göttin Rebecca. Walte deines Amtes." Ein wenig amüsierte sich Maria über ihre Worte. Doch die Freude auf ihren Sohn ließ sie nicht lange dabei verweilen.

„Du bist ja noch Jungfrau!", rief Rebecca voller Erstaunen plötzlich laut, sodass Maria richtig erschrak.

„Na und?", erklang die Stimme der Hohen Priesterin Vardah tadelnd. „Göttin Maria ist eine Ausnahme! Wusstest du das nicht?"

Rebecca biss sich auf die Lippen und tat schweigend ihre Pflicht. Später würde sie im Flüsterton unter dem Siegel der Verschwiegenheit diese Sache ihrer besten Freundin erzählen.

Vardah blieb bei Maria, um sie mit ihrer hohen Energie zu unterstützen. So glitt Jeshua sanft und leicht in dieses Erdenleben, ohne dass seine Mutter Schmerzen erleiden musste. Ein kleiner Schrei ertönte und seine Lungen füllten sich. Nur Augenblicke später hielt ihn Maria in ihren Armen und blickte direkt in seine großen blauen Augen. Augen, aus denen die Weisheit des Universums leuchtete. Himmlische Freude und ein tiefes Glücksgefühl durchströmten Maria.

„Gib ihn mir", bat Vardah leise, nachdem ihn Rebecca abgenabelt hatte. „Ich will ihn noch besuchsfein herrichten."

Danach legte sie ihn wieder in Marias Arme und ließ Sananda und Joseph in den Raum, damit sie ihren Sohn willkommen heißen konnten. Josephs Augen schimmerten feucht, als er ihn begrüßte. Sananda legte seine durchscheinenden Hände auf Jeshuas Körper und ließ seine göttliche Energie und Weisheit in ihn hineinströmen.

Nach und nach kamen auch die Priesterinnen, um Jeshua zu begrüßen und Maria Glück zu wünschen. Maria fühlte sogar die Energie Gaias im Raum und auch ihre große Freude über dieses Licht auf ihrem Planetenkörper.

Maria strahlte zart in überirdischem Licht und sang im Innern ihr DANKE in alle Universen. Sie wusste, dass sie Jeshua irgendwann hergeben musste – sie war ja auch mit sechs Jahren in den Tempel gegangen –, aber in den nächsten Jahren würde sie ihn bei sich haben, wäre er IHR Kind.

Am nächsten Tag zogen sie zurück in ihr Dorf, in ihr Zuhause. Hier kamen dann all die anderen, Eltern, Verwandte und Bekannte, die ebenfalls Jeshua sehen und segnen wollten.

Sarah war kaum wiederzuerkennen. Sie eilte hin und her, um allem gerecht zu werden. Dabei passte sie jedoch ganz genau auf, dass dem Kleinen ja nichts geschähe!

Kaum war der Trubel vorbei, der Alltag hatte sich reguliert, als eines schönen Abends Sananda im Garten neben Maria stand, so plötzlich, dass sie erschrak.

„Entschuldige, Göttin Maria, ich wollte dich nicht erschrecken. Warst du so vertieft in diese Blüte, dass du mich gar nicht wahrnahmst?"

„Ist sie nicht wunderschön? Und die Inhaltsstoffe … Aber du bist doch nicht deshalb hier!", unterbrach sie sich, lächelte und wandte sich der Terrasse zu, wo das Körbchen mit Jeshua stand. „Du willst ihn sicher sehen!" Stolz blickte sie auf das schlafende Kind, dann zu Sananda. Er schien verlegen. Oder bildete sie es sich nur ein? Unsicher geworden, sah sie ihn an.

Liebevoll schaute er, wie sich mit den Atemzügen die kleine Brust hob und senkte. Dann richtete er seine Augen auf Maria. „Göttin Maria, geliebte Schwester, ich sagte dir, dass er immer wieder zu Schulungen auf die Lichtinsel muss …"

Maria schnappte nach Luft. „Du willst doch nicht etwa jetzt das Kind mitnehmen!? Er ist doch erst sechs Wochen! Mit sechs Jahren natürlich, aber doch nicht jetzt schon! Ich muss ihn doch stillen!"

Sananda legte seine Hand auf ihren Arm. „Beruhige dich, Maria. Das geht alles in Ordnung. Wichtig ist die Schulung von Anfang an. Er fällt sonst in die Erdenschwere und vergisst alles."

„Ach wo!", protestierte sie. „Ich unterhalte mich ja telepathisch mit ihm wie mit einem Erwachsenen." Sie griente. „Und dann muss ich ihn neu windeln! Das ist schon seltsam. Aber er ist so voller Weisheit …"

„Und doch darf er nicht vergessen, was er in Wahrheit ist und welche Mission er hier auf Erden hat."

Beide waren mit sich beschäftigt und hatten nicht bemerkt, dass Jeshua mit großen Augen ihr Gespräch verfolgte. „Ich bin bereit", hörten beide plötzlich seine Stimme in sich und wandten sich abrupt dem Baby zu.

Maria schnappte nach Luft, war nicht in der Lage, ein Wort herauszubringen.

„Das ist lieb, mein Sohn", meinte Sananda strahlend. „Wir warten schon sehnsüchtig auf dich." Er nahm ihn hoch und reichte ihn Maria. „Sag deiner Mamutschi tschüs für ein paar Tage. Sie soll nicht traurig sein."

Er reichte Maria das Baby und spürte, wie sie mit den Tränen kämpfte, als sie Jeshua an sich drückte. Voller Liebe und Mitgefühl hüllte er sie in seine Energie ein und langsam wurde sie ruhiger und fand ihre Mitte.

Sie reichte ihm das Kind und strich noch einmal zärtlich mit der Hand über sein blondes Köpfchen. Ein tiefer Seufzer entfuhr ihrer Brust. „Dass es so schwer sein würde ...", flüsterte sie leise und blickte den beiden nach. Und nun löste sich doch eine Träne.

Kaum waren sie fort, kam Sarah angehüpft und wollte Jeshua vor dem Stillen noch ein wenig herzen. Schon beugte sie sich trällernd über die Kissen und fuhr zurück, als sie sie leer sah. „Wo ist denn ...", fuhr sie herum und starrte die noch immer stumm stehende Maria an. „Was ist passiert?", schrie sie auf und rüttelte Maria.

„Sananda hat ihn zur Schulung mitgenommen", kam es tonlos aus Maria, die zum nächsten Sessel ging und sich hineinsinken ließ.

„Waas? So ein kleines Baby? Das kann er doch nicht machen!", stieß Sarah fassungslos hervor.

„Was kann er nicht machen?", fragte Joseph, der die letzten Worte beim Näherkommen gehört hatte.

„Na, Jeshua jetzt schon zur Schulung holen! Das ... das ... ist doch unmenschlich", schimpfte sie los.

„Oh, jetzt schon?" Auch Joseph war einen Moment sprachlos. Dann trat er rasch zu Maria, kniete sich neben ihren Sessel und legte die Hände tröstend um ihren Kopf.

Sie hob den umflorten Blick und traf auf seinen. Josephs ganze Liebe strömte zu ihr, sie hob ihre Arme und legte sie um seinen Hals. „Damit habe ich nicht gerechnet", sagte sie leise. „Deshalb hat es mich so getroffen!" Sie lehnte ihren Kopf an seinen.

„Mir geht es genauso", sagte Joseph. „Ich glaubte auch, die ersten sechs Jahre hätten wir ihn voll und ganz. Aber es stimmt schon, dass Kinder in den ersten Jahren am meisten lernen und was dort versäumt oder falsch gemacht wird, hängt ihnen im ganzen Leben an."

„Und trotzdem ist es unmenschlich!", sagte Sarah plötzlich laut und aufsässig. „Wenigstens bis nach dem Abstillen hätte er warten können!"

Damit hatte Sarah beide aus ihrem Schmerz geholt. Maria und Joseph lächelten sich verständnisvoll zu.

„Jeshua ist ja auch nur ein halber Erdenmensch", erklärte Maria liebevoll und erhob sich langsam. „Die andere Hälfte ist ja göttlich, nicht von dieser Erde. Und die Schulungen sind bestimmt wichtig, damit er seine Mission in dieser Schwere nicht vergisst."

„Jaja, nun entschuldige mal diesen Sananda wieder", grollte Sarah noch und räumte das Bettchen ins Haus.

Joseph nahm Maria in seine Arme. „Schaffst du es, Liebste? Es sind zwar nur ein paar Tage, aber für ein Mutterherz sind sie unendlich", tröstete er.

Sie schmiegte sich an ihn und genoss seine Energie und seinen Schutz. Was sie gleich zu Beginn gefühlt hatte: Er war der sichere Hafen bei stürmischer See. Zu ihm konnte sie immer flüchten.

Am nächsten Tag beschäftigte sich Maria mit dem Herstellen eines besonderen Heiltranks, als ihr Sarah nicht von der Seite wich. Selbst wenn Maria weniger empfänglich für ihre Energien gewesen wäre, hätte sie erkannt, dass Sarah etwas auf dem Herzen hatte. Maria lächelte ihr aufmunternd zu.

Nun konnte sich Sarah nicht mehr zügeln. „Gestern konnte ich es dir nicht erzählen, weil wir so durcheinander waren. Aber heute muss es einfach heraus: Maria, kannst du dir vorstellen, dass ich vorgestern – nachts zwischen den Dimensionen – eine Seele traf, die mich fragte, ob ich ihr Mutter sein möchte?"

Überrascht ließ Maria alles liegen und umarmte Sarah liebevoll. „Oh Sarah, welche Überraschung! Das ist aber eine Freude! Und du freust dich darauf? Hast du zugestimmt?"

„Oh ja! Natürlich habe ich zugestimmt! Und wie ich mich freue! Dann kommt eine wunderbare Energie in mein Leben."

Beide Frauen lösten sich so weit voneinander, dass sie sich in die Augen schauen konnten. „Ist das schön", sagten beide gleichzeitig voller Rührung.

Nachdem Sarah noch ein wenig geschwärmt hatte, trällerte sie davon, während Maria weiter an dem Trank arbeitete. Dabei kamen ihr Bedenken.

Sarah liebte von ganzem Herzen einen Mann, der auch nach den gleichen Regeln wie sie lebte. Doch immer, wenn er hier bei ihr zu Besuch war, beschlich Maria ein ungutes Gefühl. Und als sie nun an ihn dachte, fragte sie sich, ob er wirklich der richtige Mann für Sarah sei. Und für diese Aufgabe. Bei nächster Gelegenheit würde sie Sarah fragen, ob sie bei ihm von dieser Aufgabe reden würde. Es war ihr, als hörte sie Sarah sagen: „Ich bin doch nicht verrückt! Der denkt womöglich ..." Maria schaltete schnell diesen Gedanken ab. Nein, sie würde nichts sagen! Das war allein Sarahs Sache und ging sie nichts an!

Einige Zeit verstrich, in zwei Wochen sollte nun Sarahs Hochzeit sein, als Maria bei der Gartenarbeit war, stand plötzlich Sanada neben ihr.

„Ich grüße dich, Maria, und habe eine Bitte an dich."

„Ich grüße dich ebenfalls und freue mich, dich zu sehen." Maria glaubte, Verlegenheit bei Sanada zu spüren. „Soll ich schon wieder ein Licht für die Erde empfangen?", lachte sie und wollte damit Sanada darüber hinweghelfen.

Sanada stimmte in ihr Lachen ein. „Nein, nein", meinte sie gelöst. „Jeshua ist wunderbar und du hast noch mit ihm zu tun. Aber Jeshua hat sich vor der Inkarnation verabredet. Er kann nämlich seine Mission nur erfüllen, wenn ein Teil meiner Seele an seiner Seite ist. Deshalb habe ich deine Freundin, die auch eine große Seele ist, nachts im Universum gefragt, ob sie mir Mutter sein möchte. Und sie hat eingewilligt!"

„Ach, Sanada, jetzt muss ich mich setzen! Du warst das?! Sarah hat mir davon erzählt. Ich wäre aber niemals auf dich gekommen! Hast du dir das gut überlegt, ob du diesen Mann, den Sarah heiratet, zum Vater deines Seelenanteils haben willst?" Zweifelnd schaute sie Sanada an. Sie konnte sich das einfach nicht vorstellen. Dieser Mann, der ihr stets einen Schauer über den Rücken jagte, wenn er ins Haus kam ...

Sanada setzte sich neben Maria, seufzte und legte ihre durchscheinende Hand auf Marias. „Du hast es erfasst, Maria. Genau das ist der entscheidende Punkt, weshalb ich dich um Hilfe bitte. Sananda soll wie bei Jeshua der Vater sein ..."

Kaum dass es Sanada aussprach, kicherte Maria los, dachte kurz an ihre priesterliche Würde, konnte sich aber nicht zurückhalten und begann, schallend zu lachen.

Joseph kam verwundert auf die Terrasse gelaufen, sah Sanada, verneigte sich und zog sich beruhigt zurück.

Zwischen den Lachern stieß Maria hervor: „Will Sananda die ganze Erde mit seiner DNA füllen?" Langsam ebbte ihr Lachen ab. „Entschuldige, Sanada. Aber es war zu komisch. Wenn ich nur jetzt wüsste, was wir dort von Seele zu Seele besprochen haben!" Maria blickte sie unsicher geworden an.

„Damit kann ich dir helfen, liebe Freundin. Schließe die Augen und höre meine Worte."

Maria folgte ihrem Rat und sah nun zu den Worten all die Bilder in ihrem Innern, die sie vergessen hatte.

„In der anderen Dimension vereinbarten wir, dass Sananda und ich je einen Seelenanteil als Mann und als Frau auf die Erde senden, um einer neuen, vollkommenen DNA den Weg zu bereiten. Der Mann trägt die Gene der weiblichen Energie der Quelle in sich und die Frau, die an seiner Seite geht, wird ebenfalls die gleiche, hochentwickelte DNA tragen, sodass nach und nach die Erde durch die Söhne und Töchter der beiden gefüllt werde mit neuen, licht- und liebevollen Menschen. So kann der Gendefekt, den die ‚Götter' verursacht haben und der machtgierige und lieblose Menschen bringt, geheilt werden. Eines fernen Tages wird es eine lichtvolle Erde geben, die in die höheren Dimensionen aufsteigen kann."

Sie schwieg einen Moment, weil sie fühlte, wie Maria vor der Größe dieser Aufgabe erschauerte.

„Maria", begann Sanada erneut, „Sarah hat ebenfalls alles vergessen. Doch noch besitzt sie den lichtvollen Körper, der meine Energie tragen kann. Sie ist aber nicht feinstofflich genug, um wie du auf die Lichtinsel zu kommen. Es muss einen anderen Weg geben und er muss noch vor der Hochzeit gegangen werden."

Maria überlegte kurz. „Vielleicht weiß ich einen Weg", sagte sie nachdenklich. „Ich könnte einen Trank für sie erschaffen und ihn ihr geben.

Nur müsstet ihr ihn mit der DNA präparieren ... Aber ... wird die Seele die Kraft haben, auf solch außergewöhnliche Weise durch Sarahs Körper hindurch ihren Weg zu nehmen und dann auch noch in ihrem neuen Körper diese DNA zu verankern?"

„Eine große Seele hat jede Kraft!", betonte Sanada. „Sie muss nur dazu eingeladen werden und dann mit dem physischen Körper in Berührung kommen. So ein Trank ist wunderbar!" Sie schaute Maria bewundernd an und wandte sich dem nächsten Problem zu. „Aber nun möchte ich dich bitten, dass du mit Sarah darüber redest, denn ihre Hochzeit ist in wenigen Tagen. Ich möchte jedoch, dass sie meine Seele empfängt, bevor dieser Mann sie körperlich zu seiner Frau macht."

Maria nickte voller Verständnis. „Ich werde sogleich mit ihr sprechen."

Dankbar verabschiedete sich Sanada und streichelte Maria mit einem letzten energetischen Strahl, bevor sie verschwand.

Maria trat ins Haus und sah Joseph mit Jeshua vertieft im Spiel. Doch sie spürten ihre Energie und wandten sich sofort um. Jeshua kreischte freudvoll auf und kam wackelnd auf sie zugetappelt. Sie nahm ihn lachend auf den Arm und tanzte eine Runde mit ihm durch den Raum. Dann reichte sie ihn Joseph. „Ich muss unbedingt mit Sarah sprechen."

„Geh nur", sagte Joseph und lächelte liebevoll. Er wusste, dass er später alles erfahren würde. „Ich habe eine gute Beschäftigung."

Unbelastet konnte Maria ins Nachbarhaus eilen, in dem sich Sarah gerade einrichtete. „Sarah, bist du hier irgendwo?", rief sie von der Tür aus. Irgendwo im Innern wurden Möbel gerückt.

„Ich komme!", schallte es von dort. „Moment nur!" Dann bog Sarah um die Ecke, lachend und schwitzend. „Puh, wir rücken Möbel zurecht. Bardor hat das Haus vollgestellt und nun muss ich alles umräumen und einräumen. Schließlich soll zur Hochzeit alles schön sein!"

„Kann ich ungestört irgendwo mit dir reden?", erkundigte sich Maria. Auf keinen Fall durfte irgendwer dieses Gespräch belauschen.

Sarah blickte sie überrascht an. „Gut ... gehen wir in den Garten ... Der ist zwar noch nicht so schön wie deiner ..."

„Das macht nichts", warf Maria ein.

„Dann hole ich uns noch rasch ein Getränk. Ich habe wahnsinnigen Durst." Weg war sie und kam gleich darauf mit zwei Bechern zurück.

Maria rückte die Stühle noch ein wenig dichter zusammen, bevor sie ihr einen Becher abnahm, sich setzte und ihren Blick rundum schickte. Sie nickte zufrieden. „Du hast mir von deiner Begegnung mit der großen Seele erzählt", begann sie leise.

„Oh ja", freute sich Sarah. „Jetzt ist es bald so weit!"

„Richtig", bestätigte Maria. „Es war Sanada, die dich traf."

„Sanada?" Sarah lächelte, in ihre Erinnerung gebannt. „Das war Sanada? Du hast mir ja schon von ihr erzählt. Ist das schön ... Sanada also."

„Ein Seelenteil von ihr will an Jeshuas Seite mit ihm gemeinsam die Mission erfüllen." Maria verhielt und atmete tief ein.

„Eine Verbindung mit ihm?", sagte Sarah verträumt. „Wie schön! Dann werden unsere Enkel ..." Sie sog die Luft ein und blickte Maria freudig überrascht an.

Maria nickte lächelnd, um gleich darauf wieder sehr ernst zu werden. „Aber Sanada möchte einen anderen Weg der Zeugung als den üblichen gehen", sagte Maria etwas unsicher und schaute sie aufmerksam an. Der normale Weg war der, dass die Seele während der Vereinigung von Mann und Frau in die befruchtete Eizelle schlüpfte. Würde Sarah sich vor den Kopf gestoßen fühlen?

Neugierig blickte Sarah. „Na sag schon!", forderte sie ungeduldig.

„Es soll über einen Trank gehen, vor deiner Vereinigung mit deinem Mann, Sananda soll wie bei Jeshua der Vater sein und ein Teil von Sanada wird sich in dir aktivieren." Unsicher verhielt Maria und wartete.

„Ach so? Na das ist doch gut! Es sind doch nur noch ein paar Tage bis zur Hochzeit! Dann muss ER es doch nicht erfahren", fügte sie schelmisch hinzu.

„Oh du bist göttlich!", sagte Maria erleichtert, sprang auf und schloss Sarah in die Arme. Dann zögerte sie. „Aber da ist noch eine Sache, Sarah. Deine Tochter darf es niemals von dir erfahren, sondern erst durch Sananda selbst."

„Hm, na ja ... Aber eine Klatschbase war ich nie. Ich kann auch schweigen. Vielleicht nicht so gut wie du, aber ich verspreche dir ... Sananda ..., dass ich nichts ausplaudere. Großes Priesterinnen-Ehrenwort! Ich bin ja so glücklich!"

Bevor Maria erleichtert ging, umarmte Sarah sie noch einmal stürmisch und blickte sie verschwörerisch an.

Joseph war noch immer mit Jeshua beschäftigt als Maria eintrat und ihre Arme ausbreitete. Beide schmiegten sich in sie. „Oh, Jeshua, deine Mission ist gesichert", sagte Maria leise und der Kleine verstand es. Seine Augen leuchteten auf und Maria hörte in sich seine Dankesworte. Dabei wurde sich Maria wieder einmal bewusst, dass er nicht wie die anderen war, sondern schon jetzt mehr Wissen besaß, als sie und Joseph zusammen. Eine gewisse Wehmut ergriff Maria bei diesen Gedanken.

Joseph erfasste es. „Maria, ich bin doch hier und wenn du den Wunsch hast, kann er doch erfüllt werden." Er lächelte sie verschwörerisch an.

Mit großen Augen schaute sie Joseph an. „Das wäre schön! Eine kleine Göttin bei uns, der ich all mein Wissen geben kann und die ich ganz normal bei uns aufwachsen sehe. Oh Joseph! Das wäre ein weiteres Licht auf Mutter Erde, denn meine DNA hat sich auch gewandelt! Aber ich muss erst mit Sananda sprechen!"

Der kleine Jeshua schlang seine Ärmchen um ihren Hals. „Ich freue mich!", hörte Maria in ihrem Kopf.

Nur wenige Tage danach erschien Sananda wieder, um Jeshua zur Lichtinsel zu holen. Der Kleine tappelte freudig zu ihm hin und Maria hob ihn Sananda entgegen.

„Sananda, ich habe eine Bitte", begann sie vorsichtig, um dann ganz schnell den großen Wunsch nachzuschieben.

Der leuchtende Mann lächelte liebevoll. „Ich wusste, dass ihr diesen Wunsch haben werdet. Die Seele, die deine Tochter werden will, wartet schon. Bitte Joseph, dass er jetzt Jeshua begleitet. Er ist einer der wenigen Eingeweihten, der sein Licht rein erhalten hat. Deshalb kann er nun das Bad im verdichteten Licht erfahren."

Vor Freude errötete Maria, doch bevor sie reagierte, spürte sie Josephs Glück. „Ich darf wirklich mit?", fragte er sich vergewissernd, es richtig verstanden zu haben. Bisher war es immer Maria, die mit durfte.

„Ja, warum stehst du noch hier herum?", scherzte Sananda.

Flüchtig nahm Joseph Maria in seine Arme und drückte sie kurz. Maria schob ihn von sich. „Nun geh schon, sonst sind sie ohne dich weg!"

Voller Freude eilte er zum Lichtgefährt. Maria hatte ihn noch nie so schnell laufen gesehen. Liebevoll schaute sie ihren drei Männern nach, die so einzigartig und wunderbar waren.

Sie sog die Luft tief ein und erinnerte sich an den Trank, den sie bereiten wollte. So nahm sie den Weg in den Garten und sprach mit den Devas und Feen, erklärte, was sie vorhatte.

Dabei pflückte sie frische Kräuter, rosarote Mohnblüten, weiße Lilienblätter und zart cremefarbene Röschen. Damit eilte sie in ihre Küche und dachte an Sanada. Schon beim Zubereiten des Tranks fühlte sie ihre Energie. Kaum dass er fertig war, erschien Sanada und nahm dankbar den Becher aus Marias Händen. Das Gefährt benötigte sie dazu nicht. Das wurde nur materialisiert, wenn Menschen zur Lichtinsel oder zurück befördert werden sollten.

Schon am nächsten Tag erschien Sanada mit dem fertigen Trank. Maria erkannte ihn kaum wieder. „Wie golden er schimmert! Er erinnert mich an den Tag meiner Hochzeit, als uns Sananda aus einem herrlichen Kelch eine ebenfalls golden schimmernde Flüssigkeit trinken ließ."

Sanada lächelte strahlend. „Dieser hier wird Sarahs DNA etwas verändern, damit mein Seelenanteil sich in ihr einnisten kann. Ich danke dir für deine Hilfe, Maria. Ohne dich wäre diese Aktion nicht möglich gewesen."

„Kannst du ihn nicht manifestieren?", fragte Maria verwundert. Das hatte sie jedenfalls felsenfest geglaubt.

„Nein, das ist uns nicht möglich. Ich kann einen Trank manifestieren, aber nicht solchen. Dieser muss aus den physischen Geschenken von Mutter Erde sein. Sonst ist es nur irgendein Getränk. Gib ihn heute Abend Sarah. Du weißt als Priesterin, wie du ihn verabreichen musst. Ich danke dir für deine Hilfe." Sanadas Körper verblasste. Zurück blieb der Kelch in Marias Händen.

Wie mit Sanada verabredet, bat Maria am Abend Sarah zu sich. „Liebes, bist du bereit, die Seele, die dein Leben bereichern will, zu empfangen?", fragte sie Sarah schon an der Tür.

Sarahs Gesicht erstrahlte. „Oh, ist es schon so weit? Ja, Maria, ja, ich bin bereit!" Sie presste ihre Hände aufs Herz.

„Dann komm mit mir in meinen Tempelraum. Du weißt, dass wir ein Ritual zelebrieren werden. Stelle dich vollkommen darauf ein."

Kaum standen sie im Raum, als Maria die Energien von Sanada und Sananda spürte. Maria nahm Sarahs Hände und bat sie die Augen zu schließen. „Stelle dich vollkommen auf die Energien von Sanada ein, öffne dich ihr als die eingeweihte Priesterin, die du noch immer bist."

Maria sah die sich bildende Gestalt Sanadas und hörte Sarah seufzen. „Ich spüre sie."

„Ich bin neben dir, Schwester", sagte Sanada sanft.

Sarah schlug überrascht ihre Augen auf und blickte direkt in Sanadas. „Wie schön, dich wiederzusehen!" Verzückt schaute sie und konnte sich gar nicht sattsehen, bis Sanada sie freundlich mahnte. „Lasst uns einen Kreis schließen, einen Kreis dreier Göttinnen, in dem die Energie der Liebe und des Lichts fließen kann." Sarah stand vollkommen in sich versunken glücklich lächelnd da. Hinter ihr stand Sanada, seine Hände lagen, die Energie verstärkend, auf ihren Schultern.

Sanada stimmte den Schöpfungsgesang an und Sarah fiel sogleich ein. Maria und Sananda folgten ebenfalls. Eine unbeschreibliche Kraft begann den Raum zu füllen.

Nach einer Weile fühlte Maria einen leichten Druck von Sanadas Hand und automatisch wusste sie, dass es Zeit wurde.

Als Maria ihre Hand von Sarahs löste, griff Sanada sie und sandte Sarahs Aura und ihrem Körper einen ununterbrochenen Strom von Lichtenergie. Maria hielt den Becher an Sarahs Mund, die sofort Sanandas Essenz der DNA zu trinken begann. Währenddessen löste sich ein leuchtendes Teilchen aus Sanada und zog in Sarahs Körper ein. Sarah zuckte ein wenig, trank aber weiter. Ihr Körper erstrahlte von innen heraus. Als der Becher geleert war, lachte sie so glücklich, wie es Maria von ihr noch nie gehört hatte.

Nachdem Sarah ihre Augen öffnete, umarmte sie Sanada voller Glückseligkeit. „Oh könnte ich doch immer in dieser Energie sein! Den Teil deiner großen Seele in mir liebe ich schon jetzt mit meiner ganzen Kraft."

„Ich danke dir, Schwester", hauchte Sanada und wurde immer durchsichtiger, bis sie für Maria und Sarah nicht mehr zu sehen war. Nur ihre Energie fühlten sie noch ein Weilchen im Raum. Beide sanken vor Marias Altar nieder und Sarah begann von ihren Gefühlen und von ihrem Glück zu schwärmen.

„Ich danke dir, Göttin Sarah. Du wirst die Mutter der zukünftigen Frau meines Sohnes sein! Ich finde keine Worte für die Größe dieser Mission! Und wir tragen dazu bei!"

Joseph und Jeshua kamen am nächsten Tag von der Lichtinsel zurück. Maria staunte ihren Mann an. Sie hatte ihn ja schon immer als wunderschön empfunden, doch nun sah er noch viel schöner aus. Er strahlte in ganz neuem Licht und sie konnte sich gar nicht von seinem Anblick losreißen.

Zum ersten Mal vereinigten sie sich in dieser Nacht und sangen ihr Schöpfungslied für die Seele einer Göttin in ihr beider Leben.

Nach einer ganz normalen Schwangerschaft hielt Maria ihre kleine Tochter Aimee hingebungsvoll in ihren Armen. Jeshua war zu dieser Zeit zwei Jahre alt und konnte schon allein zur Lichtinsel reisen, sobald er den Ruf Sanandas empfing.

Nur einen Tag danach entband Sarah ihr Töchterchen Magdalena. Sie war überglücklich. Ihr Mann weniger. Er ließ sie fühlen, dass er sie für eine Versagerin hielt, weil sie „nur" ein Mädchen geboren hatte. Um SO-WAS würde er sich nicht kümmern. Wenn er im Hause war, lief Sarah bedrückt herum. Die dunkle Macht hatte Einzug auch in dieses Haus gehalten. Glücklicherweise war Bardor viel auf Geschäftsreisen. Kaum war er fort, erstrahlte Sarah, wurde wieder die Göttin und eine wunderbare Mutter für die kleine Magdalena.

Maria und Sarah brachten ihre Kinder von Anfang an zusammen, denn die anderen Kinder im Dorf wuchsen nicht in Freiheit auf. Mädchen mussten, kaum dass sie laufen konnten, in Haus und Hof der Mutter helfen und wurden vom Vater und älteren Brüdern wie Dienerinnen behandelt. Oft sogar noch schlimmer.

Maria meinte, dass die gleichaltrige Magdalena eine gute Spielgefährtin für Aimee sein würde. Doch sie sah auch, dass Jeshua ihr mehr Aufmerksamkeit und Liebe schenkte als seiner Schwester. Wenn er von der Lichtinsel zurückkam, war er viel zu ernst, viel zu erwachsen für sein Alter. Dann waren es die beiden Mädchen, die in ihm den kleinen Jungen sahen, ihn in ihre Spiele eingliederten und mit ihm zusammen durch Haus und Garten tobten. Aber häufig verschwanden Jeshua und Magdalena und ließen Aimee traurig und allein zurück. Erst wenn die zwei wieder erschienen und sie einbezogen, heiterte sich Aimees Gesichtchen auf.

Die Zeit eilte dahin und Marias Herz krampfte sich zusammen, wenn sie daran dachte, dass nach Jeshuas sechstem Geburtstag nur wenige Wochen später seine Schulungen im Tempel beginnen würden.

Es wurde ein weher Abschied, ein tränenvoller. Nicht nur bei Maria. Viel mehr weinten die beiden vierjährigen Mädchen. Sechs lange Monate sollten sie Jeshua nicht sehen! Zuerst ordneten sie die sechs Monate wie zuvor den Aufenthalt auf der Lichtinsel ein. Aber diesmal waren es keine drei Tage oder zwei Wochen. Nein, die Zeit verrann und er kam nicht! Immer und immer wieder mussten die Mütter die beiden Kleinen trösten. „Bald, wenn der Winterjasmin blüht, ..."

In diesen langen Monaten wurden die Mädchen unzertrennlich. Maria begann mit einigen kleinen Übungen, sie auf die späteren Zeiten, Magdalena auf ihre Mission, vorzubereiten.

Sie selbst konnte des Öfteren Jeshua telepathisch erreichen und spürte, dass ihm in dem reinen Männertempel die weiblichen Energien der Göttin fehlten. Dann sandte sie ihm diese. Manchmal „klinkte" er sich aber auch aus, denn schließlich hatte ein Mann ja stark zu sein. Sie als Mutter fühlte jedoch, dass vor allem durch Sanandas frühe Schulung ihrem Jungen eigentlich die Kindheit geraubt worden war. Einen kleinen Trost empfand sie dadurch, dass im selben Tempel schon seit drei Jahren Johannes, der Sohn ihrer Kusine Elisabeth, lebte, den Jeshua schon durch gegenseitige Besuche von klein auf kannte.

Joseph fühlte Marias Kummer. Er litt ja auch unter Jeshuas Fernsein, meinte aber, dass Mütter es viel stärker empfanden, weil sie das kleine Wesen ja neun Monate in sich trugen und dadurch viel stärker mit ihm verbunden waren.

„Wollen wir nicht eine weitere Seele zu uns bitten, geliebte Göttin?", flüsterte er am Abend an ihrem Ohr.

Überrascht schmiegte sie sich an ihn. „Oh ja, das wäre wunderbar, Geliebter. Unsere Familie wird immer vollkommener."

Neun Monate später, Aimee war fünfeinhalb Jahre, kam Jaana. War Joseph enttäuscht, dass es kein Junge war? Glaubte er wirklich, dass dieser für Maria ein Ersatz für Jeshua gewesen wäre? Niemals kann ein Kind ein anderes ersetzen, weil jedes einzigartig ist.

Maria fühlte beim Heranwachsen dieser Kinder, wie sehr Jeshua eine normale Kindheit wegen seiner Mission verwehrt worden war. Schon mit sieben Jahren stand er bei der Dorfjugend am Brunnen und versuchte sich als Lehrer.

Wenn er nach einem halben Jahr für vier Wochen nach Hause kam, war er viel zu ernst für sein Alter. Die Mädchen holten ihn zurück in eine kindliche Welt. Besonders schnell schaffte es Magdalena mir ihrer ganz eigenen, freudvollen Energie. Mit ihr fand er sein kindliches Lachen wieder.

Oft genug holte ihn Sananda sogar während dieser kurzen Ferienzeit auf die Lichtinsel. Keine zwei Wochen, nein, aber auch drei oder vier Tage waren Maria zu viel. Aber ihre und Josephs Argumente verhallten ergebnislos. Auch ihre Bitte, Jeshua nicht die vollen zwölf Jahre im Tempel zu lassen, wurde nicht erhört. Ihnen wurde nur daraufhin gesagt, dass es nicht ginge, weil sonst seine Mission scheitern könne.

Schließlich war auch Magdalenas Zeit gekommen, um als Sechsjährige in den Tempel zu gehen. Glücklicherweise waren die Ferien überall zur gleichen Zeit. Wie stürzten sie sich jedes Mal in die Arme! Je älter sie wurden, desto mehr Zeit verbrachten sie in den Ferien zusammen. Aimee und Jaana akzeptierten es schließlich, wollten wohl auch deshalb nicht mit sechs Jahren in den Tempel, sondern zu Hause bleiben. Maria und Joseph redeten ihnen nicht hinein, denn der freie Wille eines Menschen, egal welchen Alters, war ihnen Gesetz.

Eines Tages, Jeshua war nun zwölf Jahre alt, erklang furchtbares Geschrei vom Weg bis ins Haus hinein. Maria sprang auf und stürzte hinaus, gefolgt von Jeshua und Magdalena. Neben dem Garten lag ein kleiner Junge auf dem Bauch und schrie seinen Schmerz in die Welt. Das erhobene Gesicht war blutüberströmt. Maria drehte sich um, rannte ins Haus, griff ihren Balsam und einige nasse Tücher, um ihm zu helfen.

Doch abrupt stoppte sie ihren eiligen Lauf vor dem Bild, das sich ihr draußen bot: Jeshua kniete vor, Magdalena hinter dem auf dem Boden sitzenden Jungen. Jeshuas Hände lagen auf dem Gesicht, ihre auf dem Kopf des Kleinen. Beide hatten ihre Augen geschlossen. Maria erkannte die göttliche Dreiergruppe und fragte sich, was denn dort geschähe.

Als sie dieses Bild verinnerlichte, erfasste sie tiefe Ergriffenheit, denn sie sah die Lichtenergien wellenförmig zwischen den Händen fließen. Ein strahlendes Lichtband floss durch Magdalenas Kronenchakra in ihre Hände, durch den Kopf des Jungen in Jeshuas und zurück. Ein heiliger Akt.

Fasziniert und verblüfft schaute Maria und rührte sich nicht von der Stelle.

Nach wenigen Minuten erhoben sich Magdalena und Jeshua gleichzeitig. „Erzähle es keinem!", gebot er dem Kleinen. Dann nahm er Magdalenas Hand und beide strebten schweigend dem Haus zu.

Maria trat zu dem Jungen und wusch ihm das Blut vom Gesicht. Sie sah, dass alles vollkommen heil war. Nicht mal eine Schramme war zu sehen. Nichts!

„Wie habt ihr das gemacht?", wollte Maria von den zweien wissen, als sie ins Haus kam.

„Ich habe nur getan, was die Göttin mir empfahl", antwortete Magdalena, nahm Jeshuas Hand und beide liefen lachend in den Garten. Verwundert blickte Maria ihnen nach. Welche Kraft mochten die zwei wohl später haben, wenn sie jetzt schon als Kinder solche Energien beherrschten.

Am Abend erzählte Maria im Beisein Jeshuas ihrem Joseph davon. „Das habe ich nicht im Tempel gelernt", warf Jeshua ein. „Ich habe mich von Magdalena führen lassen. Aber auf der Lichtinsel hat man mir die Energielenkung erklärt. Daran habe ich mich erinnert." Er schwieg einen Augenblick in sich versunken. „Eigentlich wäre es für mich gut, wenn ich auch diese weiblichen Energien kennenlernen könnte. Das habe ich heute ganz stark bemerkt."

„Das solltest du deinem Vater über den Wolken sagen, Jeshua", meinte Joseph.

„Ich werde in meinem Tempel nachfragen, ob es für dich eine Möglichkeit des Aufenthaltes geben könnte", bemerkte Maria dazu vorsichtig.

Sie setzte sich vehement in den nächsten Wochen und Monaten dafür ein, kämpfte wie eine Löwin und hatte schließlich Erfolg. Sananda gab auch seine Zustimmung und so zog Jeshua eines Tages in dem Tempel der Göttin ein.

Doch so einfach war das Leben dort nicht. Er durfte nicht mit den Priesterinnen zusammenkommen. Erst wenn diese am Abend in ihren Gemächern verschwunden waren, durfte er in den Tempel oder in andere Teile des Bereichs. Die Hohe Priesterin selbst unterrichtete ihn.

Trotz der vielen Beschränkungen fühlte er sich hier wohl, fühlte sich zu Hause. Die Liebe und Wärme, die hier alles atmeten, gaben ihm, was im Männertempel fehlte. Hier lernte er auch, wie er einen Menschen von Grund auf heilen könne, wenn dessen Seele bereit dazu sei.

Vor jedem Sabbat kamen Kranke zum Tempel. Viele, deren Seele zugestimmt hatte – das wurde stets von der jeweiligen Heilerin ergründet –, verließen den Ort völlig gesund, andere gingen, wie sie gekommen waren.

Jeshua durfte von einem Fenster des Tempels zuschauen und erhaschte manchmal einen Blick Magdalenas, die ihm sogar ungeniert zuwinkte, was ihm eine verlegene Röte ins Gesicht trieb.

Nach einiger Zeit des Lernens durfte Jeshua mit Unterstützung der Hohen Priesterin selbst Heilungen vornehmen, sie sogar bestimmten Männern vorführen. Niemals aber konnte er ohne die weibliche Kraft eine Heilung zustande bringen. Hier im Tempel besaß er nach vielen

Stunden des Lernens diese Kraft, aber außerhalb des heiligen Ortes gelang es ihm nicht, sie aufrechtzuerhalten. Deshalb war Magdalena so wichtig für seine Mission. Er erkannte hier, dass es nicht nur „seine" Mission war, sondern ihrer beider!

Als er dann wieder im Männertempel lernte, fehlten ihm die Wärme, die Energien der Göttin und ihre Liebe. Hier hatte er nur mit eiserner Disziplin zu lernen, zu studieren und sich körperlich zu ertüchtigen. Basta!

Er merkte es mit zunehmendem Alter jedoch auch, dass er mit dieser anerzogenen Härte oft seine liebe Mutter, besonders aber Magdalena, vor den Kopf stieß. Und sogar Aimee. Oder war es sein Schutzpanzer, den er sich zugelegt hatte, um seine Mission nicht durch zu menschliche Gefühle zu gefährden? Sich in der menschlichen Liebe zu verlieren?

Wenn er so in sich versunken dasaß, erhob sich manchmal Joseph und legte ihm seinen kräftigen Arm um die Schulter.

„Komm, mein Junge, lass uns Männer ein wenig in den schönen Abend hineinlaufen."

„Aber gern!", sagte Jeshua bereitwillig. Er mochte diese Spaziergänge mit seinem Ziehvater. Kam dabei doch manches zur Sprache, was ihm Rätsel aufgab.

„Frauen zu verstehen ist nicht leicht", begann Joseph diesmal. „Doch wenn du ihnen das Gefühl der alles verstehenden Liebe gibst, hast du schon viel gewonnen. Bei deinen liebsten Frauen musst du keine männliche Härte zeigen. Und bei mir auch nicht. Ich liebe dich auch, wenn du weich und verletzlich bist."

Jeshua erkannte, dass zwischen seiner Akademie und seinem Zuhause ein himmelweiter Unterschied bestand.

Und dann kam die Reise nach Ägypten. Für mindestens ein Jahr! Es wurde eine anstrengende Reise mit der Karawane. Körperlich, aber auch geistig. Doch alles war vergessen beim Anblick der herrlichen Tempelanlagen „der Schwestern und Brüder des Lichts". Hier fand er seinen inneren Frieden, denn hier herrschten die weiblichen und männlichen Energien, Priesterinnen und Priester, gemeinsam und übermittelten ihm die uralten Wahrheiten aus Lemuria und Atlantis.

Eigentlich war es ja nur ein Erinnern, ein Wiedererwecken der alten Zellerinnerungen. Denn die Seele jedes Menschen weiß alles, von Anbeginn an, und sie unterscheidet alles. Doch der Mensch selbst muss sich erinnern, um sich richtig entscheiden zu können.

Hier erfuhr Jeshua als Mensch von der Entstehung des Universums, von der Trennung Dunkelheit und Licht, vom Missbrauch der Energien und von den Genexperimenten, die hier auf Gaia zu ihrem Höhepunkt im Universum geführt wurden.

All die Kriege, die Quälereien, das Leid, das die Menschen hierdurch erleiden mussten, erweckten jedoch nicht die niederen Gefühle wie Zorn und Hass in Jeshua, denn er wusste, dass alles irgendwann zu einem guten Abschluss kommen würde.

Hier erwachte in ihm als Mensch unter Menschen die tiefe Liebe, das große Mitgefühl für die gequälte Menschheit auf Erden, das er brauchte, um seine Mission, das Licht auf der Erde neu zu verankern, aus tiefstem Herzen zu verstehen und zu erfüllen.

Und eines Tages durfte er auch den ISIS-Tempel der Priesterinnen besuchen. Tief ergriffen verweilte er abends bei den Leuchtkristallen, deren sanftes Licht ihn an das Licht bei seinem Vater über den Wolken, an die Schöpferkraft der Quelle erinnerten und sein Herz mit der Liebe der Quelle selbst nährten, direkt hier, mitten auf der Erde.

Dass nicht er selbst, sondern jedes Mal eine Priesterin die Leuchtkristalle extra für ihn aktivierte, verletzte seinen Stolz. Doch hier war er nicht der Auserwählte mit einer großen Mission, sondern nur ein Mensch unter Menschen, ein Mann eben.

Als er gar seiner Mutter und Magdalena einen Kristall mitnehmen wollte, erfuhr er eine erneute Abfuhr. „Nur die Göttin selbst erweckt die Kristallin in einer Frau, die ihr dienen will. So etwas ist kein Mitbringsel!" Und im Weggehen murmelte die Priesterin: „Und ein Mann bekommt sowieso keinen!"

Endlich war die lange Zeitspanne vergangen und Jeshua würde in den nächsten Tagen zurückkehren. Magdalena war schon zu Hause und kam ungeduldig ein ums andere Mal im Nachbarhaus bei Maria nachschauen, ob Jeshua endlich da sei. Schließlich war es nun nicht mehr weit bis zur Hochzeit, mit der sie seit ihrem vierten Jahr fest rechnete. Und Joseph hatte bereits DAS Haus bauen lassen!

Doch am Abend vor seiner Ankunft stand plötzlich Sananda neben Maria. „Maria", sprach er sie sanft an. „Ich weiß, was ihr für Jeshua plant. Doch das geht nicht! Er ist noch nicht so weit. Er muss noch für drei Jahre nach Indien, bevor er seine Mission beginnen kann."

Während dieser Worte schnappte Maria nach Luft. Zorn, lange Jahre angestaut, wallte in ihr hoch und brach sich Bahn.

„Jetzt reicht es aber!", schrie sie ihn empört an. „Seit seiner Geburt bestimmst DU sein Leben! Ist sein freier Wille nicht Gesetz? Er wird Magdalena heiraten und dann seine Mission beginnen! Er ist jetzt erwachsen und ein freier Priester und wird seinen Weg gehen. Punktum!" Mit hochrotem Gesicht und Tränen in den Augen wandte sie ihm den Rücken zu.

Sananda blieb sanft und seine Stimme leise. „Maria, erinnere dich und wenn sich Jeshua erinnert, wird es sein freier Wille sein, nach Indien zu gehen. Nur dort können ihm weise Männer die Herrschaft über seinen physischen Körper lehren. Wir auf der Lichtinsel können es nicht, weil wir keinen solchen Körper besitzen. Dieses Wissen könnte ihm später einmal sein Leben retten. Bitte, Maria, ich verstehe dich ja, aber lass ihn seinen Weg gehen und wende dich nicht von mir ab."

Seine eindringlichen Worte erreichten Maria nicht. „Der freie Wille eines jungen Mannes und einer jungen Frau hat doch in deinen Plänen überhaupt keinen Platz!", stieß sie unter Schluchzen hervor. „Ist doch genauso wie in diesem Land: Einer bestimmt und alle müssen springen!" Sie wandte sich ihm zu und schrie ihn an: „Geh endlich, bevor ich mich völlig vergesse!" Wie eine Furie stand sie vor ihm.

Bestürzt bewegte sich Sananda rückwärts zur Tür. „Maria, ER hat seinen freien Willen und mit dem wird er den Weg nach Indien wählen." Fort war er und mit ihm seine Energie.

Grad so war auch Marias Energie verschwunden. Sie brach hilflos schluchzend zusammen. „Verdammt sei der Tag, an dem ich mich auf diese Mission einließ!" Sie hatte ihre priesterliche Würde vollkommen verloren, war nur noch eine verzweifelte Frau und Mutter und wollte Sananda niemals wiedersehen! Sie lag im wahrsten Sinne des Wortes völlig zerstört am Boden.

In diesem Moment kam Joseph zur Tür herein, erschrak und war mit wenigen Schritten bei ihr. „Was ist denn, meine Liebste?", brachte er noch heraus, dann half er ihr, sich zu erheben, und nahm sie in seine starken Arme.

Hemmungslos schluchzte sie an seiner Schulter. Zärtlich und beruhigend streichelte er ihr schönes Haar. Sie fasste ihren aufgestauten Frust, ihre Hilflosigkeit und ihren Schmerz der vielen Jahre endlich in Worte und Joseph hörte ihr einfach nur liebevoll zu. Mit keinem Wort unterbrach er sie und ganz langsam kehrten ihre innere Ruhe, ihre priesterliche Würde zurück. So voller Mitgefühl war sein Schweigen, dass Maria nicht in Scham verging, weil sie so völlig die Fassung verloren hatte. Mit einem Tüchlein trocknete er ihr Gesicht, schob die Haare zurück und lächelte sie voller Liebe an.

In diesem Moment platzten Aimee und Jaana lachend ins Zimmer. „Seht doch nur, was wir für eine wunderschöne Blüte gefunden haben!" Strahlend hielt ihnen Aimee die Blüte vor die Gesichter.

„Eine Elfe hat sie uns gezeigt", berichtigte Jaana. „Allein hätten wir sie nie entdeckt! Ist sie nicht zauberhaft?"

„Wirklich!", lächelte Maria. „So eine habe ich noch nie gesehen." Sie nahm die Blüte vorsichtig und roch daran, betrachtete sie von allen Seiten und ihr Herz wurde wieder ruhig. „Ihre Energie sagt mir, dass sie jeden Heiltrank um ein Vielfaches verstärken kann. Zeigt ihr mir, wo sie wächst?"

„Aber ja", nickte Jaana und ergriff eifrig Marias Hand, um sie zur Tür zu ziehen. Draußen fasste Aimee die andere und flankiert von ihren Töchtern ging Maria. Joseph schaute ihnen nach, bis sie um die Hausecke waren.

„Siehst du sie schon?", erkundigte sich Jaana nach ein paar hundert Metern.

„Wie könnte ich!", lachte Maria. „Ich weiß nicht einmal die Richtung, in die ich blicken müsste."

„Da, da!", wies Jaana aufgeregt und zog stärker an Marias Hand.
„Wo ihr mich hinschleppt!", tat Maria empört. „In so eine abgelegene Wildnis!" Einen größeren Busch umgingen sie und standen nun vor einem mit kniehohen Kräutern locker bewachsenen Fleck.
„Siehst du sie nun?", zappelte Jaana ungeduldig.
„Ja, nun sehe ich sie! Sie ist wirklich wunderschön!" Maria hockte sich nieder und schaute sich um. Ganz still verhielt sich jetzt sogar die zehnjährige Jaana.
Die Mädchen hatten eine Elfe erwähnt. Wo war sie denn? Maria bündelte ihre Aufmerksamkeit. Da, zwischen den Zweiglein der nebenstehenden Kräuter stand sie und blickte interessiert zu Maria. Dann lächelte sie und Maria hörte ein Stimmchen in ihrem Kopf. „Du bist eine starke Göttin. Du darfst sie mitnehmen und pflegen. Sie wird dir mit Freuden dienen und ist mein Geschenk für dich und deine wundervollen Töchter. Nutze sie zum Wohle aller. Dann wird sie gut wachsen und gedeihen und dich durch dein Leben begleiten."
Bevor sich Maria bedanken konnte, war die kleine Fee verschwunden.
„Sucht mir mal einen Stein zum Ausgraben", forderte Maria und begann im angemessenen Abstand um die Pflanze herum die Erde fortzuräumen. Kein Würzelchen sollte verletzt werden. Vorsichtig hob sie die Pflanze hoch und trug sie beidhändig, während die Mädchen auf ihren Weg achteten und warnten, damit sie nicht stolpere.
„Sie bekommt einen schönen Platz in unserem Garten", meinte Maria unterwegs und war voller Dankbarkeit für ihre Töchter und die Elfe, die sie an ihre Aufgabe erinnert hatten, die ihr oblag, ob nun Jeshua bei ihr war oder nicht. Nun erwachte auch wieder die Freude in ihr auf den morgigen Tag, an dem sie ihn endlich an ihr Herz drücken konnte.

Endlich brach der ersehnte Tag an. Alle waren voller Erwartung. Magdalena hatte sich nach ihren Ritualen und Arbeiten, die sie heute ziemlich flüchtig absolvierte, mit einer Stickerei so hingesetzt, dass sie die Straße im Blick behielt.

Endlich, inzwischen war es Nachmittag geworden, bog die kleine Karawane um die Ecke. Magdalena warf ihre Stickerei auf ihren Platz und flog ihrem Jeshua mit ausgebreiteten Armen entgegen. Als er sie sah, trat er aus der Gruppe heraus und breitete ebenfalls seine Arme aus. Schmunzelnd, leicht betreten oder mit streng gerunzelter Stirn beobachteten seine Begleiter die Szene, wie er das junge Mädchen auffing und sie liebevoll an sich drückte. „Hallo, liebe Freundin! Wie wunderschön du geworden bist. Komm, lass uns ins Haus gehen und unser Wiedersehen feiern."

Magdalena spürte sein Erwachsensein und eine kleine Fremdheit. Nun wurde sie doch etwas verlegen wegen ihres Benehmens. Und sie las in den undurchdringlichen Mienen der Umstehenden: „Ein junges Mädchen schmeißt sich nicht an den Hals eines jungen Mannes! Sowas macht man nicht!"

Doch sie schüttelte es ab und hängte sich wie früher an seinen Arm, um ins Haus zu Maria zu gehen. Das empörte Getuschel hörte sie nicht mehr.

Während Jeshua in den Armen seiner Familie lag, stand Magdalena daneben und trat von einem Fuß auf den anderen. Sie brannte darauf, endlich Neues zu erfahren. Der laute und ärgerliche Ruf ihrer Mutter riss sie los. Sarah empfing sie mit einem Tadel, was nur sehr selten geschah. „Magdalena, lass der Familie die Zeit der Begrüßung und warte, bis du eingeladen wirst!"

Das hörte Magdalena ungern. „Aber Mutter", widersetzte sie sich, „ich habe ewig auf diesen Tag gewartet! Und für Maria bin ich sowieso wie eine Tochter. Da gibt es keine Geheimnisse!"

Sarah seufzte und dachte daran, wie sie als Jugendliche reagierte, als Maria mit ihren Heiratsabsichten ankam. „Das weiß ich, mein Mädchen, aber ich weiß auch, dass Maria wieder Besuch von Jeshuas Vater über den Wolken hatte. Und die Botschaft war wohl nicht allzu leicht. Daran muss der Junge bestimmt kauen."

Magdalena ahnte nichts Gutes. Wie oft war schon alles anders gekommen, als sie gehofft hatte. Wie im Traum stand sie.

„Aber diesmal nicht!", dachte sie trotzig. „Wir werden heiraten und dann ..."

Ein leises Klopfen an der Tür ließ sie aufhorchen. Jeshua kam herein und sie wollte ihm erneut entgegenfliegen. Doch sein Blick bannte sie.

Er trat nahe heran und griff ihre Hände. „Magdalena, meine Liebe, es wird Zeit, dass wir erwachsen werden. Zum Heiraten ist es für uns noch zu früh. Mein Vater ..."

Sie hörte die Trauer in seiner Stimme. Trotzdem unterbrach sie ihn wütend. „Dieser Mann, der noch niemals hier war und den du Vater nennst, kann doch nicht über dich bestimmen. Über uns", setzte sie empört hinzu. Vater über den Wolken! So ein Hirngespinst! Kleinkinderkram! Märchen!

„Magdalena, bleib ruhig. Er ist ich. Daher weiß er, was mir noch fehlt auf dem Weg, von dem wir schon immer wissen. Er schickt mich nach Indien, damit ich dort ..."

„Indien? Dann bist du doch mindestens zehn Jahre fort!", schrie sie voller Verzweiflung. „Dann sind wir alt! Und was wird aus der Mission?" Ihr Zorn trieb ihr Tränen aus den Augen und sie konnte nicht weitersprechen.

Auch seine Augen schwammen in Tränen, doch das sah sie nicht in ihrer Wut. „Liebes, nein, es sind nur drei Jahre. Mit dem Luftschiff geht die Reise schnell und er wird mich auch wieder abholen. Währenddessen wünscht mein Vater, dass du einige Zeit bei ihm verbringst, damit dein Körper auf unsere Mission vorbereitet wird."

Magdalena hörte ihm gar nicht richtig zu. „Ich will da nicht hin! Hör auf mit dem Kinderkram. Ich bin erwachsen! Ich bin eine Frau!", schrie sie ihm ins Gesicht. Auch seine Trauer kam nicht bei der Enttäuschten an.

„Magdalena, bitte!"

„Wenn du wirklich gehst, dann siehst du mich nie wieder!", schrie sie, wandte sich abrupt um und lief in ihr Zimmer, wo sie sich aufs Bett warf und stundenlang schluchzte.

Eine leise Stimme meldete sich in ihr. „Maria Magdalena, kehre um, bevor es zu spät ist! Verschließe dein Herz nicht!"

Völlig erschöpft schlief sie schließlich ein, um am anderen Morgen furchtbar traurig zu erwachen.

Wie ein Häufchen Elend saß sie auf ihrer Bettstatt, als ihre Mutter leise hereintrat. Sie setzte sich zu ihr und nahm sie in den Arm. „Liebes, ich kann dich verstehen. So jung will man immer mit dem Kopf durch die Wand. Alles soll gleich und sofort sein! Aber du hast damit auch gezeigt, dass du wirklich noch Zeit zum Wachsen brauchst."

„Ich schäme mich so", sagte Magdalena und legte ihren Kopf auf Mutters Schulter. „Ich weiß inzwischen, dass es falsch war. Weißt du, ich werde ein paar Tage in den Tempel gehen, damit ich wieder zu mir finde."

„Tu das, meine Tochter", bestärkte Sarah sie.

In der Stille des Tempels, nach den reinigenden Bädern fühlte Magdalena, dass sie diesen Zorn schon durch viele Inkarnationen schleppte und ihn unbedingt auflösen sollte. Aber wie? Daran würde sie in den kommenden Jahren arbeiten, wenn Jeshua in Indien weilte.

Voller Frieden mit sich eilte sie nach Hause und wollte Jeshua mit dieser Mitteilung erfreuen und ihn um Verzeihung bitten.

Sarah nahm sie froh lächelnd in die Arme. Doch Magdalena sah eine Trauer in ihren Augen. „Was ist, Mutter? Bist du noch wegen meines Ausbruchs traurig? Ich werde gleich zu Jeshua laufen und ihm sagen, dass ich jetzt verstanden habe und auch die Schulung bei seinem Vater mache, wenn es ihn denn gibt!"

„Ach, mein Mädchen, sei jetzt ganz stark! Gestern Abend wurde Jeshua abgeholt und mit dem Lichtschiff nach Indien gebracht!"

Magdalena stand wie vom Blitz getroffen. Der furchtbare Schmerz kehrte zurück. Nun würde sie ihn drei Jahre nicht sehen und ihm nicht sagen können, wie leid ihr die Worte taten.

Maria hatte Magdalenas Rückkehr bemerkt und trat in diesem Moment in den Raum. Sie sah, wie es um Magdalena stand, und nahm sie einfach nur tröstend in die Arme. Sarah trat hinzu und zu dritt standen sie und weinten bittere Tränen, um all das, was war, und um den Schatten, der über beider nicht erfolgtem Abschied lag.

„Was wird denn nun aus meiner Schulung?", ermannte sich Magdalena schließlich zu fragen. Sie lösten sich voneinander.

„Ich weiß es nicht, Liebes", antwortete Maria voller Trauer. „Es ging alles so schnell. Von Jeshua soll ich dir ausrichten, dass er weiß, dass du dich überwunden hast. Tja und sein Vater wird dich wohl einladen, wenn die Zeit reif ist. Jetzt musst du geduldig sein. Wenn du möchtest, können wir mit dir üben, deinen Zorn umzuwandeln, damit er nicht mehr zerstörerisch wirkt. Wenn du das kannst, bist du wirklich bereit für euren gemeinsamen Weg. Wut ist nämlich eine der stärksten Kräfte! Wenn man das Umwandeln und Bündeln versteht, ist man sehr, sehr stark."

Magdalena war zwar traurig, aber auch erleichtert, dass ihr Ausbruch nichts Schlimmes bewirkt hatte. Glaubte sie jedenfalls. Und sie nahm sich vor, demütig zu sein, wenn sie in Jeshuas Schatten stehen würde.

Maria erfasste ihre Gedanken und hakte ein. „Liebes, du stehst nicht in SEINEM Schatten, sondern ihr steht beide im Schatten eurer großen Aufgabe. Er braucht deine volle Unterstützung, denn kein Mann kann ohne die voll erwachte Weiblichkeit ein Wunder vollbringen. Darum stehe auch ich an seiner Seite. Lerne, deine aufbrausenden Gefühle in Mitgefühl für das Leid der anderen und Gaia umzuwandeln. Und noch eine Aufgabe ist ganz allein deine: Erwecke in den Herzen der Frauen den göttlichen Funken, erwecke in ihnen das Bewusstsein ihrer göttlichen Kraft, damit sie selbstbewusst ihren Weg auf Erden gehen können."

Während dieser Worte blickte Magdalena gebannt Maria in die Augen. „Jetzt verstehe ich erst richtig, was ,die Mission' bedeutet. Was sie für mich bedeutet", fügte sie an. „Bisher habe ich das alles noch nicht richtig verinnerlicht. Ich dachte nur, dass ich viele Kinder bekommen sollte. Ich danke dir von ganzem Herzen, Maria. Mach's gut. Das muss ich erst mal verdauen." Sie wandte sich um und lief in ihren eigenen kleinen Tempelbereich, in dem sie nach etlichen Tagen wieder ins Gleichgewicht kam.

Sie hörte eines Tages ihren Vater ankommen, aber da sie kein inniges Verhältnis zu ihm hatte, blieb sie in ihren Räumen. Er war für sie nur ein gut bekannter Fremder, der nur selten nach Hause kam und bald wieder verschwand.

Plötzlich betrat er ihre Räume und setzte sich auf einen Stuhl. Mit großen Augen verfolgte sie seine Bewegungen. Das war ja noch nie vorgekommen!

„Was ist denn, Vater?" Das letzte Wort kam ihr schwer von den Lippen. Angst stieg in ihr auf.

„Maria Magdalena", begann er in strengem Ton. „Du bist nun eine erwachsene Frau. Es wird Zeit für eine Ehe. Ich habe dich einem Mann versprochen, der für dich sorgen wird und dir einen angemessenen Wohlstand bieten kann."

„Das geht doch nicht!", fuhr Magdalena schockiert auf. „Ich bin doch Jeshua versprochen! Wenn er zurückkehrt, werde ich seine Frau. Sprich mit Mutter! Sie kennt meinen Weg. Sie weiß, dass ich keinen anderen Mann heiraten kann!" Ihre Stimme verriet die Panik.

Mit einer unwirschen Handbewegung wischte er ihre Einwände fort. „Dumme Pute", knurrte er mit böse gerunzelter Stirn. „Dein Jeshua ist ein Nichts. Lebt nur von den Alten und hält sich für was Besseres. Der denkt gar nicht daran, dich zu einer ehrbaren Frau zu machen."

„Das stimmt nicht, Vater!" Diesmal hatte das Wort einen stark flehenden Klang. „Bitte, sprich mit Mutter!"

„Jetzt ist es aber genug!" Er sprang auf. „Nicht genug, dass ich von anderen hören muss, dass sich meine Tochter Männern an den Hals wirft, jetzt soll ich mir auch noch von Weibern vorschreiben lassen, was ICH zu tun oder zu lassen habe!" Er wandte sich zur Tür. „In drei Wochen ist die Hochzeit!" Weg war er.

Erstarrt vor Schreck stand Magdalena und stierte auf die Tür. Zorn kroch in ihr hoch. Noch nie hatte jemand so mit ihr gesprochen. Und jetzt dieser Mann! Und in welchem Ton! Wie konnte er es wagen! Sie stürzte zur Tür! Sie musste für ihre Rechte kämpfen!

Abrupt hielt sie an der Wohnzimmertür inne. Dort saß ihre Mutter und vor ihr der Vater mit rotem Gesicht. „Schluss jetzt mit dem Gerede!", brüllte er los. Sarah schrumpfte zusammen. „Lange genug habe ich alles zugelassen, sogar die Ausbildung im Tempel. Meine Tochter wird keine alte Jungfer! Sie wird den Bargor Malor heiraten, weil ich es ihm vor den Rabbis versprochen habe. Und mein Wort nehme ich nicht zurück, bloß weil ein paar dumme Weiber das wollen!"

„Du kannst mich nicht verkaufen wie Vieh", platzte nun Magdalena empört hinein. „Ich bin eine freie Priesterin und werde diesen Mann nicht heiraten!"

Ganz langsam stand der Mann auf, zornrot sein Gesicht, sodass in ihr Angst aufkeimte. Sie hatte einen schwachen Punkt berührt. Seine Schulden war er mit der Heirat los!

„Es ist mein gutes Recht und meine Pflicht, dafür zu sorgen, dass du einen ordentlichen Ehemann bekommst. Priesterin?" Er lachte wütend auf. „Als ob mich so ein Kinderkram interessiert! Aber bei Männern hohen Standes sind solche Weiber ja begehrt. Er wird also für dich sorgen, wie ich es all die langen Jahre tat. Und weiter tun müsste, weil du hier bloß ein altes Weib werden würdest. Geh jetzt in deine Gemächer und bereite deinen Kram für den Umzug vor!"

Trotz wallte in Magdalena hoch. „Ich werde fliehen! Den Mann heirate ich nicht!" Sie wandte sich zum Gehen.

Mit drei Schritten war der Mann neben ihr, riss sie herum und schlug ihr kraftvoll ins Gesicht. Sie stürzte entsetzt zu Boden. Geschlagen wurde sie noch nie.

Sarah sprang ihn an. Doch auch sie erntete dafür nur Schläge und wüste Beschimpfungen.

„Wage es zu fliehen!", dröhnte der Mann. „Ich werde dich überall finden und es wäre dein Todesurteil, wenn du ihn vor der Hochzeit verlässt. Und deins auch, wenn du sie unterstützt!", wendete er sich an Sarah. „Mission! So ein Quatsch! Eure Mission ist es, Kinder zu gebären und uns zu dienen!" Nach diesen letzten höhnenden Worten rannte er aus dem Raum.

Schluchzend half Magdalena ihrer Mutter, sich vom Boden zu erheben. Weinend und einander stützend gingen beide in Magdalenas Räume. „Warum hast du mir nie gesagt, Mutter, wie dieser Mann ist. Ich dachte immer, es sei so wie bei Maria und Joseph. Sie ist neben ihm eine freie

Priesterin. Und du musstest dich so erniedrigen lassen?" Neben ihrem eigenen Schmerz empfand Magdalena tiefes Mitgefühl für ihre Mutter.

Sarah seufzte schwer. „Ach, mein Mädchen. Zuerst war es ja auch in Ordnung. Und er war bisher immer noch besser als all die anderen Männer ringsum."

„Aber was soll ich jetzt tun, Mutter?" Hilfe suchend schaute sie Sarah an. „Hilfst du mir zu fliehen?"

Sarah rang ihre Hände. „Liebes, das wäre unser sicherer Tod! Morgen geht er ja wieder. Wir werden uns mit Maria beraten. Vielleicht weiß sie Rat. Gedulde dich ein wenig. Bleib ruhig in deinen Gemächern, bis er fort ist. Vertraue dir und deinem Weg."

Maria konnte auch nicht helfen. Sie zeigte tiefe Bestürzung.

„Ach, Magdalena, wie gern würde ich dir helfen! Aber in diesem Land haben die Männer alle Rechte. Und wenn du in den Tempel gehst, wird er zuerst deine Mutter töten und etwas später auch dich." Zusammengesunken saß sie in ihrem Sessel, die Hände untätig im Schoß, und Magdalena fühlte ihre Hilflosigkeit geradezu körperlich.

Unbekannte Gefühle der Ohnmacht stiegen in ihr hoch und plötzlich wusste sie, dass das die Wirkung war auf ihren zornigen Schrei: „Wenn du gehst, dann will ich dich nie wiedersehen!" Hätte sie sich beherrscht, wäre sie jetzt im Hause seines Vaters. Doch nun ist das alles nicht mehr rückgängig zu machen. Es traf sie wie ein Schlag, dass sie diesen unbekannten Mann heiraten MUSSTE, damit ihre Mutter weiterleben konnte. Niemals zuvor fühlte sich Magdalena so tief gedemütigt und hilflos und gleichzeitig tief verbunden mit allen Frauen dieses Landes.

Sie stammelte ein leises Danke und lief hinaus in die Nacht. Ein funkelnder Sternenhimmel wölbte sich über ihr und die Erinnerung überfiel sie machtvoll: Sie sieht Jeshua hinaufschauend liebevoll von seinem Vater erzählen.

Neue Hoffnung erwachte in ihr. Vielleicht war es ja doch kein Märchen und es gab ihn dort oben!

Bittend erhob sie ihre Hände und stumm schrie sie flehend hinauf:

„Bitte, bitte, Vater von Jeshua, hole mich, befreie mich, damit ich mit Jeshua zusammen den uns bestimmten Weg gehen kann!" Nichts! Tränen stürzten ihr aus den Augen. Sie wurde laut. „Egal, ob du mich hörst. Ich werde mich befreien und damit auch die anderen Frauen. So darf sich keine Frau fühlen! Ishtar, Isis, alle Göttinnen des Himmels, steht mir bei!"

Ihre Mutter eilte herbei und umfasste sie. „Hab Vertrauen!", flüsterte sie und zog sie zum Haus. „Bleib stark! Du Priesterin des Lichts. Du bist viel kraftvoller, als ich es je war, und den Weg deiner Seele kann niemand verhindern. Auch ein Ehemann nicht. Glaube daran: Kommt Zeit, kommt Rat!"

Langsam erkannte Magdalena in dieser Nacht, dass ihre Mutter ihr nicht mehr helfen konnte. Sie war nun wirklich erwachsen und musste sich selbst helfen. Ja, sie würde dem Befehl gehorchen, aber sie schwor sich, dabei nicht die Priesterin in sich zu verraten. Sie würde ihre Liebe und ihr Wissen in ihrem Herzen bewahren, bis Jeshua wieder aus Indien hier wäre. Dann würde sie den Weg zu ihm finden.

Aber die nächsten drei Wochen sollten eine Qual werden. Nach nur einem Tag tauchte ihr Vater wieder auf und setzte Gitter vor ihre Fenster, verriegelte ihre Tür. Sie war seine Gefangene und jedes Wort des Protestes beantwortete er mit Schlägen und Tritten. So erfuhr sie die physische Übermacht eines Mannes, der sich ihr Vater nannte. Tiefste Verachtung wuchs in ihr gegen diesen Mann, gegen alle diese Männer!

In ihrer Verzweiflung dachte Magdalena sogar daran, sich das Leben zu nehmen, die Qualen auf diese Art zu beenden. Dann jedoch fühlte sie die Energie Sanadas, die ihr wieder Halt und Hoffnung gab. Noch wartete sie in diesen drei Wochen auf das Wunder, dass Jeshuas Vater sie und ihre Mutter hier heraushole. Doch vergeblich!

In dieser Zeit wuchs in ihr die Erkenntnis, dass die Energie ihres eigenen Zorns, den sie auch in dieser Inkarnation noch nicht umzuwandeln gelernt hatte, ihre größte Kraft und ihre schlimmste Falle auf Erden war.

So ergab sie sich ihrem Los und hoffte nur noch, dass der Mann, den ihr sogenannter Vater ihr zuführte, liebevoll und warmherzig sei.

Vielleicht könnte sie ihm von ihrem Weg erzählen und er würde sie verstehen …

Endlich drehte sich der Schlüssel im Schloss und sie stand ihrem Vater gegenüber. Rasch senkte sie den Blick, damit er ihren Hass nicht sähe. Wer weiß, was dann geschähe!

Im Wohnzimmer am Tisch saß der Mann, dem sie nun gehörte. Furchtbares Entsetzen ergriff sie, denn lüsterne Augen griffen nach ihr, entkleideten sie. Tränen schossen ihr in die Augen. Sie gab sich innerlich einen Ruck und blickte ihm fest in die Augen.

Er erhob sich und trat auf sie zu. „Ah, eine ganze Stolze. Sie kämpft mit den Augen!", spottete er. „Dein Vater hat mich schon gewarnt. Ich liebe temperamentvolle Weiber. Ich werde dich schon zähmen. Pass nur auf, genau so wie ich es mit einem Vollblutpferd tue." Höhnisch lächelnd ging er langsam um sie herum, sah sie wohl schon nackt vor sich. Dann griff er ihr ins Haar und zog ihren Kopf so nach hinten, dass sie ihn ansehen musste.

Am liebsten hätte sie ihn angespuckt, so viel Hass und Verachtung waren in ihr. Aber auch Angst und Verzweiflung. Ekel würgte sie, als er sie nun sogar an sich zog, als sei sie schon sein Eigentum.

Die Ehepapiere lagen auf dem Tisch und der Rabbi stand seitlich daneben. Sein Blick mehr als missbilligend.

Noch einmal begehrte sie auf, als der Rabbi sie aufforderte, ihre Hand in die des künftigen Gatten zu legen. Es half ihr nichts. Ihr Vater nahm gewaltsam ihre Hand und legte sie dem Fremden hinein, der ihr überlegen grinsend in die Augen schaute.

Die Papiere zu unterschreiben, weigerte sie sich ebenfalls. Daraufhin packte ihr Vater noch einmal die Hand und führte sie, sodass eine recht krakelige Unterschrift erschien. Dann ließ er sie los und setzte seine schwungvoll darunter.

Sarah schluchzte in der Ecke. Magdalena fühlte sich wie schon gestorben. Da stand dieser Mann mit seiner schwarzen Aura wie das personifizierte Böse. Und es kam noch schlimmer. Er zog sie an sich und küsste sie schmatzend auf die Lippen. Sie begann zu würgen, wollte sich jedoch nicht vor diesen Männern übergeben.

„Nun komm, meine Schöne. Wenn du dich wie eine Frau dieses Landes verhältst und mir gehorchst, wirst du es gut bei mir haben."

Der Gedanke an Jeshuas Sanftheit gab ihr Kraft. „Ich bin eine freie Priesterin und keine gewöhnliche Frau dieses Landes und ein Barbar hat mir gar nichts zu befehlen!", zischte sie leise.

Ihr Vater war mit einem großen Schritt bei ihr und schlug ihr mehrmals hart ins Gesicht.

Sie spürte ihr Gesicht anschwellen, schmeckte Blut auf den Lippen, doch Tränen hielt sie zurück. Den Triumph gab sie ihm nicht. Für einen Moment war sie in einer anderen Zeit und sah Frauen schreiend vor Männern davonrennen und wusste, dass sie mitten unter ihnen war.

Wieder in der Gegenwart sah sie die Männer den Raum verlassen. Nur ihre Mutter war noch da und ließ sich mit letzter Kraft auf einen Stuhl sinken. Drei Wochen hatten sie sich nicht gesehen.

„Ach, mein Töchterchen, nun hat auch dich die Gewalt erreicht. Vielleicht musst du diese Erfahrung machen, damit du die Energien der weiblichen Kraft anheben lernst und auch das Umformen deiner Wut, deines Zorns."

„Mutter!", entrüstete sich Magdalena. „Du willst mir doch nicht etwa sagen, dass wir die Gewalt brauchen, um sie für uns umzuformen!" Ein Gedanke tauchte in ihr auf. „Na ja, vielleicht hast du Recht. Vielleicht verhinderte meine Verachtung für solche gewalttätigen Männer ... und Frauen, die sich das gefallen ließen, diese Umwandlung. Nun habe ich selbst erfahren, wie es ist. Ich habe noch viel zu lernen, wenn ich tief in die Mysterien der weiblichen Kraft eindringen will."

„So liebe ich dich, Magdalena. Du bist viel stärker als ich. Ich hätte das alles so gern von dir ferngehalten, aber dein Vater hatte hohe Schulden bei diesem Mann und musste dich ihm überlassen ..." Erschrocken schlug sie die Hände vor den Mund. „Oje, das hätte ich nicht sagen dürfen!"

Magdalena verschlug es den Atem. „Verkauft?", flüsterte sie tonlos und vor Wut wurde ihr schwarz vor Augen. „Er hat mich verkauft?", schrie sie blindwütig. „Das wird er bereuen!"

Beide Männer kamen hereingestürzt. „Was ist hier los!", brüllte ihr Vater.

„Du hast mich verkauft wie Schlachtvieh an diesen Barbaren!", schleuderte sie ihm in ohnmächtiger Wut entgegen. „All dein Gerede von Verantwortung und Erhaltung deines Geschlechts! Alles nur Lüge! Verflucht seiest du für immer und ewig!" Da traf sie der erste Schlag und warf sie zu Boden.

„Schweig!", brüllte er und trat ihr hart in den Unterleib. „Eine Tochter hat sich ihrem Vater nicht zu widersetzen! Und keine Frau ihrem Mann! Merk dir das endlich! Und was ich mache, geht dich gar nichts an! Und dich auch nichts!", schrie er zu Sarah gewandt.

„Oh Vater, warum hast du dich bloß so verändert?" Magdalena erinnerte sich plötzlich mit letzter Hoffnung, dass Liebe alles schaffen kann.

Schlagartig veränderte sich sein Gesicht. Er lachte unsicher. „Dummes Geschwätz!", brummelte er, fasste den Arm des anderen und schob ihn aus dem Raum.

Sarah rutschte zu Magdalena und nahm sie in den Arm. Beide weinten bitterlich.

„Mein Liebling, könnte ich dir nur das alles ersparen. Ach, hätte ich dir nur zur Flucht verholfen. Nun ist alles zu spät!" Sarah schluchzte auf. „Erinnere dich immer an deine Priesterinnenkraft, bleib immer in deiner Mitte, lass die Wut nicht in dir hochkommen. Wenn Jeshua zurückkommt, wird er alles unternehmen, dich zu finden und zu holen", beschwor Sarah ihre Tochter.

Magdalenas Herz krampfte sich bei seinem Namen zusammen. Heute würde ein anderer sich über sie hermachen und sie schänden. „Wird er mich so beschmutzt lieben können?", hauchte sie. „Ich bin doch seiner gar nicht mehr würdig. Und in den Tempel darf ich auch nicht mehr."

Plötzlich war Maria da und schloss Magdalena in ihre Arme. „Oh, meine geliebte Tochter, wie grauenvoll das alles für dich ist, fühle ich im eigenen Herzen. Aber verzage nicht. Du erlebst gerade, was alle Frauen hier erlebten und täglich erleben, seit die dunklen Mächte auf die Erde kamen und die Männer ohne den liebenden Anteil der Göttinnenkraft erschaffen wurden. Dir fehlte noch das Mitgefühl für all die armen, gequälten Frauen und für Gaia, Mutter Erde, die mit ihnen leidet. Du wirst deinen Weg finden. Die Seele wählt immer das Leiden, wenn du vom Wege abkommst. Betrachte deinen Ehemann als Stein des Anstoßes, damit du das Rechte lernst. Du bist und bleibst eine Göttin und mit Jeshua zusammen werdet ihr die neuen Menschen schaffen. Es ist nur eine Prüfung, eine kurze Zwischenstation. Bleib immer in deiner Mitte. Wandle Wut und solche negativen Gefühle um, meditiere und übe. Du schaffst es! Bleibe stark im Bewusstsein, dass deine göttliche Seele diesen Weg gewählt hat, um dich reifer zu machen für deine Mission mit Jeshua."

Magdalena wurde ruhiger bei Marias Worten. Sie seufzte schwer. „Wozu müssen bloß all diese Stolpersteine sein? Kann man denn nicht einfach dem Weg seiner Seele folgen?"

Maria lächelte sie liebevoll an. „Mein Mädchen, das kannst du dir selbst beantworten, weil du das alles tief in dir weißt."

Magdalena nickte schwer. Sie wusste, es war der Wutanfall, der den wichtigen Abschied von Jeshua verhindert hatte. „Danke Maria. Wie werde ich euch alle vermissen!" Plötzlich wusste sie, dass sie selbst in ihrem bisherigen Leben nicht genau hingesehen hatte, sonst hätte sie zumindest das Leiden ihrer Mutter neben diesem Mann sehen müssen. Mitgefühl mit Sarah und mit sich selbst kam in ihr hoch und plötzlich strömten ihre Tränen wieder. Schon jetzt fühlte sie die Einsamkeit.

Auf einmal waren die Männer im Zimmer und ihr Ehemann befahl ihr, Abschied zu nehmen. Gerade noch ließ er zu, dass sie ihre Mutter umarmen konnte. Doch diese Umarmung dauerte ihm schon zu lange. Er fasste ihren Arm, drehte sie aus den Armen Sarahs und trug sie eilig aus dem Haus, um sie auf den überdachten Wagen zu setzen. Ihre Sachen lagen schon drauf.

Scham und Zorn trieben Magdalena die Röte ins Gesicht. Wie ein Stück Vieh fühlte sie sich. Doch sie beherrschte sich und schwieg, während der Wagen losrumpelte. Die geliebte Stätte ihrer Kindheit versank hinter ihr und ein Tränenschleier verhüllte weitere Sicht. Da er den Wagen selbst lenkte, konnte sie sich ihren Gedanken überlassen. Sie erkannte, dass

Maria Recht hatte. Sie musste erst selbst leiden, bevor sie Mitgefühl und nicht Verachtung für all die gequälten Frauen und für Gaia empfinden konnte. Die Riten im Tempel, in denen sie Mitgefühl lernen sollte, fand sie damals störend, ja, überflüssig. Hier und jetzt nahm sie sich vor, Demut zu lernen und zu üben.

Der Wagen hielt nach vielen Stunden in einem großen Hof und, kaum abgestiegen, schob er sie in ein luxuriös ausgestattetes Haus, in eine goldglänzende Halle. Viele Bedienstete gingen vor Magdalena in die Knie und als sie sie bat, sich zu erheben, herrschte ihr Mann sie an: „Verhätschle meine Dienerschaft nicht!"

Eine junge Frau kam ängstlich auf sie zu. Mit einem merkwürdigen Gesichtsausdruck, den Magdalena nicht einzuordnen verstand, stellte er sie ihr vor. „Rebecca ist deine persönliche Bedienstete!", sagte er barsch.

Rebecca schaute hasserfüllt und Magdalena wusste nicht weshalb. Sie wurde von ihr in die Räumlichkeiten geführt, konnte sich waschen und musste sich ankleiden, wie es sich für eine Braut gehörte. Automatisch folgte sie den Anweisungen Rebeccas, die sie dann zum ausgiebigen Gelage führte.

Das Schlimmste aber kam mit der Nacht. Alles Wehren half ihr nicht. Er schlug sie so lange, bis sie alles über sich ergehen ließ. „So ausgiebig habe ich lange keine Stute zugeritten!", grölte er mehrmals, bis er dann endlich neben ihr schnarchte.

Sie weinte leise. So gedemütigt und beschmutzt hatte sie sich noch nie gefühlt. Das Schlimmste aber war, dass sie annahm, für Jeshua nun verloren zu sein, unrein, mit dem Samen des Fremden in sich!

Im Haushalt fand sie sich schnell zurecht und was man von ihr erwartete, tat sie. Als sie um einen Raum ganz für sich bat, erhielt sie ihn sogar. Hier richtete sie sich ihren Tempel ein, in dem sie ihren inneren Frieden, Trost und Zuversicht wiederfand. Wenn ihr Mann auf Reisen war, das war er oft und lange, begegnete sie in der Traumdimension Jeshua. Ob er sich wohl an diese Begegnung erinnerte, fragte sie sich danach. Was er wohl jetzt gerade tat? Wie wenig wusste sie doch von ihm!

Jeshua dachte oft an Magdalena und es hinderte ihn beim Lernen. Deshalb verschloss er diese Gedanken tief im Innern. Er wollte sich nicht in der allzu menschlichen Liebe verlieren. Er glaubte, seine Mission damit zu gefährden.

In seiner Mitte zu bleiben, was immer seine Lehrer auch unternahmen, um ihn entgleisen zu lassen, gelang ihm schon sehr gut. Auch in eisiger Kälte mit der Wärme seines Körpers die nasse Kleidung zu trocknen oder im Schnee das Erfrieren der Gliedmaßen zu verhindern, war nicht gar zu schwer. Sogar seine Körperfunktionen konnte er so herunterregeln, dass er gewisse Zeit ohne Nahrung und sogar ohne Luft überlebte.

Nur seinen materiellen Körper unsichtbar zu machen, ihn in höhere Schwingungen zu bringen, gelang ihm nicht. Er hielt es auch für überflüssig! Schließlich konnte er, wann es ihm beliebte, auf die Lichtinsel zu seinem Vater fliehen! Er brauchte doch nur das Transportschiff rufen!

Magdalenas Tage gingen ohne Freude dahin und vor jeder Nacht mit diesem Mann fürchtete sie sich. Nach der fünften Woche wusste sie, dass sie schwanger war. Doch es kam keine Freude in ihr auf. Dieses Wesen würde sie nur fester an diesen Barbaren binden, der voller Freude prügelte, wenn er nur den kleinsten Funken ihres einstigen Stolzes in ihren Blicken auffing.

Aber ein Gutes hatte die Schwangerschaft für Magdalena: Er ließ sie in Ruhe! Und an vielen kleinen Blicken und Gesten erfuhr sie nun endlich, dass Rebecca seine Geliebte war. Sie atmete auf und ihr Stolz, der Stolz einer Priesterin und Frau, kehrte zurück. Gleichzeitig war dies eine Rückkehr ins Leben.

Je weiter die Schwangerschaft fortschritt, desto stärker freute sie sich. Nur eine Göttin konnte Leben schenken. Sie freute sich auf ihre Tochter.

Doch welche Enttäuschung! Es war ein Sohn! Hatte Maria nicht gesagt, dass den Männern die Gene der Göttin fehlten? Aber als der Kleine in ihren Armen lag, schwor sie sich, ihn nicht zu einem so rohen Wesen wie den Vater werden zu lassen!

Sechs Wochen lang liebte, umsorgte sie dieses hilflose Kind, sang ihm Schlaflieder und erzählte ihm Geschichten.

Plötzlich erschien ihr Mann und hob das Kind aus seinem Bett. „Was willst du mit ihm?", fragte sie erschrocken und reckte beide Arme, um den Kleinen zu nehmen.

„Du bist unfähig, MEINEN Sohn zu erziehen! Machst ein Weichei draus!" Sie stürzte vor ihm auf die Knie, umschlang seine Beine und flehte ihn an. Mit einem kurzen Ruck befreite er sich, gab ihr einen Tritt und sie flog gegen die Truhe. Er verschwand und sie wusste, dass sie ihren Sohn niemals wiedersehen würde. Weinend blieb sie liegen. Als sie sich endlich aufraffte, wusste sie, dass sie diesen Unhold im Schlaf töten würde. Aber das wäre auch ihr Tod. Steinigung! Und die Mission wäre gescheitert. Ein für alle Mal! War fliehen besser?

Sie zermarterte sich den Kopf um eine Lösung. Noch ließ er sie nachts in Ruhe und sie war am Tage folgsam wie ein Schäfchen, um ihn ja nicht zu reizen. So demütig war sie noch nie gewesen! Lange Zeit. Unendlich erschien es ihr! Dann endlich brach er zu einer längeren Reise auf. Dass es eine lange sein würde, erkannte sie an Rebeccas Gesicht, ihrer ganzen Haltung. So deprimiert hatte Magdalena sie noch nie gesehen. In ihr reifte ein Plan.

„Höre, Rebecca!", sagte Magdalena am folgenden Tag zu ihr. „Ich werde einige Tage in meinen Räumen meditieren und fasten. Ich will nicht gestört werden!" Wenn der Herr abwesend war, hatte sie diese Worte schon oft gesprochen. Deshalb zuckte Rebecca gleichgültig mit den Schultern und verschwand.

Sorgsam suchte Magdalena einige Sachen zusammen und packte sie zu einem Bündel. Im Schrank lagen noch die Münzen, die sie von zu Hause mitgenommen hatte.

Mit einem Seufzer holte sie ihren roten Mantel hervor. Der Mantel einer Priesterin! Sie strich liebevoll darüber. Er würde ihr Schutz geben, sie ausweisen als Priesterin des Tempels des Lichts und somit unantastbar machen.

Endlich wurde es still im Haus. Vorsichtshalber horchte sie noch ein Weilchen, ob auch wirklich alles schlief. Dann nahm sie ihr Bündel und stahl sich aus dem Haus, eingehüllt in ihren Mantel.

Hoch aufgerichtet schritt sie durch den Ort. Diese Haltung hatte hier noch keiner bei ihr gesehen. So würde sie auch nicht erkannt werden, schlussfolgerte sie. Erst als sie den Ort des Schreckens hinter sich gelassen hatte, fiel sie in einen Wanderschritt, den sie viele Stunden durchzuhalten hoffte.

Gegen Mittag des nächsten Tages kehrte sie in eine Herberge der Schwestern- und Bruderschaft des Lichts ein. Die gab es noch in jedem Ort. Hier konnte sie sich wie andere Reisende auch erholen.

Mit einem davon kam sie während des Essens ins Gespräch. Sein ehrfurchtsvoller Blick und seine Freundlichkeit ließen sie an eine männliche Ausnahme denken. Und an Joseph.

Der Mann berichtete ihr begeistert, aber leise von Johannes, der am Jordan predigte. Magdalenas Herz hüpfte vor Freude. Sie musste an die gemeinsame Kinderzeit mit ihm und Jeshua denken. Flüsternd erzählte der Mann, dass Johannes der zweiten Frau von Herodes Unterschlupf und Halt gegeben hätte.

Freude kam in Magdalena auf. Wenn sich Johannes sogar gegen den Herrscher stellte, würde er bestimmt einen Weg auch für sie wissen.

„Diesen Johannes werde ich mir anschauen", erklärte sie hoheitsvoll dem freundlichen Fremden und ließ sich von ihm den kürzesten Weg dorthin beschreiben.

Der Mann wollte gleich weiter und verabschiedete sich. Sie aber blieb, um sich in dieser Nacht von den Strapazen zu erholen. Sie hatte schließlich etliche Dörfer hinter sich gelassen und Rebecca hatte es sicher nicht eilig, sie zu holen, wenn der Herr nicht da war. Magdalena betete inbrünstig, dass es lange dauern möge, bevor er sie suchen und entweder selbst töten oder sie den Gerichten übergeben würde.

Jeshua hatte nun gelernt, dass der menschliche Körper nur der Seele zu dienen hat. Deshalb muss man ihn beherrschen können. Und genauso muss man seine Gedanken beherrschen. Sie dürfen nicht spazieren gehen, wohin sie wollen. „Denke immer daran: Der wichtigste Gedanke ist immer dein letzter, in jeder Minute des Tages. Das gilt aber besonders für den Augenblick, wenn deine Seele deinen Körper verlässt!", so sprach sein Lehrer und er übte es immer und immer wieder.

Doch seinen menschlichen Körper völlig im Äther aufzulösen und an anderer Stelle wieder erscheinen zu lassen, gelang ihm nicht. „Du musst deinen inneren Widerstand gegen die Auflösung aufgeben", meinte sein Lehrer. Aber Jeshua konnte gerade dies eben nicht.

Und die Sehnsucht nach seiner Mutter und Magdalena nahm zu. Wie fehlten ihm die weiblichen Energien, diese Liebe, dieses Aufgehobensein!

Endlich landete das kleine Transportschiff neben ihm. Der Abschied von seinen Lehrern ging schnell und bei dem raschen Rückflug nahm er sich vor, nicht noch einmal wegen einer Ausbildung diese beiden Frauen zu verlassen. Je näher er der Heimat kam, desto stärker wurde seine Freude auf Magdalena, Maria und Joseph.

Doch zuerst ging es zu Sananda, in dessen Räume auf der Lichtinsel. Nach der liebevollen Begrüßung durfte er sich im Lichtbad erholen, seine inneren und äußeren Wunden heilen lassen und eine völlige Reinigung erfahren. Hier strömte ihm die Gewissheit zu, dass seine Mission alles rechtfertige, was ihm als Mensch zuwider war.

Noch einmal wurde ihm hier die Größe seiner und Magdalenas Mission bewusst gemacht. Und es drängte ihn nun zur Erde.

Doch Sananda führte ihn vor den Spiegel der Zeiten.

Was war das? „Das kann nicht sein!", stammelte Jeshua fassungslos.

Da saß Magdalena in einem fremden Haus, ihr Gesicht verhärmt, das Herz voller Groll und überlegte gerade, ob sie ihren Mann töten solle.

„Das geht nicht!" Jeshua schrie es und leise erzählte Sananda Magdalenas Geschichte.

„Aber wenn sie ihn tötet, dann ist unsere Mission gescheitert!", schrie Jeshua entsetzt und voller Mitgefühl. „Liebling, verzweifle nicht! Ich bin hier! Ich hole dich!", flehte er.

Hatte sie ihn gehört? Sie wandte den Kopf und blickte ihm genau in die Augen. Tränen verschleierten ihren Blick, aber er sah die Erinnerung an ihre Kinderzeit aufsteigen.

„Sanada ist mit ihrer Energie ganz dicht bei ihr", versuchte Sananda ihn zu trösten. „Sie gibt ihr Impulse, damit sie das Richtige tut."

Ob Jeshua es gehört hatte? „Ich muss so schnell wie möglich zu ihr!", sagte er und wollte sogleich losstürmen. „Alles andere ist jetzt unwichtig!" Der Abschied von seinem Vater Sananda und den anderen feinstofflichen Wesen verlief dementsprechend flüchtig wie noch nie.

„Wohin?", fragte das engelgleiche Wesen im kleinen Transportschiff.

„Zu meiner Mutter natürlich!", antwortete er knapp.

Und hier hörte er die ganze Geschichte von der grauenvollen Hochzeit und dem Schmerz Magdalenas, weil sie glaubte, die Mission sei gescheitert.

Jeshua wurde von tiefem Mitgefühl ergriffen. Zorn wuchs in ihm, dem Menschen Jeshua eine vollkommen unbekannte Erregung, die ihn in das Nachbarhaus stürmen ließ. Doch der Mann war nicht anwesend. Nur eine völlig fremde Sarah, so verhärmt und apathisch, dass er sie kaum erkannte.

Sie blickte ihm ins Gesicht. Zugleich mit der Erinnerung schossen ihr Tränen in die Augen. Sie warf sich vor ihm auf den Boden, umschlang seine Knie und stammelte zwischen den Schluchzern eine Selbstanklage nach der anderen.

„Bitte, bitte vergib mir, dass ich sie nicht geschützt habe!"

Ihrer Qual stand er zuerst sprachlos gegenüber. Dann zog er sie hoch und nahm sie in die Arme.

„Du konntest gar nicht anders handeln", begann er beruhigend auf sie einzusprechen. „Gegen die körperliche Gewalt dieser Männer ist eine Frau machtlos. Komm mit zu Maria und Aimee. Sie werden dich aufrichten." Mit diesen und weiteren Worten führte er sie aus dem Haus, wohl wissend, dass ER mit seiner männlichen Kraft sie nicht heilen konnte. Willenlos setzte sie einen Fuß vor den anderen, bis er sie in Marias Arme schob.

Erst jetzt hatte Jeshua Zeit, seinen Erdenvater Joseph richtig zu begrüßen. Sie sprachen lange miteinander.

Am nächsten Morgen erschien eine grundlegend andere Sarah zum Frühstück. Dieser verhärmte, verzweifelte Ausdruck war verschwunden. Aufrecht stand sie vor ihm.

„Verzeih mir, Jeshua, dass ich die Kraft der Priesterin in mir verschloss und Magdalena und euren Weg nicht beschützt habe!"

Jeshua nahm ihre kalte Hand in seine warme und sah ihr tief in die Augen. „Sarah, da ist nichts zu verzeihen. Wenn du anders gehandelt hättest, wäret ihr heute nicht mehr am Leben. Sag mir, wo ich sie finde, und ich werde sie befreien. Notfalls kaufe ich sie frei!"

Ein zartes Lächeln erwachte auf Sarahs Zügen. „Danke", sagte sie leise und nannte den Ort. Mehr wusste sie auch nicht. Besuche hatte ihr „Mann und Gebieter" ihr nicht erlaubt! Sie wusste nur durch Marias priesterliche Energien, dass Magdalena einen Sohn geboren hatte, der ihr aber fortgenommen worden war. Und weil sie das ausgeplappert hatte, hatte ihr Mann den Umgang mit Maria verboten. So hatte sie fast zwei Jahre wie eine Gefangene in ihrem Haus verbracht, immer in Angst, wenn er von Geschäftsreisen kam und im Hause war.

Gleich nach dem Frühstück machte sich Jeshua gut ausgerüstet auf den Weg. Doch in dem Ort war Magdalena nicht mehr. Das erfasste er schon beim Durchfragen zum Anwesen des Mannes. Dort war nur ein überaus erboster Ehemann, der ihm nicht abnahm, dass er ein Freund aus Kindertagen sei. Der Kerl schrie in einer Tour Verwünschungen und Beleidigungen schlimmster Art, sodass Jeshua nur eilig davonstrebte, um endlich diese gebrüllten Drohungen nicht mehr hören zu müssen und um nicht vom Zorn übermannt zu werden, der langsam mit jedem neuen Schimpfwort in ihm aufstieg.

Als er den Ort längst hinter sich gelassen hatte, überfiel ihn die Sorge. Eine Frau allein war in diesem Land Freiwild. Jeder konnte ihr alles antun! Angst begann in ihm zu erwachen. Wo könnte sie sein?

Ihm fiel ihr Tempel ein. So lief er über die Dörfer zu ihm hin. Nein, auch hier war sie nicht!

Verzweifelte Hoffnung trieb ihn zurück nach Hause. Dort würde natürlich der verlassene Ehemann zuerst suchen. Aber sie war auch hier nicht erschienen.

„Wenn es einen gibt, der sie findet", sagte Maria, „dann ist es Sananda!"

„Ja!", rief Jeshua erleichtert und voller Hoffnung. „Mein Vater!" Sofort zog er sich in sein Zimmer zurück und aktivierte seine Energien.

Doch Sananda konnte oder wollte ihm nichts sagen. „Magdalena ist im Augenblick nicht gefährdet. Johannes ist in höchster Gefahr! Geh zum Jordan. Dort hat er seine Schule. Löse ihn ab. Herodes hat seine Häscher ausgesandt. Mache Johannes klar, dass er schnell untertauchen muss! Seine Aufgabe ist noch nicht beendet."

Nun war Jeshua noch um eine Sorge reicher und fühlte sich alleingelassen auf dieser dunklen Erde. Oh, dieses Gefühl kannte er schon aus seinen ersten Tagen im Tempel der Bruderschaft. Und auch in Indien war es allgegenwärtig gewesen.

Schon von weitem hörte er die vertraute Stimme seines Freundes. Eine große Menschenmenge hatte sich am leicht abschüssigen Ufer versammelt. Ein guter Platz zum Sprechen und Hören. Da die Sonne schon recht tief stand, beschloss Jeshua zu warten, bis Johannes Schluss machte. So setzte er sich etwas abseits in den warmen Sand und hörte dem Freund zu, der die Menschen mit seinen Worten in Bann schlug. Voller Liebe schaute er in sein Gesicht.

Johannes unterbrach seine kraftvolle Rede und sah sich leicht irritiert um. Dann stutzte er plötzlich und begann zu strahlen.

„Liebe Freunde, bitte entschuldigt mich einen Moment." Er stürmte zu Jeshua, der aufsprang und die Arme ausbreitete. Mit Tränen in den Augen umarmten sie sich.

„Wie groß du geworden bist!", staunte Johannes, als sie ihre Umarmung lösten. Obwohl Johannes auch nicht klein war, überragte Jeshua ihn um einen ganzen Kopf. „Wo warst du nur all die vielen Jahre?" Beim Blick in Jeshuas Augen sah er die Wahrheit in wenigen Sekunden, denn auch er war wie Jeshua ein Lichtgezeugter in einer Menschenfrau.

„Komm", sagte Johannes nun, „ich kann sie nicht länger warten lassen." Sie gingen zum Fluss, dorthin, wo er vorhin seine Rede unterbrochen hatte.

Als er dort stand, schwieg die Menge sogleich erwartungsvoll.

„Sehet, dieser mein Freund ist es, der da kommen sollte. Dieser mein

Bruder, dem ich den Weg bereitet habe. Freut euch, denn er bringt euch die Freiheit." Hätte er lieber sagen sollen: „Er bringt euch die innere Freiheit"? Denn von nun an dachten viele nur an die äußere Freiheit, sahen Jeshua als Befreier von den Römern! Sogar Söldner wie Judas!

Johannes aber beugte sich tief vor Jeshua und wusch ihm die Füße. Er wusch allen seinen Anhängern in tiefer Demut vor der Göttlichkeit im Menschen, in jedem Menschen, die Füße, wie es hierzulande die Frauen pflichtgemäß und ihre Unterlegenheit zeigend tun mussten. Wollte ein Mann sein Anhänger werden, musste er seiner oder einer anderen Frau vor vielen Zeugen die Füße waschen und schwören, dass er niemals wieder eine Frau abfällig behandeln würde. Das schreckte viele ab.

Jeshua protestierte leise. Johannes lächelte. „Hiermit trittst du meine Nachfolge an. Du weißt genauso wie ich, dass ich hier verschwinden muss." Und er wusch weiter.

Danach wusch Jeshua ihm die Füße und hatte somit die Nachfolge akzeptiert. Aber eine Taufe war das nicht! Die erfanden spätere Machthaber, ebenso wie die „Erbsünde"!

Plötzlich erklang ein leises Surren über ihnen und aller Blicke flogen zum Himmel. Doch da war nur eine dünne Wolkendecke, über der ein überirdischer Glanz lag. Jeshua und Johannes wussten, dass sich dort ein Zubringerschiff Sanandas aufhielt. Warum wohl?

Als die Stimme ertönte, erkannte Jeshua sie als die seines Vaters.

„Volk von Israel! Hört meine Worte: Dies ist mein einziger, geliebter Sohn, von mir gesandt, mit meinem Segen ausgestattet, um euch die Freiheit aus der Knechtschaft der Demütigung zu bringen! Erkennt, dass ein Gott, der vom Himmel kommt, eine Quelle der Freude und der Liebe ist. Sein Wort und seine Kraft werden euch befreien. Ich segne alle, die den Weg der Freiheit, Gleichheit und Verbundenheit wählen!"

Ein Lichtstrahl tauchte Jeshua für einen Moment in gleißendes Licht. Danach wurde das Surren leiser und leiser und zugleich erlosch das Leuchten über den Wolken.

Als alles wieder normal war, schauten alle zu Jeshua. Fast gleichzeitig warfen sie sich vor ihm auf den Boden. Eine Stimme aus den Wolken war den Menschen zu dieser Zeit noch gut bekannt, denn der Weltraumverkehr hatte nach dem Untergang von Atlantis nicht aufgehört. Sie kamen jedoch stets mit Getöse, gaben Befehle und nicht selten geschahen Grausamkeiten.

Diesmal aber war es anders. Dort stand ein einfacher junger Mensch. Na gut, er schien zu strahlen, irgendwie aus sich selbst heraus. Aber es geschah nichts Schlimmes. Als nun seine Stimme ertönte, setzten sich alle auf und lauschten gebannt:

„Geliebte Schwestern und Brüder im Geiste der großen Quelle des Lebens. Besinnt euch auf eure eigene Göttlichkeit, fühlt mit der Kraft eures Herzens. Findet den Ort der Stille in euch selbst. Fühlt in euer Herz hinein, erkennt darin die Flamme der Göttlichkeit, die ihr selbst seid. Nehmt sie wahr, diese Flamme, spürt die Wärme, die von ihr ausgeht, wie sie sich ausdehnt und alle Menschen nebenan einschließt. Spüret, wie ihr alle verbunden miteinander seid.

Spüret, wie euer vereinter Geist sich über die Erde erhebt, spüret die Freiheit, Gleichheit, Göttlichkeit und Liebe, die euch alle vereint ... hier oben zwischen den Sternen.

Spüret die Freude der Freiheit, die immer in euch war, ist und sein wird.

Lasst uns nun dieses Wissen tief in uns verankern.

Erinnert euch immer daran, wie frei ihr in Wahrheit tief in eurem Innern seid. Kehret zurück in euren Alltag und bewahret dieses Erinnern tief in euch, auf dass es euch ein ständiger Kraftquell sei."

Jeshua schloss seine Augen, streckte seine geöffneten Handflächen ihnen entgegen, umfasste die Menschen in seinem Geiste, sandte ihnen die universelle Kraft und segnete sie mit göttlich vollkommenem Licht. Er öffnete seine Augen und ließ seinen Blick liebevoll über die Menschen schweifen.

Andächtiges Schweigen lag über der Menge, Seufzer ertönten und Jeshua sah in vielen Augen ein neues Leuchten, als er endete. Doch dann warfen sich nicht wenige erneut in den Staub und er spürte, wie viel Arbeit er noch würde leisten müssen. Er wollte ihnen Bruder sein. Sie aber machten ihn zu ihrem Meister.

Doch von diesem Tag am Jordan ging eine Faszination durch das Land. Nun wurden nicht nur Johannes' Worte weitergegeben, sondern auch die Begebenheiten dieses Tages und dass der Erlöser erschienen sei, der sie aus der Knechtschaft befreien würde.

Nur wenig stand die Sonne über dem Horizont, als Jeshua seine Rede beendete. Langsam zogen sich die meisten Menschen zurück, einige jedoch lagerten in Sichtweite.

Nun konnten die Freunde ungestört miteinander reden und Jeshua berichtete, in welch großer Gefahr Johannes sich befand.

„Ich weiß", sagte Johannes schlicht. „Doch ich wartete auf dich. Nun, wo du endlich hier bist, kann ich gehen. Gleich morgen mache ich mich auf den Weg." Er lächelte und blickte über Jeshuas Kopf hinweg in die Ferne.

Auch als Jeshua von seinen Sorgen um Magdalena sprach, änderte der Freund seine Mimik nicht. Nein, sein Lächeln verstärkte sich sogar. Das irritierte Jeshua. Nahm Johannes ihn und seine Sorgen nicht ernst? Schon wollte ihm ein ärgerliches Wort entschlüpfen, als er eine bekannte Energie erfühlte.

Konnte es sein, dass Magdalena den gleichen Weg wie er, Jeshua, genommen hatte? Noch immer lächelte Johannes liebevoll in dieselbe Richtung.

Jeshua wandte sich halb herum und sah hinter einigen Lagernden eine hohe, schlanke Frauengestalt mit wehenden roten Locken. Sein Herz tat einen Hüpfer. „Magdalena?", flüsterten seine Lippen. Sein Blick flog fragend zu Johannes. Der nickte strahlend.

Jubel kam in Jeshua hoch. Er sprang auf und lief ihr entgegen, etlichen Lagernden ausweichend.

Sie stutzte einen Moment, als sie den auf sie Zustürmenden mit seinen weit ausgebreiteten Armen erblickte. Dann lief auch sie los, genau wie einstmals.

Beide sanken sich in die Arme, Tränen der Freude und Erleichterung rannen. Wo war Jeshuas Distanziertheit? Er hielt nach all den Sorgen endlich die Liebe seines Lebens in den Armen und dieses Gefühl überstrahlte alles und jedes.

Die Umarmung nur halb öffnend gingen sie zu Johannes und nahmen ihn gemeinsam in die Arme.

Nach einer langen Begrüßung, in der Magdalena berichtete, dass Johannes ihr am Vortag die Füße gewaschen und sie der Menge als die „Göttin in Menschengestalt" vorgestellt hätte, verabschiedete sich Johannes von den zweien, denn er wollte noch vor dem ersten Sonnenstrahl davonziehen.

Magdalena führte Jeshua im tiefen Dämmerlicht zu ihrem Zelt, das ihr Johannes hatte errichten lassen. Während dieser ersten Nacht erzählten sie sich beide all das, was in den vergangenen Jahren geschehen war, sprachen über das Trennende und ließen es in der Vergangenheit versinken. „Niemals wieder werden wir uns trennen", versprachen sie sich gegenseitig.

„Und doch muss ich dich morgen noch einmal allein lassen, Liebes", sagte er, um Verständnis heischend, und strich ihr eine Locke aus der Stirn. „Ich bin mit Joseph verabredet, der im Nachbardorf Quartier für uns macht. Er hat sich erboten, diesen Liebesdienst für mich während meiner Wanderung zu übernehmen."

„Das macht nichts, Liebster", beruhigte ihn Magdalena. „Johannes hat einen Teil seiner Bewacher für mich ... für uns", verbesserte sie sich, „hier gelassen. Ich werde mich während deiner Abwesenheit den Frauen widmen."

Als Magdalena gegen Mittag den Frauen erklärte, ihnen nach der Pause die Geschichte der Gefallenen Engel und der Erde zu erzählen, baten nach der Pause viele Männer, zuhören zu dürfen. Gern erlaubte sie es.

Nachdem sich alle ein schönes Plätzchen gesucht hatten, erstarb jeder Laut. Erwartungsvoll schauten sie zu Magdalena.

Sie ließ ihren Blick lächelnd über die Menge schweifen. Dann hub sie an: „Wie ALLES begann.

Vor unendlich langer Zeit ruhte die Quelle allen Seins, die Große

Göttin, noch völlig in sich. Viele Äonen lang! Doch in ihrem Urgrund erwachte ein Impuls, der langsam in ihr Bewusstsein stieg und wie eine Blase im Wasser zur Oberfläche drängte und sich dort entlud. Der erste Gedanke war geboren und die Göttin setzte ihn sogleich in die Tat um.

Sie ließ einen kleinen Teil ihres Selbst aus sich heraus und fühlte Freude über die Bewegung neben sich. Mehr Bewegung wäre noch mehr Freude! So entließ sie weitere Teile. Da diese Teilaspekte das Gleiche wie sie fühlten, schufen sie aus sich heraus noch mehr Teile … bis ein neuer Gedanke sich formte. So begannen sie Sonnen und Universen zu schaffen und endlich auch Planeten. Herrliche Planeten! Einer immer lieblicher als der andere!

Nach vielen Äonen des Erschaffens kamen einige der ätherischen Wesen – noch waren sie körperlos, glichen mehr einer kleinen Wolke – auf die Idee, das Erschaffene wieder zu zerstören. Es war ein Spiel, wie es heute noch kleine Kinder tun: Sie bauen einen Turm, stoßen ihn ein und freuen sich am chaotischen Zusammensturz. Das wiederholen sie, bis es ihnen langweilig wird.

So verfuhren auch die schöpferischen Wesen. Doch irgendwann begannen ein paar männliche Wesen, die ersten Sonnen zu zerstören und schließlich auch die schönsten Planeten.

Dabei erfuhren sie nicht mehr nur Freude, sondern auch, angestachelt durch das Entsetzen der anderen, Schadenfreude, Häme, Arroganz und schließlich Machtgier.

Die negativen Emotionen waren geboren. Die jedoch schwingen viel niedriger als die liebevollen. Darum wurden diese Wesen dichter, immer fester, immer grobstofflicher, formten sich zu Körpern und entschwanden aus den lichten Dimensionen. Von nun an hießen sie ‚Gefallene Engel'.

Sie vergaßen, dass es die Quelle des Lichts und der Liebe gab, und erhoben sich selbst zu Göttern. Weil sie nun aber nicht mehr so wie ihre lichten Schwestern und Brüder schöpferisch Neues aus dem Geist erzeugen konnten, begannen sie Waffen und Weltraumschiffe zu erfinden und herzustellen. Damit bedrohten sie weiterhin Planeten und zerstörten sie auch. Sie wurden immer härter und kaum einer kannte noch Mitgefühl.

Sie hassten alle lichten Wesen und wollten sie beherrschen. Sie wollten ALLES beherrschen, wollten die Herren der ganzen Welt sein!

Wem kommt das nicht bekannt vor?

Weil sie es aber nicht schafften, alle Lichtwesen zu versklaven, ließen sie ihren Heimatplaneten Timarilamaa explodieren. Entsetzt entflohen die lichten Schwestern und Brüder und schufen, vereint mit der Quelle allen Seins und mit der großen Seele Gaia, die Erde, die sie wunderschön werden ließen.

Doch eines Tages landeten auch hier mit donnerndem Getöse, mit Rauch und Feuer, die dunklen Mächte.

Die Lichtwesen konnten noch in aller Eile einen Teil, Lemuria, in höhere Ebenen retten, indem sie die Schwingungen anhoben. So schufen sie sich ein kleines Paradies zur Erholung ihrer Seelen.

Denn auf der Erde begann die Demütigung, Vergewaltigung und das Morden der wesentlich feineren Lichtwesen.

Weil sich aber diese feinen Wesen so gar nicht für ihre Zwecke eigneten, schufen die Dunklen, die selbsternannten Götter, neue Wesen: Tiermonster und neue Männer, die ohne Mitgefühl und Liebe lebten. Den ersten Retortenmann nannten sie Adam! Ausgestattet war er mit ihren eigenen Genen und den Genen der Erdbewohner, aber ohne den Anteil der Quelle.

Der Galaktische Rat riet, für diese Männer Frauen zu entsenden, die noch die intakten Gene der Göttin trugen.

Wer würde sich schon freiwillig in diese Abhängigkeit und Dunkelheit begeben?

Oh ja, es gab diese heiligen Frauen! Die erste war Lilith, Adams erste Frau. Später, als Lilith diese Qual nicht mehr ertragen konnte, kam Eva!

Alle lichten Wesen auf Erden waren von nun an gefangen in dieser Dichte, in Geburt und Sterben mit dem Druck des Karmas, weil die dunklen Mächte einen Bann um die Erde gelegt hatten.

Wer von ihnen fliehen konnte, floh auf die riesige Insel Atlantis. Doch auch hier waren sie nicht für immer sicher und mit ihren technischen Manipulationen erreichten die Dunkelmächte schließlich auch ihren Untergang im Meer.

Wieder floh, wer die Gelegenheit dazu noch hatte.

Die Dunkelmächte überzogen die Erde mit ihren Dienern. Wer sich durch Schlechtigkeiten und Grausamkeiten hervortat, konnte zu Macht gelangen, zum Halbgott oder Herrscher.

Besonders die Frauen wurden geknechtet, damit sie ihren göttlichen Ursprung, ihre göttliche Kraft vergessen sollten.

Die letzten bewussten Frauen, die Priesterinnen, schufen Rituale, um ihren Leidensgenossinnen ein Mittel in die Hand zu geben, sich von der Angst zu befreien und wieder die Kraft der Göttin zu erfahren. Mit diesen Ritualen könnt ihr eure Wut, euren Groll umformen in eine starke Energie der Liebe, einer Liebe zu euch selbst. Alle Erniedrigungen können euch dann nichts mehr anhaben, weil ihr wisst, was ihr wert seid. Ihr seid nicht machtlos. Wenn ihr eure Angst und Wut umformt, können sich die dunklen Mächte nicht mehr davon nähren und werden schwächer. Daran denkt immer, wenn euch Verzagtheit und körperlicher Schmerz überfallen. Nur der Körper kann sterben. Eure Seele ist unsterblich.

Das gilt auch für die Söhne der Göttin. Sie werden ihre Frauen anständig behandeln und keine Unterwürfigkeit verlangen, sondern sie gleichsetzen mit sich selbst. Gemeinsam können wir die Dunkelmacht besiegen."

Magdalena schwieg erschöpft. Tiefe Stille herrschte. Ihre Worte wirkten nach in den Köpfen ihrer Zuhörer.

„Da hat sie sich ja eine schöne Geschichte ausgedacht, um uns Männern unser Ansehen zu nehmen!", brüllte einer aus der Menge.

„Wer sagt das?", fuhr einer der Wächter auf.

„Mein Mann!", antwortete eine helle Frauenstimme und ein Arm wies auf einen bärtigen Mann mit grimmigem Gesicht.

Der Wächter war mit wenigen Schritten bei ihm und zerrte ihn hoch. „So einer gehört nicht in unsere Mitte!", sagte er mit lauter Stimme und schob ihn aus dem Kreis. „Willst du ihn begleiten?", fragte er die Frau.

„Nein!", erwiderte sie mit kräftiger Stimme. „Ich will hier bei euch bleiben und mehr erfahren und helfen, dass die Erde wieder im Licht erstrahlt!"

Der Abend rückte heran und Jeshua war noch nicht erschienen. Unruhig schaute Magdalena immer wieder nach ihm aus. Angst, ihn erneut verloren zu haben, griff ihr ans Herz.

Stille war eingekehrt. Die Menge hatte sich zerstreut. Nur ganz vereinzelt lagerten in weitem Abstand noch einige. Drei Frauen waren bei Magdalena geblieben und ein paar von Johannes Getreuen. Sie nahm an, dass Johannes sie zu ihrem Schutz hierließ.

Eine Frau taumelte heran und ließ sich unweit in den Sand fallen. „Wieso ist sie so völlig erschöpft?", fuhr es Magdalena durch den Sinn. Sie erhob sich und trat zu ihr.

Die Frau trank gerade wie eine Verdurstende, was ihr von einer anderen gereicht wurde.

„Was ist mit dir?", erkundigte sich Magdalena voller Mitgefühl, bereit, ihr eine besondere Stärkung zu holen.

„Wir haben ihn verloren!", stieß die Frau hervor. „Er ging immer tiefer in die Wüste! Er aß nicht, er trank nicht und wurde nicht schwächer. Das ist ein Wundermann! Wir mussten zurück, weil wir sonst nicht überlebt hätten!" Sie griff nach dem Fladen, den ihr die andere reichte.

Magdalena fiel ein Stein vom Herzen. Jeshua war noch nicht bereit zu lehren. Er hatte sich in der Wüste versteckt. Wer weiß, warum! Sie kehrte mit den drei Frauen in ihr Zelt ein und verbrachte darin die Nacht.

Am nächsten Vormittag kam Jeshua und schickte die wenigen Menschen, die immer noch ausgeharrt hatten, nach Hause. Magdalena hörte seine Stimme und trat voller Freude aus dem Zelt. Gerade teilte Jeshua den Wächtern mit, dass sie alles – auch Magdalenas Zelt – abbauen sollten. Da erblickte er sie.

Er eilte zu ihr. „Guten Morgen, meine Geliebte. Komm, mein Vater erwartet uns."

Magdalena folgte ihm, ohne lange zu fragen. Sie glaubte, Joseph und Maria erwarteten sie. Doch Jeshua führte sie tief in die Wüste.

Er lächelte still vor sich hin, als sie sich wunderte, dass Joseph und Maria hier irgendwo warten würden.

„Nicht Joseph und Maria, nein! Du sollst endlich meinen Vater über den Wolken kennenlernen. Deine Vorbereitungszeit als Priesterin hat deine Schwingungen so angehoben, dass du in die höheren Schwingungen der Lichtinsel eintauchen darfst."

Abrupt stoppte Magdalena ihren Schritt. „Willst du mir auch jetzt noch erzählen, dass es da oben deinen wirklichen Vater gibt?" Fassungslos starrte sie ihm ins Gesicht.

Seine Augenbrauen zogen sich unwirsch zusammen. „Glaub mir doch endlich, Liebes: Meine zweite Familie ist dort oben!" Eindringlich sprach er diese Worte. Er griff nach ihrer Hand, als er das leise Surren hörte. Er hatte richtig reagiert, denn sie tat schon einen Schritt zurück. Seine Hand jedoch hielt sie und sie spürte seine Energie herüberströmen.

Angst stieg in ihr hoch. Doch Jeshua ließ ihre Hand nicht los und zog sie zu dem kleinen Transportschiff. Dabei lächelte er ihr aufmunternd zu. Mit aufgerissenen Augen ließ sie sich hineinziehen und in einen nie zuvor gesehenen Sessel schieben. Sie spürte Jeshuas Hand gar nicht mehr vor lauter Staunen.

Der leuchtende Mann dort drin war auch bestaunenswert. Er lächelte ihr warm zu. Ihre Angst verflog und machte der Neugier Platz. Plötzlich erkannte sie, dass das komische Fahrzeug in die Höhe stieg, und sie hielt einen Moment die Luft an.

Die Wüste blieb unter ihr zurück und ein grüner Streifen mit einem Fluss mittendrin wurde sichtbar. Sie wusste sofort, dass es der Jordan war. Schnell wurde alles kleiner und kleiner, Berge und ein Meer …

„Das ist die Erde?", fragte sie atemlos und wusste es im selben Augenblick. „Sie ist wunderschön." Ein Erinnern aus einer anderen Zeit tauchte in ihrem Bewusstsein auf und jetzt sah sie es erneut: Die Erde eingebettet wie in schwarzem Samt und eine Unzahl leuchtender Sterne ringsum.

In der Ferne tauchte nun etwas anderes auf, das ihre Aufmerksamkeit auf sich zog. Es wurde schnell größer: rund, flach wie zwei aufeinandergeklappte Schüsseln, die silbrig glänzten. Bevor sie etwas sagen konnte, öffnete sich dort drüben eine große Tür und das kleine Gefährt glitt hinein.

Ganz benommen schaute Magdalena nur um sich. Sie wusste, dass der leuchtende Mann das Fahrzeug gelandet hatte. Gespürt hat sie es nicht. Jeshua lächelte sie liebevoll an und ergötzte sich an ihrem Staunen. Er selbst war das alles ja von klein auf gewöhnt. Er sah, wie sich ihre Augen weiteten.

„Liebes, die Kuppel, die jetzt über uns gesenkt wird, ist deinetwegen. Du musst erst an die höheren Schwingungen angepasst werden. Deshalb wird jetzt Luft von der Erde hier hineingelassen. Aber es dauert alles nicht sehr lange."

Als sich die Tür des kleinen Fahrzeugs öffnete, schaute Magdalena ungläubig auf die Gestalt, die ihr zulächelte. Tränen traten ihr in die Augen und ließen das Bild undeutlich werden. „Maria", flüsterte sie und erhob sich wie im Traum. Dann hatte die Freude gewonnen und sie stürzte sich in Marias Arme. „Wie kommst du denn hierher? Ich habe dich soo vermisst und jetzt bist du plötzlich hier!"

Ein Weilchen hielten sie sich fest umschlungen. Dann schob Maria sie zurück und betrachtete sie prüfend.

„Du bist erwachsen geworden, Magdalena, und wunderschön. Sei willkommen auf der Lichtinsel. Hier bist du in dem Licht, nach dem du dich so lange gesehnt hast. Ich bin hier, um dich vorzubereiten. Einstmals, als ich ein junges Mädchen war, hast du mich hier vorbereitet. Wir müssen nämlich die Körper anpassen, damit sie die hohen Energien hier aushalten und integrieren können. Unvorbereitete Körper würden es nicht überstehen."

Verständnislos schaute Magdalena sie an. „Mir schwirrt der Kopf! Wieso war ich hier und habe dich vorbereitet?"

Jeshua blickte sie lächelnd an. „Liebling, du wirst dich wieder daran erinnern. Ich lasse euch jetzt allein, um meinen Vater zu begrüßen." Er wandte sich um und war, schwuppdiwupp, durch die Wand verschwunden.

Magdalenas Mund blieb offen. „Wie ist das möglich? Einfach so! Die Wand ist doch ganz fest!" Magdalena strich mit der Hand an der Wand entlang, dann klopfte sie sogar mit dem Fingerknöchel dagegen.

„Mir ging es genauso wie dir jetzt. Er ist doch hier zu Hause. Er kann sich der geringeren Dichte hier sogleich anpassen und durch die Wände gehen, die dir noch richtig fest erscheinen. Wenn du angepasst bist, kannst du es auch." Maria lächelte ihr zärtlich zu. „Schau mal! In diesen Schutzmantel musst du dich nun für eine kurze Zeit wickeln, damit wir in einen anderen Raum gehen können. Wenn du tief in dich hineinspürst, weißt du wieder, dass du das mit mir vor vielen Jahren gemacht hast."

Maria führte Magdalena in einen anderen Raum. Auf dem Wege dorthin kehrte Magdalenas Erinnerung zurück.

„Stimmt!", bemerkte sie leise. „Wir gehen jetzt zu dem großen Gefäß, in dem ich geheilt werde." Ohne Marias Aufforderung ließ sie die Hüllen fallen und stieg hinein. Sie genoss erstmals die seidige Flüssigkeit, die sich jedoch trocken anfühlte, an sich emporsteigen, ihr Gesicht kosend, und über ihr zusammenfließen. Gleichzeitig damit erfüllte sie ein Gefühl von Freiheit, Licht und Leuchten, fühlte eine sanfte Energie in jede ihrer Zellen dringen und sich heil werden, geistig und körperlich. All das Schändliche, was Vater und Ehemann ihr antaten, heilte. Ihr Unterleib fühlte sich wieder so an wie vor der Schändung und Schwangerschaft. Niemals zuvor hatte sie so ein wunderbar befreiendes Gefühl erlebt!

Sie hätte gern noch länger hier drin zugebracht, doch Maria mahnte. „Komm, es muss sein. Du bist jetzt genau richtig und wunderschön in deinem goldenen Glanz!"

Magdalena schaute verwundert an ihrem bloßen Körper herunter. „Ich glänze ja wirklich ganz golden! Und ich leuchte wie der Mann, der uns herbrachte!", staunte sie. „Das ist es wohl, was die Menschen als Engel bezeichnen. Bin ich auch im Gesicht so golden?"

Maria reichte ihr einen Spiegel und lächelte amüsiert.

Verblüfft sah Magdalena hinein. „Wahrhaftig! Mein Gesicht ist golden und meine roten Haare sind zu Gold geworden!" Sie strahlte sich an. „Ich fühle mich wie eine Königin!" Ehrfurcht ergriff sie und Maria ließ sie noch ein wenig staunen.

„Nun komm, Liebes", sagte sie endlich. „Es ist Zeit, zu deinem künftigen Mann und zu dem Vater meines Sohnes zu gehen!" Sie grinste verschmitzt.

Benommen folgte Magdalena ihr durch silbrig glänzende Gänge und fühlte die warme Energie der Räume, die sie durchschritten. So wohl hatte sie sich lange nicht gefühlt!

Helles Lachen klang ihr entgegen und dann sah sie Sanada. Ihr stockte der Atem. Das also war ihre eigene große Seele, die ihr oft in den schwersten Stunden ihres Lebens Trost und Hoffnung gespendet hatte.

Sanada nahm sie in die Arme. „Oh, wie schön, dich hier zu sehen. Welche Freude, dass du deinem Weg gefolgt bist und nun hier sein kannst." Sanada löste sich und führte sie vor einen Mann. „Das ist Sananda – Jeshua und gleichzeitig sein Vater." Sie lächelte, weil Magdalena von Sananda zu Jeshua und wieder zurück blickte.

„Das ist der Mann, der durch meine Träume geisterte", flüsterte Magdalena ehrfurchtsvoll. Er sah wie Jeshua aus. Als sie nun verglich, erkannte sie Unterschiede.

„Wie wunderschön du geworden bist", sagte nun Sananda. „Ich danke dir, dass du dich für diese große Mission entschieden hast, Gaia das Licht zurückzubringen."

Verlegen senkte Magdalena den Blick, um ihn dann Hilfe suchend zu Jeshua zu schicken.

„Komm erst einmal hier an", sagte er und drückte sie in einen Sessel. „Du sollst dich doch hier zu Hause fühlen."

„Der Sessel ist wunderbar", sagte Magdalena und erblickte im gleichen Moment eine übernatürlich schöne Frau, die auf sie zutrat.

„Ich bin Miranlaya. Erinnerst du dich? Ich freue mich, dass du dir die Reinheit bewahrt hast, damit du uns hier besuchen kannst."

In Magdalena stiegen Bilder auf: diese Frau und die junge Maria und von Gaia in ihrer einstigen Schönheit. Wie unter Zwang erhob sie sich und trat zum Fenster. „Sie ist immer noch wunderschön, aber damals war sie noch viel schöner." Sie seufzte und bemerkte etwas Unwahrscheinliches: Gaia dehnte sich zu ihr herauf, legte ihre ätherische Hand auf Magdalenas Herzzentrum und lächelte ihr freudig und liebevoll zu. „Danke, geliebte Schwester!", hörte Magdalena und hätte gern alle Fragen auf einmal gestellt, die ihr auf der Seele lagen. Doch Gaia zog sich wieder zurück.

Miranlaya trat zu ihr. „Lass mich deine Fragen beantworten", sagte sie und führte Magdalena in einen anderen Raum, der aus sich selbst heraus leuchtete. Er war ihr vertraut und gleichzeitig neu.

Miranlaya wies auf eine hübsche Sitzgruppe. „Setzen wir uns. Ich höre all deine Fragen in mir." Sie lächelte ihr zu. „Lass dir erklären, wer wir sind und wer ihr seid: Ihr seid jetzt Erdwesen, wir sind Wesen aus den Dimensionen des Lichts. Ihr habt niedrigere Schwingungen, wir höhere. Euer Körper hält diese hohen Schwingungen nicht aus, deshalb kommen wir zu euch. Wir sind in der Lage, unsere Schwingungen anzupassen, sogar einen Körper zu bilden, den ihr sehen könnt, aber nicht berühren! Höhere Schwingung kann niedere immer durchdringen. Wir können daher neben euch sein, ohne dass ihr uns wahrnehmt. Du hast Sanada wahrgenommen, weil deine Ausbildung als Priesterin deine Wahrnehmung verfeinerte. Deshalb kannst du auch ohne größere Probleme hier auf die Lichtinsel. Allerdings mit Hilfe eines Luftschiffes, wie ihr es nennt. So wie du ausgebildet wurdest, sollst du auch deine Töchter ausbilden, wenn sie zu dir kommen!"

Bei diesen Worten wurde Magdalena zappelig. „Töchter?", rief sie entsetzt, als Miranlaya ihren Satz beendet hatte. „Auf keinen Fall werde ich Töchter gebären. Ich will nicht, dass sie solche Qualen erdulden müssen, wie ich sie durchlitt!"

Sanft lächelte Miranlaya. „Beruhige dich, Liebes. Das wird nicht geschehen. Du wirst sehr glücklich werden und der Erde wunderbare Frauen schenken. Doch zuvor musst du hier noch geschult werden. – Wir sahen deine Schmerzen und kennen deinen Zweifel, für Jeshua nun nicht mehr gut genug zu sein. Du hast in dem Bad vorhin gespürt, wie du heiltest. Alle Spuren wurden beseitigt. Du bist wieder jungfräulich wie vor deiner Ehe."

Magdalena blickte in die Augen Miranlayas und wusste, dass es genau so war.

„Dieses Bad", fuhr Miranlaya fort, „ist reines, verfestigtes Licht und lässt alle Körperzellen heil werden, versetzt sie in Vollkommenheit. So wie sie zu Anfang waren. Deshalb kannst du auch der Erde Töchter schenken, die die göttlichen Gene aus beiden lichtvollen Anteilen der Seele tragen.

Aus eurer Vereinigung können erstmals Menschen hervorgehen, die den göttlichen männlichen Anteil in Verbindung mit der Göttin in sich tragen. Deshalb habt ihr vor eurer Erdenzeit hier beschlossen, diese große Mission gemeinsam durchzuführen. Ihr zwei großen Seelen."

Magdalena wurde verlegen. „Aber ich werde dort unten gesucht! Wenn die mich finden, werde ich gesteinigt und kann diesen Weg nicht weitergehen." Sorgenvoll schaute sie Miranlaya an.

„Mach dir keine Sorgen, Freundin meiner Seele. Sicher können wir nicht alles voraussehen, aber soweit es in unserer Macht steht, werden wir eingreifen und dich schützen. Wichtig ist, dass du jederzeit in deiner neuen Kraft bleibst."

Sanada und Maria setzten sich zu den beiden und Magdalena empfand es plötzlich als Wunder, dass hier zwei Erdfrauen mit zwei Himmelsfrauen ganz selbstverständlich zusammensaßen.

Sanada erfasste ihre Gedanken und lachte schallend. Alle fielen ein, auch Magdalena. Dabei fiel ihr ein, wie dumm ihr Vater wohl schauen würde, wenn er sie hier sähe. Das ließ sie noch lauter lachen. Dann musste sie an ihre Mutter denken und wie schön es wäre, sie hier zu haben. Nun verebbte das Lachen bei allen.

Diesen Gedanken beantwortete Sanada. „Deine Mutter hat einen anderen Weg gewählt. Sie wollte dir den Weg bereiten, so, wie es Maria für Jeshua tat. Auch du bist nicht das Kind deines irdischen Vaters. Er vernichtete das Licht in ihr, weil sie nicht deine Stärke besaß. Sie wird bald hierher zurückkehren, denn ihr Auftrag ist erfüllt."

Magdalena zuckte bei dieser Eröffnung zusammen. „Das habe ich schon immer geahnt! Aber wer ist dann mein Vater? Und wenn es kein irdischer ist, warum habe ich es nicht ebenso gewusst wie Jeshua?" Ratlos blickte sie in die Runde.

Alle lächelten ihr zu, schwiegen jedoch, bis Miranlaya das Wort ergriff.

„Dein Vater ist gleich nebenan bei Jeshua. Er ist auch dein Vater. Genetisch seid ihr also Halbgeschwister, weil ihr unterschiedliche Mütter habt. Nur in dieser genetischen Konstellation könnt ihr die neuen Kinder auf die Erde bringen, die der dunklen Macht widerstehen werden. Allerdings hast du dein Karma aus vergangenen Inkarnationen mitgenommen. Und das war die Falle, in die du auch diesmal hineingetappt bist. Deine Wut – Wut ist die große Kraft aller Göttinnen – wolltest du endlich umformen lernen. Wenn du das geschafft hast, wolltest du über deine Herkunft aufgeklärt werden." Sie blickte zu Sanada.

Sanada ergriff Magdalenas Hand. „Du hast gelernt, deine Wut zu deinem Segen umzuformen. Darum kannst du jetzt deine Herkunft erfahren: Liebes, du bist ich. Und du bist aus Sananda. Ihr seid Fleisch geworden aus einem Sein, Seele aus einer Seele, Licht für die Welt aus dem Licht der Liebe."

In diesem Moment kamen Sananda und Jeshua in den Raum und Magdalena staunte beide mit dem neuen Wissen an. Eine unwahrscheinlich große Freude zog durch jede ihrer Zellen und schien sie schweben zu machen. „Vater", sagte sie mit tiefer Ergriffenheit und Inbrunst. So hätte sie sich auch ihren Erdenvater gewünscht anstatt dieses groben Kerls. Sicher hatte sich auch ihre Mutter so einen Mann an ihrer Seite vorgestellt. So aber hatte sie ein grausames Leben. War es ein Opfer für Gaia?

Magdalena erhob sich und strebte zu Sananda. „Ich möchte unendlich gern in deinen Armen liegen, Vater", kam es leise aus ihrem Mund. Doch noch bevor sie das letzte Wort hauchte, zog er sie schon sanft in seine Energie, in seine Aura, in seine unendliche Liebe. Hier vergaß sie alle Schmach der Vergangenheit und erfuhr wahres Mannsein. Genau wie sie es bei Jeshua immer gefühlt hatte. Selbst wenn er fern war, hatte sie diese Energie erreicht und ihr Hoffnung gegeben, sodass sie sich nie ganz verlor.

Jeshua blickte ratlos von einem zum andern und Magdalena entdeckte, dass auch er nicht wusste, wer sie in Wahrheit war. Sananda erklärte noch einmal alles ganz genau und Magdalena sah, wie noch größerer Respekt aus Jeshuas Augen strahlte. Ebenso wie ihr wurde auch ihm nun die gesamte Größe ihrer Mission erst so richtig bewusst.

Plötzlich erhob sich Miranlaya, denn herein kam ein Wesen, so strahlend, so energievoll, dass Magdalena sich ganz klein vorkam.

Miranlaya stellte ihn vor. „Das ist Metatron", sagte sie lachend. Längst hatten diese großen Seelen Magdalenas Gefühle erfasst.

Metatron lächelte sie warm an. „Nein, du wunderbare, große Seele. Du bist nicht kleiner als ich. Finde sogleich zu deiner Kraft zurück! Vor eurer weiblichen Kraft verblasst jedes Wesen, vor allem die, die sich besonders männlich vorkommen. Und für dich, Magdalena, wird es Zeit, diese Kraft felsenfest in dir zu verankern, dass nichts, aber auch gar nichts sie wieder aus dir heraustreiben kann. Weißt du, warum ich dir so strahlend vorkomme? Weil ich gerade aus dem Bad in der Quelle komme, um euch mit diesem Licht zu stärken und zu einem Magneten für alles, was ist, zu erheben. Sieh zu Miranlaya! Sie strahlt auch in diesem Licht. Wir wollen euch, Magdalena und Jeshua, mit unserer Aura umhüllen und durchdringen, damit ihr gefestigt seid für euren Weg auf der Erde."

Magdalenas Blick wanderte zu Miranlaya. Es stimmte. Sie strahlte ebensolchen Glanz aus, der alles vergessen ließ, was es auf Erden Schlimmes gab. Mit Jeshua zusammen tauchte sie ein in dieses Aurafeld von Miranlaya und Metatron, in das reine Licht der Quelle, welches von den beiden umgeformt worden war, damit die zwei nicht verglühten. Hier schlossen sie den heiligen Bund der Ehe für ihr Leben auf der Erde.

Jeshuas Kehle entstieg plötzlich ein heller klarer Ton, der direkt aus seiner Seele kam. Automatisch fiel Magdalena ein. Beide fühlten ihre Körper sich ausdehnen, miteinander verschmelzen und eins werden mit den anwesenden großen Seelen. Es war ein berauschendes Gefühl.

Wie lange mag es gedauert haben? Magdalena konnte es nicht sagen. Sie spürte nur, wie sich langsam ihr Körper wieder festigte, das Ichgefühl zurückkehrte und auch Jeshuas Körper wieder seine gewohnte Form annahm.

„War das herrlich!", erklärte sie froh und blickte dankbar in die Runde. Gleichzeitig fühlte sie sich wieder als vollkommenes, göttliches Wesen mit der Energie der Großen Quelle der weiblichen Kraft und wusste, dass Jeshua die Energie der Großen Quelle der wahren, liebenden, männlichen Kraft war. So musste es sein, damit durch die Vereinigung beider die neuen Töchter für die Erde entstehen konnten.

Was Magdalena in ihrem Innersten fühlte, sprach Metatron aus. „Ihr seid nun das von uns geweihte Paar, das für Gaia Heilung bringen wird.

Ihr werdet die Saat säen, doch bis sie aufgeht und Früchte trägt, werden viele, viele Erdenjahre vergehen. Wohl an die zweitausend! Dann wird es Zeit für die Ernte."

Magdalena erhielt noch ihre letzten Schulungen und Einweihungen, dann kam der Abschied. Das kleine Lichtgefährt brachte die drei zurück in die Wüste, genau zu der Stelle, an der Jeshua und Magdalena abgeholt worden waren. Auch Maria stieg aus. Sie wanderten zu dritt zum Jordan.

Magdalena staunte über die Aufregung ihrer Schülerinnen, die vor Überraschung jetzt völlig außer sich waren und alle durcheinander redeten, nein, schrien! „Wo wart ihr nur?" „Warum habt ihr uns so lange allein gelassen?" „Wie konntet ihr nur in der Wüste soo lange überleben?" „Ihr hattet doch weder Essen noch Trinken mit!"

Ganz verwirrt blickte Magdalena von einer zur anderen. „Ich verstehe eure Aufregung nicht!", erklärte sie schließlich der ihr am nächsten stehenden Frau.

„Aber ihr wart vierzig Tage verschwunden!", antwortete diese geschockt. „Wir hatten euch schon fast aufgegeben!"

Das musste Magdalena erst verkraften. „Vierzig Tage?", wiederholte sie atemlos. Sie glaubte, sie sei nur einen vollen Tag fort gewesen.

Maria stand neben ihr und begriff, dass Magdalena völlig ahnungslos war, genau wie sie einst. „Liebes", flüsterte sie ihr ins Ohr, „außerhalb der Erdatmosphäre gibt es keine Zeit wie hier, nur das Sein. Das Magnetfeld und die Umdrehung der Erde bestimmen unser Zeitgefühl."

Langsam begriff Magdalena. Sie hob die Handflächen zu den Anwesenden hin und sofort trat Ruhe ein.

„Ich danke euch, dass ihr so lange gewartet habt, und bitte euch, uns zu verzeihen. Wir haben dort in der Wüste die Zeit vergessen. Außerdem bitte ich euch, mit uns morgen zum See Genezareth aufzubrechen."

Serafin trat zu ihr. „Göttin Magdalena", sagte sie ehrfurchtsvoll, denn eine Frau, die vierzig Tage in der Wüste überlebt hatte, konnte nur göttlich sein. „Wäret ihr bereit, mit ins nahe Dorf zu kommen? Ich habe dort eine Freundin, der ich gern von euch Göttinnen berichten würde." Leise und

schüchtern sprach sie. „Sie wird uns auch bei sich übernachten lassen."
Ihr Blick flog unsicher zu Jeshua, der mit einigen Männern etwas entfernt stand.

Magdalena nickte und schaute erst fragend zu Maria, die kaum merklich ihre Zustimmung gab, dann zu Jeshua, der sich ihr zuwandte.

Mit wenigen Schritten war er bei ihr. „Liebes, geh mit den Frauen. Ich werde mit den Männern folgen und die Nacht bei ihnen verbringen. Morgen früh treffen wir uns auf dem Dorfplatz."

Zirka fünfzig Frauen mit ihren Kindern standen schließlich um Magdalena herum auf dem Dorfplatz. Alle ausnahmslos gezeichnet von Schmerz, Angst und Demütigung, ausgemergelte Kindergesichter ringsum.

Zaghaft trat ein kleines Mädelchen zu ihr und schaute unsicher zu ihr hoch. „Mutter sagt, dass du uns frei machst? Stimmt das?" In der dünnen Stimme lag so viel Hoffnung, dass Magdalena sich niederkniete und sie anlächelte.

„Sagst du mir, wie du heißt?"

„Binah heiße ich." Ihre Stimme war so voller Sehnsucht, dass Magdalena sie am liebsten in die Arme geschlossen hätte. Noch war es zu früh dazu. Doch ihre Blicke trafen sich und blieben ineinander haften.

„Ein schöner Name und du machst ihm alle Ehre. Er bedeutet nämlich Weisheit. Und es bedeutet große Weisheit, wenn du in deinem Alter schon so viel Sehnsucht nach Freiheit in dir spürst. Möchtest du in meine Schule kommen?"

„Oh ja, sehr gerne!", jubelte Binah und wandte sich zur Mutter um. „Darf ich in eine Schule?"

Die Mutter blickte entsetzt auf das Mädchen. „Nein, Binah! Du weißt, dass Mädchen keine Schule besuchen dürfen!"

Schon beim ersten Wort füllten sich die Augen der Kleinen, beim letzten stürzten ihr heiße Tränen über die blassen Wangen. Sie schob sich hinter ihre Mutter, wie sie es von klein auf gelernt hatte.

Magdalena tat das Mädchen furchtbar leid. „Sei nicht traurig! Ich rede mit deiner Mutter!"

Binah schaute vorsichtig hinter der Mutter hervor und tiefes Vertrauen war in ihrem Blick, als sie nun hoffnungsvoll Magdalena anlächelte.

Magdalena richtete sich auf. Wie eine Königin stand sie vor der Menge, als sie nun zu sprechen begann. „Hört, ihr Frauen, ich kam zu euch in Begleitung von Frauen, die ihrem alten Leben den Rücken gekehrt haben. Wie fühlt IHR euch in eurem Leben? Ist euer Leben schön, so wie es ist? Oder schreit es in euch nach Freiheit? Wollt auch ihr frei sein von den Qualen?" Magdalena schaute zu den Frauen.

Einige weinten, andere verließen den Platz mit gesenktem Kopf. Schließlich blieben noch fünfzehn Frauen auf dem Platz vor ihr und schauten sich verwirrt an. Die kleine Binah kam auf Magdalena zu und ergriff voller Vertrauen ihre Hand.

„Ich folge dir, Priesterin. Ich will frei sein!", sagte sie mit fester Stimme.

Magdalena traten Tränen in die Augen. Sie fühlte die Göttin in dem kleinen Körper des Mädchens und drückte ihre Hand. Dabei ließ sie die Energie der Quelle über die Hand in sie einströmen.

Die Frauen folgten der Kleinen und traten dich heran.

„Wie können wir frei sein?", fragte schüchtern eine junge Frau mit einem Säugling im Arm.

„Ja, wie soll denn das gehen?", fragten nun einige ratlos.

Magdalena blickte die junge Frau mit dem Baby an. „Was fühlst du tief in dir?"

„Zorn!", kam es sogleich. „Und was sie uns Frauen sagen, ist gelogen, ist Unrecht. Sie nehmen uns unsere Selbständigkeit. Ich weiß es nicht recht zu sagen und deshalb fühle ich eine große Traurigkeit in mir."

„Ja, genauso ist es", bestätigten einige Frauen.

Magdalena setzte sich mit einladender Gebärde in den Sand. „Gut, ich werde euch lehren, wie ihr eure Freiheit in euch selbst findet. Wer das möchte, setze sich zu mir."

Binah setzte sich ganz selbstverständlich neben sie und nahm wieder ihre Hand.

Scheu trat die Mutter näher. „Willst du meine Tochter wirklich lehren, eine freie Frau zu sein, ohne dass sie gesteinigt wird?"

Magdalena nickte. „Ja und ich möchte es auch dich lehren, wenn du deine Angst überwindest. Seht, dort hinten steht der, den ihr den Messias nennt. Er spricht mit euren Männern. Niemand wird mit uns gehen, der noch an den alten Regeln der Unterdrückung festhält. Hier, in eurem Dorf, werden wir die Gemeinde der Freiheit gründen und ihr seid eingeladen, diesen Weg mit uns zu gehen."

„Ich bin Rahel", stellte sich eine selbstbewusste junge Frau vor. „Bitte lass dich von uns Meisterin nennen, denn Schwester oder Freundin können wir erst werden, wenn wir dir ebenbürtig sind."

Überrascht schaute Magdalena sie an. „Deine Rede zeugt von großer Klugheit. Ich freue mich, euch lehren zu können, selbst zu Meisterinnen zu werden."

Die Augen der Frauen wanderten von Magdalena fort und sie drehte den Kopf, um zu sehen, was es da hinter ihr Ablenkendes gab. Sie sah Jeshua mit den Männern sich nähern und sah Angst in den Frauenaugen aufkeimen.

„Nein, habt keine Angst, ihr Lieben", beruhigte sie sie. „Jeshua hat mit ihnen gesprochen und wir wollen hören, was nun geschieht."

Schon war Jeshua neben ihr und reichte ihr die Hand. „Steh auf, Geliebte. Diese Männer sind mit mir gekommen, um ihren Frauen die Füße zu waschen."

Entsetzen bei den Frauen. „Welch ein Frevel!", riefen einige.

Jeshua lächelte ihnen zu. „Seht ihr, wie sehr euch die Konventionen bestimmen? Der Frevel besteht darin, dass ihr alle den Männern die Füße waschen müsst. Nicht wegen der Sauberkeit! Nein! Ihr sollt ständig daran erinnert werden, dass ihr weniger wert seid als sie. Und das ist eine Lüge! Keine Frau, kein Kind, kein Mädchen ist weniger wert als ein Mann. Ihr seid alle Wesen der Großen Gottheit, der Göttin. Ihr seid die Freiheit, die geknechtet wurde. Und ihr alle seid eingeladen, mutig euer Leben in Würde und Freiheit zu leben und die alten Regeln umzuformen für euer tägliches Sein."

Verlegen blickten die Frauen auf ihre Wasserkrüge, ohne die eine Frau fast nie aus dem Haus ging! Jetzt traten die Männer zu ihnen und nahmen die Krüge, eilten damit zum Brunnen und kehrten zurück, bereit, ihren Frauen die Füße zu waschen.

Die Frauen zogen ihre Füße unter ihre Kleider und sträubten sich. „Hier, Vater!", rief Binah. „Kannst meine waschen!"

Ihr Vater lachte und tat es. Damit war der Bann gebrochen. Einige Frauen sträubten sich sehr, andere ließen es lächelnd zu. Endlich ließen sich alle die Füße waschen. Kichern ertönte und schließlich wuschen sie sich lachend gegenseitig die Füße. Strahlende Augen ringsum. Auch bei Magdalena und Jeshua.

Beide konnten es kaum fassen. Die Wandlung schien so einfach!

Maria hatte ihre Gefühle erfasst. „Nein", sagte sie, „es war nicht einfach! Das kommt durch die Kraft, die euer Vater in euch verankert hat. Ihr seid gesegnet und nur gemeinsam könnt ihr es schaffen. Jetzt weiß ich, dass ich mich damals richtig entschieden habe." Sie wandte sich den lachenden Paaren zu, die kaum begreifen konnten, was in dieser kurzen Zeit für eine gewaltige Veränderung mit ihnen vor sich gegangen war.

„Liebe Freundinnen und Freunde! Ist es möglich, in eurem Ort zu übernachten? Gibt es Räume, um euch schulen zu können, bis wir weiterziehen müssen?"

Ein Mann sprang auf. „Ich bin Simon", stellte er sich vor. „Und das ist mein Bruder Andreas!" Er legte dem Mann neben sich die Hand auf die Schulter. „Wir werden deinen Sohn durchs Land begleiten, Priesterin des Lichts. Mein Haus ist groß. Es hat Platz für alle und meine Scheune ist sauber und gemütlich, so recht geeignet als Schule. Bleibt, so lange ihr möchtet."

Jeshua reichte Simon dankend die Hand.

Rahel trat vor und sprach zu allen. „Alle hier, die ihr mit uns diesen neuen Weg gehen wollt, seid eingeladen, morgen zur neunten Stunde in unserem Hause, das Haus des Simon, zur Schulung zu kommen. Lasst uns nun nach Hause gehen, denn unsere Körper verlangen nach Ruhe."

Schnell leerte sich der Dorfplatz.

Am nächsten Morgen staunten die drei nicht schlecht. Die Bediensteten hatten die Scheune mitten durchgeteilt, sodass zwei Räume entstanden waren: einer für die Frauen und Mädchen und einer für die Männer. Die Trennwand war nicht nur aus ein paar Tüchern als purer Schein, sondern fest: Keiner würde den anderen im Unterricht stören.

Zu Jeshuas Unterstützung hielt sich Joseph bereit, bei Magdalena stand Maria.

Heute hatten sich dreiunddreißig Frauen jeden Alters und neunundzwanzig Mädchen eingefunden. Maria bat die Mädchen, mit ihr in den Garten am See zu gehen, um ihnen zu lehren, die Elfen und Feen des Pflanzenreichs zu sehen und mit ihnen zu kommunizieren. Begeistert folgten ihr die Mädchen.

So konnte Magdalena ungestört mit den Frauen arbeiten. Bevor sie begann, wollte sie wissen, ob die Frauen Fragen hätten.

Eine Frau erhob sich und stellte sich vor. „Ich bin Schoschana und möchte dir danken, dass du uns helfen willst. Ich habe dir ein Geschenk mitgebracht. Viel können so einfache Frauen wie wir nicht geben, aber ich habe auf Bitte der Frauen gemalt, was gestern auf dem Dorfplatz geschah."

Sie überreichte Magdalena eine Schriftrolle aus feinstem Leinen. Vorsichtig entrollte sie diese und staunte. Sie erblickte ihr Spiegelbild und Maria und Jeshua und vor ihnen die Männer, die ihren Frauen die Füße wuschen.

„Oh, wie wunderbar!", rief sie überwältigt aus. „Welch großartige Gabe hat dir die Göttin gegeben! Ich werde euch lehren, was ich weiß, und würde mich freuen, wenn du mir zeigst, wie man so etwas Herrliches auf die Leinwand zaubert!"

Schoschana errötete und senkte verlegen den Blick. So wurde sie noch nie gelobt. „Danke für deine Worte, die mein Herz erwärmen", sagte sie leise. „Gern zeige ich dir, wie ich so etwas male." Sie wandte sich um und ging zu ihrem Platz. Alle Frauen schauten nun erwartungsvoll zu Magdalena.

Vorsichtig legte sie das Gemälde zur Seite und begann ihre Schulung. „Ich sehe bei den meisten die Spuren der Misshandlungen und den Schmerz darüber, dass der Tempel eurer Seele, euer Körper, täglich immer wieder geschändet wird. Ja, ihr Lieben, euer Körper ist der Tempel eurer

Seele. Tief drin in eurem Herzen wohnt eure Seele, wohnt die Schöpfergöttin. Jede Frau ist der vollkommene Ausdruck der Schöpfung und ist in der Lage, selbst Schöpferin zu sein. Denkt daran, wie ihr Leben schenkt, oder denkt an Schoschana, die wunderbare Gemälde schafft. Ich will euch lehren, diese Kraft in euch neu zu entdecken.

Doch zuvor müsst ihr eure Körper heilen. Dazu müssen wir uns die Wunden unserer Seele ansehen. Damit ihr seht, dass auch ich nicht anders bin als ihr, möchte ich euch meine Geschichte erzählen."

Als Magdalena endete, hatten viele Frauen Tränen in den Augen, denn so ähnlich lief es bei allen Frauen. Doch darüber zu sprechen, traute sich erst mal keine. Minuten herrschte Schweigen. Schließlich erhob sich Schoschana.

„Dann werde ich den Anfang machen", sagte sie. „Und ich habe gewaltige Angst, Dinge zu benennen, die uns bei Strafe verboten sind, sie in der Öffentlichkeit publik zu machen. Doch ich weiß auch, dass alle hier Ähnliches erlebt haben oder erleben. So werdet ihr alles in euren Herzen bewahren und nicht öffentlich darüber reden." Bei Schoschana kamen die Übergriffe sehr früh in ihrer Kindheit durch ihren Vater und wie ihre Seele daran zerbrach. Mit dem Mann, den ihr Vater für sie bestimmte, ging es ihr nicht besser. „Sie schürten ein tiefes Gefühl in mir, von Grund auf schlecht, unrein, böse und nichts wert zu sein, genau wie es die Schriftgelehrten sagen.

Aber ich habe Träume von einer besseren Welt. Ich möchte eines Tages in ihr erwachen und von diesem Albtraum hier erlöst sein." Tiefes Sehnen sprach aus ihren Worten. Viele Frauen nickten bestätigend.

Der Bann war gebrochen. Nun erzählten alle von ihrem harten Leben und der Tag verging wie im Fluge.

Am Schluss dankte Magdalena ihnen für ihr Vertrauen. „Ihr seht, dass ihr alle im gleichen Boot sitzt. Darum könnt ihr euch auch gegenseitig durch Mitgefühl helfen und sogar Heilung geben. Lasst euch heute Abend mit hoch erhobenem Kopf die Füße waschen. Das ist eure heutige Aufgabe. Nachher kommt bitte jede Einzelne zu mir, damit ich ihr Kraft meiner Hände das Licht der Wahrheit ins Herz senden kann, um für morgen vorbereitet zu sein auf einen Akt der Befreiung."

In diesem Moment stürmten fröhliche Mädchen in den Raum. Eine jede wollte ihrer Mutter von ihren Erlebnissen mit den Elfen, Feen und sogar den scheuen Zwergen berichten.
Doch einige hielten sofort dagegen, dass es so etwas nicht gäbe.
Maria hatte es gewusst und ließ sie gar nicht groß zu Wort kommen, sondern erhob ihre Stimme, sodass sie durch den Raum schallte: „Liebe Freundinnen, zerstört nicht den Kindern die Wahrheit, die sie heute erkannten. Auch euch wurde einst diese Wahrheit genommen. Wenn ihr jetzt das Gleiche tut wie euch getan, misshandelt ihr sie genau, wie ihr misshandelt wurdet. Öffnet euer Herz für eure Töchter, denn sie tragen das Erbe der Zukunft in sich."
Verwundertes Schweigen, Bedenken, dann nahmen die Frauen ihre Töchter in den Arm und ließen sie erzählen.
„Warum hat mir damals keiner zur Seite gestanden, als ich Kind war?", seufzte eine wehmütig und strich ihrem Kind liebevoll übers Haar.
Nachdem jede Frau zu Magdalena getreten war und sich über ihre Hände die Kraft der liebenden weiblichen Energie der Quelle hatte einströmen lassen, gingen sie mit gestärkter Aura in ihren Alltag zurück.
Auch Jeshua beendete zu dieser Zeit seine Schulung. Ehrerbietig verneigten sich die Männer vor Magdalena und Maria und verließen nachdenklich und still Simons Grundstück.

Mit Simons Familie zusammen nahmen sie ein gutes Abendessen ein. Danach tauschten sie ihre Erfahrungen dieses Tages aus. Jeshua bat Magdalena, einen Balsam, den er morgen einsetzen wollte, mit ihrer weiblichen Energie zu versehen.
Magdalena erkundigte sich bei Simon, ob es möglich sei, im Unterrichtsraum bis morgen ein Badehaus einzurichten.
„Sicher ist das möglich. Sage mir genau, wie du es haben willst, und es wird so sein."
„Ist das für die Männer auch zu bewerkstelligen?", fragte Jeshua, erfüllt von der Idee.
„Sicher! Meine Bediensteten werden das erledigen."

Jeshua umarmte den Freund begeistert, den er schon von seiner Akademie her kannte.

Der nächste Morgen sah die Frauen und Mädchen – und im anderen Raum die Männer – ratlos vor dem großen Becken stehen. Maria scharte die Mädchen um sich. Doch bevor sie mit ihnen den Raum verließ, rief sie den Frauen zu: „Ich wünsche euch, dass ihr euch heute Abend völlig frei, rein und groß wie die Schöpfermutter allen Lebens fühlt!" Lachend verließ sie danach mit den Mädchen den Raum.

Magdalena hieß die Frauen willkommen, die immer noch verlegen zum Becken sahen und kicherten.

Magdalena lächelte sie an. „Ihr ahnt schon, was heute geschieht. Gestern habt ihr eure Seele entblößt, heute wird es euer Körper sein, damit er geheilt werden kann. In jeder Zelle eures Körpers sind die Schändungen gespeichert. Eure Zellen warten darauf, gereinigt zu werden, damit ihr in eure wahre Kraft aufsteigen könnt. Dazu aber müsst ihr noch etwas erfahren: Die Nephilim, die ihr heute Götter oder Gott nennt, schufen den Mann und veränderten die DNA, die Erbsubstanz, derart, dass ihr sie nur zu einem kleinen Teil verwenden könnt, nämlich nur zum Leben beziehungsweise zum Überleben. Ihr seht nicht mehr die Feinheiten, die Maria zum Beispiel euren Töchtern zeigt, oder das Übermitteln von Nachrichten zu weit entfernten Personen von Kopf zu Kopf … und vieles mehr.

Man hat euch weisgemacht, dass ihr aus der Rippe Adams, eines Retortenmannes, erschaffen seid. Das ist gelogen!

Die Göttinnen des Lichts gebaren Töchter, um sie den Retortenmännern an die Seite zu stellen, damit Gaia, die Seele der Erde, sich nicht völlig in der Finsternis verlor, sondern auf Erlösung hoffen konnte.

Damit die Töchter des Lichts jedoch neben den Männern leben konnten, musste ihre Erbsubstanz ebenfalls verringert werden.

Jetzt aber ist die Zeit gekommen, dies zu verändern. Wir, Jeshua, Maria und Joseph, sind hier, um euch zu eurer wahren Göttlichkeit zurückzuführen. Dazu aber müssen eure Zellen geheilt und gereinigt werden. Deshalb legt eure Kleider ab und taucht eure Körper in das warme Wasser."

Verlegen blickten die Frauen sich gegenseitig und das Wasser an. Einige kicherten. Magdalena wartete.

„Das Wasser sieht so anders aus!", sagte eine Frau scheu.

„Es ist auch anders als euer Brunnenwasser. Es ist angereichert mit pulverisiertem, reinem Gold und edlen Steinen und dem verdichteten Licht der Quelle allen Seins sowie etlichen pflanzlichen Zutaten von der Erde. Das Rezept ist geheim und darf nur von den Priesterinnen des Lichts angewendet werden.

Nun legt eure falsche Scham ab, die euch auch nur mit der Paradiesgeschichte und der Lüge von eurer Schuld eingebläut wurde. Wenn ihr frei sein wollt, vergesst die Scham und steigt in das warme, heilende Wasser."

Nachdem die Erste sich entkleidet hatte, folgten alle anderen. Als alle mit den Köpfen auf dem Randstein lagen, legte Magdalena noch einige große Kristalle ins Becken und senkte ihre Hände hinein, damit die Energie des Lichts in der Flüssigkeit fließen konnte.

Magdalena begann zu sprechen. Ihre Stimme schwebte beschwörend über den Frauen und ihr Klang ließ sie immer entspannter und entspannter werden.

Sie erinnerte an die goldenen Zeiten im Licht der Quelle, dort wo alle noch ihre reine Schöpferkraft besaßen und die reine Liebe fühlten. Sie beschrieb die Schönheit der Erde, die sie damals ohne die Dunkelmächte in vollen Zügen genossen, zusammen mit den Tieren und Pflanzen, die alle weder Klauen noch Reißzähne noch Gifte kannten.

Die Frauen lagen mit geschlossenen Augen vor ihr und manchmal entschlüpfte ihnen ein Seufzer. Ein strahlendes Lächeln verschönte ihre Gesichter und machte sie weich und zart.

Magdalena ließ die Frauen im Geiste den wunderbaren Kristallpalast schauen und die heilsamen Energien der Kristallin spüren.

Stunden vergingen wie im Fluge. Schließlich musste sie zum Ende kommen und die Frauen wieder in die Gegenwart führen.

Magdalena nahm ihre Hände aus dem Wasser. „Spüre, wie eine ganz neue Lebendigkeit dich erfüllt.

Spüre deine neue Kraft in dir. Kein Mann kann dich je wieder verletzen, es sei denn, du stimmst zu.

Du kannst deinen Körper und deine Seele zu jeder Zeit erneut in diesen herrlichen Zustand versetzen, wenn du es wirklich willst.

Und nun öffne langsam deine Augen. Trockne deinen Körper und lege deine Gewänder an."

Langsam kehrten die Frauen in die Gegenwart zurück. Ihre Augen leuchteten und eine neue Fröhlichkeit war zwischen ihnen. Sie sahen die eigene Veränderung in den Augen der anderen.

Als diesmal die Kinder erschienen, stutzten sie leicht. Dann spürten sie die Erkenntnis tief in sich und sie liefen zu ihren Müttern und umarmten sie, kletterten auf ihren Schoß und erzählten von ihren Erlebnissen. Keine Mutter war heute nach den eigenen Erlebnissen noch mit einer Ablehnung zur Stelle.

Nachdem die Töchter stiller wurden, ihre Erzählungen verebbten, gab Magdalena noch jeder Frau ein Fläschchen mit der Badesubstanz in die Hand, damit sie nach einer Woche das Bad wiederholen konnte. Das ließ einen Schatten in den Augen der Frauen erstehen.

„Wenn du fort bist, ist alles wieder wie vorher", meinte eine traurig.

Magdalena verneinte. „Seht, liebe Freundinnen, eure Malerin. Sie ist die Einzige hier ohne Mann an ihrer Seite und sie will auch keinen. Nehmt sie unter euren Schutz. Für den Malunterricht, den ich bei ihr genoss, gab ich ihr schon Wissen über ihre Heilkräfte. Ich werde sie noch mehr einführen, sodass sie euch Hilfe sein kann. Sie wird die Weise eures Dorfes sein, wenn es euer aller Wunsch ist."

Zustimmendes Gemurmel von allen Seiten erklang, eine Stimme erhob sich: „Ja, sie hat uns immer geholfen und wir können ihr vertrauen."

„So sei es!", fasste Magdalena zusammen und gab ihnen das morgige Ziel bekannt. „Morgen werde ich euch lesen und schreiben lehren und mit eurer Malerin könnt ihr weiterhin üben, denn sie kann es schon."

„Aber das ist untersagt!", klang eine verschreckte Stimme.

Maria mischte sich ein. „Sarah, es macht euch frei, wenn ihr das tut, was euch untersagt wurde."

„Keine von euch muss es tun!", erklärte Magdalena. „Ihr könnt frei wählen, euch über Verbote hinwegzusetzen. Ihr könnt frei wählen, frei zu sein oder eure Ketten zu erhalten. Heute habt ihr auch Verbotenes getan! Ihr habt Zeit bis morgen, euch zu entscheiden: Freiheit und Wissen ODER Unfreiheit, Nichtwissen und das Leben einer Sklavin."

Nachdenklich verließen alle den Raum. Draußen warteten schon die Männer mit ihren strahlenden Söhnen an der Hand. Nun verließen sie ihren Platz bei Jeshua und traten zu ihren Frauen. Einige umarmten ihre Frau und die Töchter, andere sahen sich lange in die Augen und gingen gemeinsam davon, aufrecht und miteinander sprechend. Die drei sahen ihnen nach, denn so etwas war nicht üblich.

Jeshua trat zu Magdalena und legte seinen Arm um ihre Schultern. Sie spürte seine Energie und ihr wurde klar, dass er ohne den Bann seiner DNA, ohne irgendwelches Karma hierhergekommen war.

„Noch fünf Tage werden wir hier sein, Liebste, dann ist es Zeit, ins Land zu gehen und den Menschen unsere Botschaft zu verkünden. Aber hier an diesem Ort, bei Simon am See Genezareth, haben wir eine Insel der Ruhe, zu der wir wiederkehren können, um neue Energie zu tanken."

Am nächsten Nachmittag, die Frauen und Männer genossen noch das Zusammensein nach den noch recht verkrampften Schreibübungen, näherte sich laut weinend eine Frau mit einem Kind auf den Armen. Magdalena und Jeshua liefen ihr entgegen, denn sie sahen, dass dem Kind Schlimmes geschehen war.

„Oh Meister, Meisterin!", rief die Frau unter Schluchzen. „Ihr kennt mich nicht. Aber meine Tochter wurde von einem wilden Hund angefallen. Bitte helft ihr! Rettet sie!"

Magdalena nahm ihr das blutüberströmte Mädchen aus den Armen und Jeshua stützte und hielt die Frau, die kurz vor dem Zusammenbruch war, und sprach beruhigend auf sie ein.

„Sieh hin! Magdalena hat ihr schon die Schmerzen genommen. Gleich wird der Blutfluss stoppen. Siehst du, wie ruhig dein Mädchen wird? Werde auch du ruhig, damit wir deiner Tochter helfen können."

Maria trat hinzu und nahm sich der Frau an. Magdalena bettete das Mädchen auf die warme Erde. Die noch anwesenden Männer und Frauen bildeten einen schützenden Ring um die Gruppe.

Jeshua und Magdalena sahen sich einen Moment in die Augen und waren sogleich eins.

Magdalena nahm je einen Fuß des Kindes in ihre Hände, Jeshua legte seine Hände aufs Kronenchakra. So konnte von beiden die heilende Energie der Quelle in den Körper des Mädchens strömen und sich **im Herzzentrum** vereinen, dort, wo **das vollkommene Abbild des Menschen wohnt**. Beide verstärkten den Energiefluss und aktivierten damit dieses Abbild.

Die Umstehenden sahen in atemloser Stille mit großem Staunen, wie sich die Wunden langsam schlossen und sogar völlig verschwanden. Jeshua und Magdalena nahmen ihre Energien sachte zurück.

Plötzlich schlug das Mädchen ihre Augen auf und blieb in Magdalenas Augen hängen. „Danke", flüsterte es ehrfurchtsvoll. „Du bist ein wunderschöner Engel!"

Magdalena lachte befreit. „Nein, kleine Göttin, ich bin Magdalena. Nun steh auf und geh zu deiner Mutter."

Die Kleine erhob sich und war völlig wiederhergestellt. Doch sie wandte sich Jeshua zu. Die Mutter verlor ihre Starre und warf sich weinend zu Füßen der beiden auf die Erde, dabei versuchte sie, ihre Tochter zu umarmen.

Die befreite sich jedoch und nahm die Hand Jeshuas. „Ein Engel hat mir gesagt: Du bist ein Gott!"

Jeshua ging in die Hocke. „Wie heißt du denn?", fragte er warm. „Johanna!"

„Ich bin kein Gott, Johanna. Ich bin dein Bruder. Ich bin nur dann ein Gott, wenn du glaubst, dass du eine Göttin bist, so wie alle Frauen und Mädchen dieser Erde Göttinnen sind."

Die Kleine legte ihre Arme um Jeshuas Hals und er sandte ihr noch eine große Dosis seiner Energie direkt in ihren Körper. Sie genoss es mit geschlossenen Augen. „Ich war sehr krank und hatte ganz schlimme

Schmerzen", sagte sie leise und griff nach Magdalenas Hand. „Ihr beide habt mich gesund gemacht. Das kann nur ein guter Gott!"

Magdalena lächelte sie an und schüttelte den Kopf. „Komm, Johanna, geh nun zu deiner Mutter." Sie strich ihr noch einmal übers Haar.

Erstarrt hatte die Mutter alles beobachtet. Nun warf sie sich erneut in den Staub. „Oh, welch ein Wunder!", begann sie laut. Dann stutzte sie. „Oder ist es Teufelswerk?", schrie sie auf und stieß unzusammenhängende Klagen aus. Sie wusste nicht, ob sie sich freuen sollte oder ob sie sich vor dem Teufel persönlich fürchten müsste.

Magdalena zog sie hoch. Sie wusste ja, dass die gängigen Lehren an dieser Verwirrung schuld waren. Trotzdem wurde sie unwirsch. „Frau, komm zu dir! Du warst dabei und siehst, wie dein Kind von innen her strahlt! Und doch vergleichst du uns mit einem Teufel? Den Teufel gibt es nur in deiner Fantasie!"

Die Frau krümmte sich, als hätte sie Schläge bekommen, und Magdalena bereute ihre strengen Worte. „Glaube mir", sagte sie sanfter, aber eindringlich, „dein Kind wurde geheilt durch die heilige Energie der höchsten, liebenden Gottheit, die es gibt. Nicht wir haben sie geheilt, sondern die Göttin selbst, die in deinem Mädchen ist. Wir waren nur die Mittler und Lenker der heiligen Energie."

Jeshua trat vor und ließ seine Stimme erschallen. „Bevor ihr geht, hört mich an: Ihr wart Zeuge einer Heilung, die das Natürlichste auf dieser Erde ist. Nur euer falscher Glaube verhindert, dass ihr es auch könnt. Ich verlange, dass ihr über diese Heilung nicht sprecht. Zu niemandem! Ich will nicht zum Messias eurer Schriften erhoben werden. Ich werde euch keine Gesetze geben und schon gar nicht euren Gott auf den Thron heben. Im Gegenteil! Ich werde ihn entlarven und vom Thron stürzen, damit ihr nicht länger seine Werkzeuge seid. Ich will euch aus der Knechtschaft befreien.

Deshalb schweigt über diese Heilung, wenn ihr unsere Freunde seid. Erkennt, dass im Zusammenschluss der weiblichen mit der männlichen Kraft Heilung auf allen Ebenen geschehen kann. Und nun geht nach Hause. Es war ein anstrengender Tag."

Jeshua griff nach Magdalenas Hand und so gingen sie gemeinsam zu Simons Haus. Sie waren nur wenige Schritte gegangen, als Maria und Joseph plötzlich auflachten.

„Was freut euch denn so?", fragte Magdalena neugierig über ihre Schulter hinweg die beiden.

„Ihr hättet jetzt den entsetzten Blick Johannas Mutter sehen sollen, den sie bekam, als ihr so einfach Hand in Hand davonginget. Wie dumm die Menschen doch sind, die der dunklen Macht folgen. Aber die Tochter wird größer sein als die Mutter. Das macht mich froh und lässt mich lachen."

„Ja", seufzte Magdalena, „uns werden noch viele begegnen, die nicht wissen wollen und ihre Augen und Ohren verschließen. Aber die wenigen, die wir erreichen, werden der Erde Licht geben und die Hoffnung nähren, dass es eines Tages anders wird."

Die folgenden Tage vergingen wie im Fluge und der Abschied nahte. Kinder weinten frei heraus, aber auch den Erwachsenen stand das Wasser in den Augen.

Es waren ja nicht nur Jeshua und Magdalena, Maria und Joseph, sondern auch Simon und Andreas mit ihren Frauen und Kindern, denn allein hätten sie nicht überleben können.

In jedem Ort, in dem sie auf der Route nach Jerusalem einige Tage blieben und lehrten, stießen neue Menschen hinzu. Zum Teil waren es Jeshuas Freunde aus seiner Studienzeit, die dann auch zum inneren Kreis gehörten, wie da waren: Thaddäus, Aramäas, Johannes, Thomas, Bartholomäus, Philippus, Jakobus, Nathan, Polemerus und Josephus. Judas Ischariot und Simon Kananäus waren Untergrundkämpfer gegen Rom und begleiteten die Gruppe nur zeitweise. Sie gehörten nicht zum inneren Kreis.

Auch bei den Frauen um Magdalena bildete sich solch innerer Kreis: Myriam, Maria, Martha, Sarah, Liora, Esmeralda, Lhea, Ruth und Shamira waren ständige Begleiterinnen und wurden in tiefere Geheimnisse eingeweiht.

Einige Männer, wie auch Joseph, Jeshuas Erdenvater, zogen der Gruppe voraus, um Quartier zu machen. Fast immer gehörten dazu die Häuser der Bruderschaft des Lichts, auch als Weiße Bruderschaft bekannt, denn solch große Schar konnte nicht bei armen Leuten unterkommen, die selbst kaum das Nötigste zum Leben hatten.

Dadurch, dass Jeshua aus der Oberschicht kam und sich auf die Seite der Armen stellte, verstieß er gegen alle Regeln des Landes und es brachte ihm viel Hass der Reichen, Schriftgelehrten, Pharisäer und Sadduzäer ein.

Die Wanderschaft war anstrengend. Nicht der Weg selbst von Ort zu Ort, sondern das Lehren der Männer und Frauen am Tage und am Abend im inneren Kreis.

Richtig zermürbend wurde es vor allem für Magdalena, als Simon Petrus, ein Freund Jeshuas aus der Zeit der Akademie, immer eifersüchtiger auf Magdalena wurde und unbedingt Erster neben Jeshua sein wollte. Auch die Frauen, sozusagen ihm gleichgestellt, waren ihm ein Dorn im Auge. So gab es ständig Reibereien.

Nach einer heftigen Auseinandersetzung zwischen Jeshua und Simon Petrus verließ dieser wütend die Runde, um zu seinem Heimatort zurückzugehen.

Ein Aufatmen ging durch die Reihen, denn die Disharmonie schwächte, hatten sich doch schon einige auf Petrus' Seite gestellt. Wie sollten andere überzeugt werden, wenn in diesem kleinen Kreis keine Einigkeit herrschte?

Doch es dauerte nur wenige Tage, dann erschien Simon Petrus wieder, ignorierte die Anwesenheit Magdalenas und warf sich vor Jeshua in den Staub.

„Bitte, Meister, lass mich wieder an deiner Seite sein. Ich kann ohne deine Worte und Weisheit nicht leben!" Tränen standen in seinen Augen und er meinte es wirklich ehrlich.

„Erhebe dich, Simon", sagte Jeshua sanft, „es ist deiner nicht würdig, vor mir im Staub zu liegen." Danach wurde seine Stimme jedoch hart. „Wenn du an meiner Seite bleiben willst, dann akzeptiere die Frau, die schon bald meine Ehefrau sein wird, endlich an meiner Seite. Du kannst sie nicht verdrängen, denn sie und ich haben etwas gemeinsam, das dir völlig fremd ist. Ohne sie bin ich nichts. So geht es allen Männern! Sie können ohne die Kraft der Göttin nichts bewirken.

Wirf deine veralteten Ansichten, dass Frauen nichts wert sind, endlich über Bord. Ohne sie wärst du nicht hier, es sei denn, du bist ein Retortenmann! So, das war es von mir. Die Entscheidung überlasse ich jetzt meiner Frau. Wirst du dich ihrem Urteil stellen?" Jeshuas strenge Stimme hatte den Raum gefüllt. Jetzt war es totenstill.

„Ja, Meister", sagte Simon gedrückt. Er wusste, er hatte keine andere Wahl. So wandte er sich Magdalena zu und sah sie an.

Sie schaute ihm fest in die Augen, unterdrückte ihr protestierendes Ego und versuchte, seine Seele zu erreichen. Schließlich senkte er den Blick. Doch Magdalena hatte alles gesehen. Seine Seele wollte, dass er sich von Jeshua und Magdalena in die Bewusstheit führen ließ. Nur sein Ego war nicht bereit, noch nicht!

Magdalena sog die Luft tief ein. „Simon", begann sie in strengem Ton, „bist du bereit, mich wie Jeshua als Meisterin anzuerkennen und meinen Anweisungen zu folgen? Bist du bereit, auf jede Rangordnung zwischen uns Töchtern und Söhnen der Göttin zu verzichten und mich und die Frauen als Göttin anzuerkennen?

Ich lese in deiner Seele, dass du das nicht wirklich willst, aber du willst die Schulungen, um dein Ego zu überwinden, mitmachen. Wenn du unserem Auftrag, diesem Land und seinen Bewohnern die Freiheit zu schenken, ehrlich dienen willst, dann werde ich zustimmen, dass du im inneren Kreis bleibst."

Damit hatte er wohl nicht gerechnet, denn er schaute sie überrascht an. „Danke, Magdalena", sagte er nur und verließ den Raum. Zwiegespalten blickte Magdalena ihm nach.

„Das war eine sehr weise Entscheidung, Magdalena", hörte sie Jeshuas Stimme und wandte sich ihm zu.

„Gerade Simon Petrus kann Menschen führen", erklärte Jeshua mit leiser Stimme. „Und das braucht dieses Land, wenn wir von hier weggehen. Dann wird er unsere Lehren verbreiten. Doch zuvor muss er seinen Stolz besiegen und die alten Lehren der dunklen Macht niederringen."

Er schwieg und blickte sie nachdenklich an. „Geliebte, ich fühle schon lange, dass du dich nach einem richtigen Zuhause sehnst. Doch es wird noch ein Weilchen dauern. Habe Geduld. Wir werden es zu gegebener Zeit finden. Zuerst aber müssen wir die Flamme der Freiheit in den Herzen entzünden."

Magdalena seufzte. „Ach, Jeshua, Liebster, ich weiß es ja, aber es ist so schwer. – Immerhin bin ich bei dir und das muss wohl fürs Erste genügen. Ja, ich sehne mich nach einem Heim, nach einer eigenen Familie. Ich weiß, das entspricht so völlig dem alten Frauenbild, aber da ist auch das Wissen, dass wir Kinder in diese Welt bringen sollen. Aber wie denn? Wenn wir uns nie vereinen können! Und ich bin ja auch noch immer nicht frei. Das ist das Allerschlimmste."

„Verzage nicht, meine Liebste", tröstete Jeshua. „Es kommt alles so, wie es geplant ist. Bald wirst du frei sein. Das fühle ich tief in mir. Aber nun lass uns zur Ruhe gehen, denn morgen müssen wir weiterziehen."

Magdalena konnte nicht sogleich einschlafen, kamen ihr doch Bedenken, ob ihre Entscheidung, Petrus hierzubehalten, wohl richtig war. Und auch die Sehnsucht war wieder da, einfach irgendwo unbekannt in eigener Familie zu leben. Aber da waren so viele Frauen, die alle ihre Träume und Hoffnungen hatten und die sie, Magdalena, brauchten. Mit diesem Gedanken schlief sie endlich ein und traf in der anderen Welt auf Sanada, die ihr neue Energie für ihren Weg gab.

An einem der nächsten Tage kam Simon Petrus eilends heran und berichtete von Kindern, die um ihre sterbenskranke Mutter jammerten.

Jeshua sprang auf, entschuldigte sich bei seinen Zuhörern und bat Magdalena mitzukommen. „Ohne dich wird das nichts", sagte er laut für aller Ohren.

Beide eilten zum angegebenen Haus. Es hallte wider vom Jammergeschrei der vielen Kinder. Jeshua und Magdalena ließen sich das Zimmer zeigen, baten die Kinder um Ruhe und verschlossen die Tür von innen. Dann nahmen sie sich des leblosen Körpers an, indem sie ihre Hände auflegten.

Jeshua erfühlte die vielen dunklen Gebiete und Geschwülste und hielt einen Dialog mit ihrer Seele, von der er erfuhr, dass ihre Aufgabe auf Erden noch nicht erfüllt war. So stand einer Heilung nichts im Wege.

Beider Energie floss durch den Frauenkörper und erfüllten ihn mit heilendem Licht. So heilte nicht nur der physische, sondern auch der Ätherkörper. Ein tiefer Atemzug hob die Frauenbrust und sie öffnete ihre Augen.

„Weißt du, was dich krank gemacht hat?", fragte Jeshua in diese strahlenden Augen hinein.

„Ja, Meister! Ich war in der wunderschönen anderen Welt und dort erfuhr ich es. Es ist die Schmach, unrein zu sein, wie mein Mann behauptet. Ich war so verzweifelt, dass Gott mir solch unreinen Körper gegeben hat, dessen Zeichen das Bluten ist. Und es ist so quälend, immer noch Kinder zu gebären, obwohl wir diese schon nicht mehr satt bekommen. Deshalb wollte ich diesem Leib und diesem Leben entfliehen."

Jeshua fühlte tiefes Mitgefühl mit der Frau und Magdalena nahm sie in ihre Arme.

„Schwester", sagte Jeshua zu ihr, „glaube nie wieder einem dummen Mann. Dein Körper ist wunderschön und aus der Göttin geboren. Er kann gar nicht unrein sein. Sei stolz auf ihn. Durch ihn schenkst du der Erde neues Leben, was kein Mann zustande bringt."

Sie wurde verlegen. „So sprach noch nie jemand zu mir. Du musst aus einem wunderbaren Land kommen, wenn du so einer minderwertigen Person wie mir deine Heilkraft schenkst."

„Steh auf, Schwester", gebot Jeshua. „Keiner ist minderwertig in der reinen Liebe. Komm zu deinen Kindern, die um dich weinen, und lehre ihnen meine Worte."

Gemeinsam mit der Frau traten sie zu den Kindern, die überrascht jubelten, als sie ihre Mutter so gesund und strahlend vor sich sahen.

Jeshua verließ die Familie, Magdalena blieb noch einige Stunden und unterwies die Frau, aber auch die Kinder, damit sie mit neuer Kraft durchs Leben schreiten konnten.

Sein Ruf als Meisterheiler verbreitete sich in Windeseile im Lande und viele kamen oder wurden gebracht. Doch nicht alle verließen ihn geheilt. Für jeden Heiler ist der freie Wille der Seele bestimmend, weil eine physische Krankheit **immer** ein Ausdruck der Seele ist.

Vieles konnte Jeshua auch nur zusammen mit Magdalena schaffen. Allein hätte er gar nicht zu einer Frau gehen können oder sie gar berühren. Als inkarnierter Mann konnte er ohne die weibliche Kraft Magdalenas auch nicht diese tiefen Heilungen bewirken. Wiederum konnte in diesem Land eine Frau weder öffentlich predigen noch eine Menschenmenge um sich versammeln. Sie wäre sofort gesteinigt worden.

Einen Toten aber konnte selbst Jeshua nicht auferwecken, weil dann die Seele nicht mehr durch die Silberschnur mit dem Körper verbunden war.

So lag Lazarus nur in einem tiefen Koma. Sein Körper war mittels der Silberschnur noch mit der Seele verbunden. Das bedeutete, dass seine Zeit auf der Erde noch nicht abgelaufen war. Wenn Jeshua einen geliebten Menschen von den Toten hätte auferwecken können, dann hätte er bestimmt Johannes (den Täufer) wieder auferweckt, denn das war sein bester Freund und er vermisste ihn sehr.

Eines Tages kamen sie nach langer Wanderschaft wieder zum See Genezareth, um sich von den Strapazen zu erholen Doch im Ort trieben bewaffnete Fremde ihr Unwesen. Sie hatten sich an Frauen vergangen.

Magdalena ließ die Frauen sogleich holen, um sie zu heilen.

Während sich Magdalena ihnen widmete, eilte Jeshua voller Zorn mit wehenden Gewändern zu der Herberge, in der sich die Fremden aufhielten. Einige seiner Gefährten folgten ihm auf dem Fuße. Er forderte, den Hauptmann zu sprechen.

„Was will das Menschlein?", fragte der Hauptmann voller Überheblichkeit den Herbergsvater.

„Oh Herr, es ist der Messias, der große Heiler!", sagte der Mann vorsichtig leise aus seiner unterwürfigen Lage vom Boden her.

„Hach!", lachte der Hauptmann verächtlich. „Dann werde ich mir den mal ansehen!"

Großspurig trat er vor die Tür und schaute höhnisch auf den tiefer stehenden Jeshua herab.

Jeshua spürte einen leisen Schrecken, denn vor ihm stand einer der Abgefallenen, die die Erde mit ihren Donnerschiffen jederzeit verlassen konnten. Er stand inmitten seiner düsteren Aura und richtete seinen herrisch stechenden Blick auf Jeshua. Auch er hatte sogleich an der Ausstrahlung erkannt, dass vor ihm nicht nur irgendein Heiler stand, sondern ein Auserwählter, einer von der lichten Seite.

Darum lächelte er verschlagen. „Du willst mir etwas sagen?"

Jeshua blieb stumm. Den Anblick musste er erst verdauen. Doch bei den nächsten Worten des Dunklen wuchs sein heiliger Zorn ins Unermessliche.

Inzwischen hatten sich hinter dem Dunklen seine Kumpane aufgebaut und lauschten gespannt.

„Nun, da du schweigst", meinte der Dunkle süffisant lächelnd, „ist es wohl nicht so wichtig. Vielleicht hörst du dir mal meinen Vorschlag an: Du kannst Herr über die ganze Erde werden und alle Reichtümer und Kreaturen liegen dir zu Füßen und wenn wir zwei es geschickt anstellen, können wir das ganze Universum besitzen. Na, wie findest du meinen Vorschlag?" Er sonnte sich in seinen eigenen Worten und dem Schnaufen seiner Horde.

„Die Erde gehört dir gar nicht!", entgegnete Jeshua ruhig. „Sie gehört der Göttin des Lichts und den Menschen und ich bin hier, weil ich deine Macht immer mehr einschränken werde, bis sie der Vergangenheit angehört!"

Das Gesicht des Mannes vor ihm färbte sich dunkel vor Wut. „Ich werde dich Wurm vernichten!", schrie er mit sich überschlagender Stimme.

„Das wird mein Vater über den Wolken niemals zulassen. Aber du kannst dich wandeln. Deine Seele lechzt nach Erlösung, möchte lieber im Licht wandeln."

Das war wohl zu viel! Er schien fast zu platzen vor Wut und begann mit den Armen zu fuchteln und seine Begleiter damit zu animieren, sich auf Jeshua zu stürzen.

Jeshua aktivierte seine Energie und ließ sein Licht erstrahlen. „Fürst der Dunkelheit", rief er mit Donnerstimme, „weiche von mir und verlasse meine Stadt!"

Der Dunkle prallte zurück, als sei er gegen eine Wand gerannt. Er kniff seine Augen zu und schrie vor Schmerz laut auf. Seinen Gefolgsmännern trat er in die Beine, sodass einer strauchelte und fiel. Alle flüchteten sich ins Haus. Doch die Energie Jeshuas ließ sie auch dort nicht los. Voller Schmerz und panischen Schreckens griffen sie ihre Sachen und verließen fluchtartig die Stadt.

Erst als sie nicht mehr zu sehen und zu hören waren, nahm Jeshua seine Energie zurück und wendete sich zu seinen Begleitern um. Die standen noch wie erstarrt und konnten kaum fassen, was sie soeben gesehen hatten.

„Seht ihr", meinte Jeshua lächelnd zu ihnen, „so kann man seinen heiligen Zorn zu einer Waffe wandeln und eine dunkle Kreatur verjagen."

„War das der Teufel?", fragte einer leise.

„Nein, einen Teufel gibt es nur in euren Köpfen", antwortete Jeshua und trat zwischen sie. „Der hier kam mit einem Donnerwagen und wird auch wieder mit ihm verschwinden. Sie kommen von einem anderen Planeten, einer anderen Erde, und wollen hier herrschen, weil sie es dort vielleicht nicht können."

Langsam setzte sich Jeshua in Bewegung und kehrte mit seinen Begleitern zu Magdalena zurück.

Magdalena war noch mit der Heilung der drei Frauen beschäftigt. Doch Jeshua hatte mit seinen Getreuen dank seines Auftretens vor dem Dunklen viel zu klären. Auch unter diesen Menschen gab es noch immer einige, die alles als Wunder bezeichneten. Jeshua spürte, wie viel er ihnen noch würde übermitteln müssen, bis auch sie Ähnliches tun könnten.

Nur wenige, wie Johannes, Martha und Thaddäus, schafften es, ihre Energien den feineren Energien der Lichtinsel anzupassen und dort noch tiefere Schulungen zu erfahren. Sie wirkten später wie Jeshua und Magdalena, als die längst woanders lebten.

Erneut wanderten sie durchs Land. Gegen Mittag kamen sie in ein liebliches Gebiet, dessen sanfte Hügel sich wie Meereswellen vor ihnen ausbreiteten. Tausende Menschen strömten ihnen entgegen. Deshalb gab Jeshua seinen Begleitern das Zeichen, hier die Zelte aufzuschlagen.

Er selbst stellte sich am oberen Hang auf, um zu den vielen zu sprechen. Es dauerte nicht lange und all die Menschen, Männer, Frauen und Kinder, lagerten stumm und blickten erwartungsvoll zu ihm auf.

Er erhob seine Stimme, musste aber nicht schreien, denn die Stille trug seine Worte zu jedem: *

„Meine Freundinnen und Freunde, Schwestern und Brüder!

Das In-die-Stille-Gehen, das Anrufen der göttlichen Quelle ist DIE Nahrung für die Seele in deinem menschlichen Körper. In der Stille waltet die Seele und öffnet sich dir. In der Stille erfährst du die Kraft der Quelle und kannst sie in deinem Leben manifest werden lassen.

So lasse mich dir zeigen, wie du die Quelle selbst erreichst mit den Worten, die deiner Seele entspringen.

Geliebtes ICH BIN in der Quelle, aus der Quelle, die du Teil der Quelle selbst bist und mein Sein überwachst. Geliebte Quelle, die du in mir atmest, durch mich atmest, die du alles durchwebst und erhellst, was in deinem Sein sich selbst erschafft und lebt.

Heilige mein Leben auf Erden.

Lass dich mehr und mehr in diesem meinem Körper nieder, damit das Reich der Liebe zur Wirklichkeit wird auf Erden.

Lass mich den Frieden auf Erden finden und leben, den dein Sein ausmacht. Lass mich selbst Frieden sein.

Schenke mir das Brot und den Trank des Lebens, die mein Herz mit Labsal erfüllen und mich frei sein lassen von jeglichem Hader und Zorn.

---

* Später würde diese Rede „Bergpredigt" heißen und seine Worte würden völlig verdreht werden, sodass sie den dunklen Kräften dienten, Ängste zu wecken und zu erhalten. Wortlaut hier entnommen aus „Tatort Jesus", s. Anhang.

Erfülle mich mit der Kraft der Liebe zu allem, was ist, und zu jedem, der meinem Weg begegnet, indem du dich mehr und mehr in mir integrierst und zu einem festen Bestandteil meines Lebens auf Erden wirst.

Lass mich dich als Erstes fühlen in mir, an jedem Morgen, an dem mein Körper den Schlaf abstreift.

Hilf mir, mich ständig daran zu erinnern, dass nur die Liebe zu mir selbst und zu allem, was ist, die Erde zu einem strahlenden Ort der Göttlichkeit emporheben kann.

Hilf mir dabei, meine Begrenzungen als das zu erkennen, was sie in Wahrheit sind, und dabei meine Ketten der menschlichen Begrenzung zu sprengen.

Hilf mir dabei, in allen Belangen das zu sein, was ich in Wahrheit bin.

Hilf mir dabei, in jedem Menschen die Göttlichkeit zu sehen, die allem innewohnt.

Oh, du atmendes Licht des Lebens, erfülle mich und die Menschheit mit dem Frieden des Lichts und hilf mir dabei, mich selbst als göttliche Manifestation zu leben in meinem ICH BIN.

ICH BIN ein reines Geschöpf des Klanges der Quelle.

ICH BIN das Licht der Quelle und öffne mich ihrer Kraft, die von heute an durch mich in diese Welt fließt.

ICH BIN Liebe und Vollkommenheit.

Das ist die eine Wahrheit auf Erden.

Möchtest du frei sein von Schuldgefühlen, dann vergib dir selbst. Wenn du dir selbst vergeben hast, kannst und wirst du nie wieder einem anderen Menschen Schuld übertragen.

Möchtest du frei sein in dir, liebe und lebe, wie und was du wirklich bist. Sei authentisch und echt. Deine multidimensionale Seele weiß, was du bist. Sie weiß, wie du bist. Sie kennt dich besser, als du selbst dich kennst. Darum sei, wie du bist. Bekenne dich zu deinem Sein und lebe dich, denn deiner Seele kannst du nichts vormachen, was du zu sein scheinen willst.

Gehe in Liebe und Mitgefühl durch dein Leben. Sei dir selbst, den Menschen und der Welt ein Licht. Das Himmelreich und das Königreich der Quelle sind nur an einem Ort zu finden: in dir selbst.

Glückselig sind die Starken im Geiste, denn sie werden den Ängsten wehren, die Schwachen stärken und ihre Göttlichkeit strahlen lassen.

Glückselig sind jene, die voller spiritueller Demut ihren Lebensweg gehen, denn sie werden die Größe ihrer Seele in die Welt hinaustragen. Sie werden dem Hungernden zu essen und dem Dürstenden zu trinken geben von ihrem Licht der Liebe.

Glückselig sind die, die arm an Glauben an die Schriften sind, denn sie werden die Begrenzungen der Welt nicht als gegeben annehmen, weil sie in der vollkommenen Einheit mit ihrer Seele sind und wissen, dass nichts unmöglich ist.

Sei voller Mut und lebe das Selbstgefühl deiner Seele, wenn dich die Menschen verleugnen, verspotten oder schlecht über dich reden ob deiner lichtvollen Worte. Zu allen Zeiten wurden die Seher und Propheten, die das Licht der Quelle sahen, angefeindet und verlacht.

Wenn das geschieht, dann zürne nicht denen, die dir dieses antun. Erhebe deinen Kopf voller innerer Göttlichkeit und schau in die verdunkelten Herzen. Finde das vollkommene göttliche Abbild des Menschen und sende ihm das Licht der Quelle. Du weißt, dass das Abbild des göttlichen Menschen nichts mit diesem Menschen gemein hat. Und wenn es erwacht, wird auch dieser Mensch ein vollkommener Ausdruck des Seins sein, so, wie du es bereits bist.

Urteile nicht über andere, die vermeintlich auf falschen Wegen wandeln, denn sie werden erweckt werden, wenn ihre Zeit gekommen ist. So, wie du über andere urteilst, daran wird deine Seele dich messen. Darum begegne jedem Menschen mit Respekt vor der Größe seiner wahren Seele, auch dann, wenn er selbst es vergessen hat.

Entziehe dich den Verlockungen der Welt da draußen. Meide Brot und Spiele für das Volk, denn sie wollen dich von dir selbst entfernen. Finde die Freude in dir und in den Dingen der Welt, die dein Herz mit Freude und Liebe erfüllen.

Übe in allem das rechte Maß. Sorge dafür, dass Freude über das Leben in all seiner Pracht dein Leben erfüllt.

Sei immer im Zustand des Mitgefühls mit allen, die weniger haben und sind als du selbst. Reiche jedem die Hand, soweit du es kannst, und hilf dort, wo dein Herz dir sagt, dass hier deine Hilfe gebraucht wird.

Sei immer an dem Ort und in der Gesellschaft, die dir und deiner Seele Kraft und Stärke schenken. Meide die Menschen, die dich irritieren, die dein und ihr eigenes inneres Licht verleugnen, und finde diejenigen, die wie du der Welt ein Licht sind oder sein wollen. Dann geht gemeinsam zurück und erhellt mit dem Licht, das aus euch herausstrahlt, die dunklen Plätze auf Erden.

Gib immer einem Schwächeren die Kraft deiner inneren Stärke. Hilf jenen, die sich selbst noch nicht helfen können, die verspottet, verachtet und/oder ausgenutzt werden, indem du das ICH BIN dieser Menschen anrufst und stellvertretend für deinen Nächsten um Beistand bittest.

Sieh immer in jedem und in allem die Vollkommenheit, die allem zugrunde liegt.

Du bist das Licht dieser Erde. Du bist berufen und auserwählt, dein Licht in deine Welt leuchten zu lassen, damit aus der Erde ein Ort wird, der im ewigen Frieden der Liebe erstrahlt.

Erhebe deinen Kopf, gehe königlich durch dein Leben und strahle. Dann bist du ein Magnet für alle, die noch nach dem Licht suchen.

Die Schriften gaben dir zehn Gebote. Ich aber sage dir, es braucht nur ein Gebot für ein Leben in Frieden und Freude auf Erden. Dieses Gebot lautet:
>Tue einem anderen, wie du willst,
>dass dir getan werden soll.

Wenn ein jeder Mensch dieses Gebot beachtet, dann ist die Erde ein Ort voller menschlichen Seins, wie du es dir schöner und freudiger nicht manifestieren kannst.

Alles, was du dir in dieser Welt verdienst und erarbeitest, ist vergänglich. Das Einzige, was auf Erden unvergänglich ist, ist deine Seele und die

Erfahrung, die du machst. Daher schätze deine Erfahrungen und hänge dein Herz nicht an Dinge dieser Welt. Genieße sie und liebe sie, doch mache dich nicht abhängig von ihnen.

Sorge dich nicht um das tägliche Brot, denn so lange du auf dem Weg deiner Seele wandelst, werden Armut und Not dich nicht berühren. Erfülle die Aufgabe, die du selbst dir wähltest vor deiner Inkarnation, und deine multidimensionale Seele in der Quelle selbst wird deinen Weg bereiten und dich auf die Wege führen, die dein leibliches Wohl garantieren.

Finde und bewahre das göttliche Licht in deinem Herzen und suche es in jedem menschlichen Herzen, das dir begegnet.

Wer Liebe schenkt, wird geliebt.

Wer Vergebung schenkt, erhält Vergebung.

Wer schenkt, ohne zu erwarten, wird reich beschenkt mit den Gaben der Quelle selbst.

Du wirst immer ernten, was du säst, darum achte auf deine Gedanken, auf deine Worte und auf deine Taten, denn dieses sind die Saaten, die du aussäst. Wie der Same, so die Frucht.

Wenn du an einem anderen Menschen Fehler entdeckst, so urteile nicht. Schaue stattdessen in dich selbst und erforsche, wie und wo du in Resonanz stehst. Denn an einem anderen stört dich immer nur das, was du in dir selbst nicht wahrhaben willst. Erlöse deine Schatten, und der Spiegel im Nächsten wird sich klären. Sodann wird er nur noch dein eigenes lichtvolles Spiegelbild reflektieren.

Schau genau hin, wo Reste von Feindschaft in dir selbst sich bewahren, und dann erlöse sie.

Wenn du ein Licht in der Welt sein willst, dann leuchte zuerst dir selbst. Ein reines Herz und ein klarer Blick sind die Wegbereiter für deinen Weg nach Hause. Stell dein Licht nie wieder unter den Scheffel, sondern leuchte wie ein heller Stern am Nachthimmel, damit andere Menschen ihren Weg finden in der Dunkelheit.

Missioniere nicht, denn viele Menschenwesen haften zu sehr an den Dingen dieser Welt. Die göttliche Energie der Quelle ist zu fein, als dass diese Menschen sie spüren. Sie wählten einen anderen Weg. Ein weiser Lehrer holt den Schüler dort ab, wo er steht, und gibt ihm nur so viel Information, wie dieser zu verarbeiten imstande ist.

Fehlt dir in einem oder anderen Fall einmal die notwendige Weitsicht, so bitte deine multidimensionale Seele, deine Worte zu lenken. Klopfe an, und dir wird aufgetan, bitte, und es wird dir gegeben, wenn du in reiner Absicht bist. Niemals hat sich ein höheres Wesen, dein ICH BIN oder gar die Quelle selbst, einer ehrlichen Bitte, einer Bitte, die der Menschheit und/oder der Erde förderlich ist, widersetzt.

Was du dir von der Quelle, deinem ICH BIN, deiner Seele, deinem Leben auf Erden erhoffst und ersehnst, das schenke den Menschen, die deinen Weg berühren. Gib, so wird dir gegeben, teile dein Wissen, und es wird sich vermehren.

Strahle Licht und Segen über die Erde, und du wirst gesegnet sein.

So gehe denn hin und errichte dein Leben auf dem Felsen der Wahrheit und der Liebe zu allem, was ist. Dann bist du unantastbar für jede Willkür im Außen, und erstrahlen wird dein Thron im Glanz der Quelle in dir.

SO IST ES!

Auch Magdalena hatte sich niedergesetzt und lauschte entspannt Jeshuas Worten. Es tat ihr so wohl, mal nicht zu lehren, sondern nur untätig dazusitzen und sich seiner Stimme hinzugeben. Sie dachte auch daran, wie sie ihn letztens wieder bedrängt hatte, doch lieber zum See zurückzukehren, um sich zu erholen. Er hatte nur den Kopf geschüttelt und auf der gemeinsamen Mission bestanden. Jetzt, beim Zuhören, wusste sie, wie Recht er hatte.

Lange hatte er geredet und als er endete, entstand an der linken Seite ein Tumult. Magdalena erhob sich, um besser sehen zu können. Soldaten bahnten sich einen Weg durch die Menge. Wollten sie etwa Jeshua verhaften? Ihr Herz begann angstvoll zu klopfen, als einer der Soldaten einen Stein aufhob und die Menge aufforderte, den Gotteslästerer zu steinigen. Doch die Menge reagierte anders. Sie bildete einen Ring, um ihn zu schützen.

Die Soldaten stoppten, wandten sich zum Gehen. Dabei nahm einer die Gestalt Magdalenas wahr. Er stutzte, ging noch drei Schritte, drehte sich dann plötzlich um und begann zu schreien. „Da ist die Frau Bardors! Fasst sie! Sie wird gesucht wegen Ehebruchs und Diebstahls!"

Sofort erfasste die Soldateska das neue Ziel und stürmte Waffen rasselnd darauf los, empörte Stimmen missachtend.

Magdalena geriet in Panik und versuchte zu flüchten, unterzutauchen in der Menge. Doch schon war einer der Soldaten bei ihr und ergriff grob ihren Arm. Der Versuch, sich ihm zu entwinden, misslang.

„Steh still, Weib! Du bist verhaftet!", schrie er und griff noch fester zu.

„Ich brach niemals die Ehe", wehrte sie sich mit Worten.

„Schweig, Weib!", brüllte er und gab ihr eine schallende Ohrfeige.

Sie schwieg und fühlte die Ohnmacht wie damals in ihrer Ehe. Widerstandslos ließ sie sich die Hände fesseln und abführen. Die Soldaten bildeten einen dichten Kordon.

Jeshua kämpfte sich durch die Massen bis zu den Soldaten.

„Halt, Soldaten des Römischen Reichs! Hat diese Frau das Recht Roms verletzt? Ist es euren Frauen verboten, ihren Mann zu verlassen, so, wie es diese tat? Du hast meine Schutzbefohlene geschlagen! Wie heißt du?"

Einer der Soldaten hatte wohl einiges von Jeshuas Worten vorhin mitbekommen, wandte sich um und antwortete. In seinem Blick lag große Bewunderung. „Er heißt Tiberius. Du hast Recht. Die Frau untersteht nicht dem römischen Recht. Aber der jüdische Gerichtshof fordert ihre Verhaftung durch uns. Ob ich will oder nicht, wir müssen es tun. Ich hörte vorhin deine Worte. Du sprichst die volle Wahrheit."

„Dann lasst sie frei!", forderte Jeshua laut.

„Wir dürfen nicht. Wir müssen sie dem Gericht übergeben, denn wir müssen auch das Gesetz dieses Landes schützen. Sie ist ja auch nur eine Frau!"

„Ich denke, du hast meine Worte gehört? Frauen schenken Leben. Ein Mann kann das nicht. Und du als stolzer Römer erkennst so ein barbarisches jüdisches Gesetz an, das die Steinigung fordert, weil eine Frau die Misshandlungen des ihr aufgezwungenen Mannes nicht länger ertragen will? Wie heißt du denn?"

„Meister, ich bin Judas Ischariot und kein Römer. Ich bin Jude und stehe in römischem Dienst. Deine Worte haben in mir etwas bewegt. Aber ich kann diese Frau nicht freilassen, denn dann würde ich dem Gesetz und dem Befehl zuwiderhandeln." Er wandte sich ab.

Die beiden Soldaten, die Magdalena festhielten, zogen sie zu den Pferden und banden je eine Hand an ihnen fest, sodass sie zwischen ihnen laufen musste.

Die Pferde trabten los und sie konnte das Tempo nicht halten. Sie stürzte und wurde mitgeschleift. Ein dritter Soldat ritt heran und trieb sie mit Schlägen wieder hoch.

Es war demütigend und die Erkenntnis niederschmetternd, dass sie ihrer Verurteilung und dieser fürchterlichen Steinigung entgegenlief. Sie wusste, dass sie nicht mehr wie eine stolze Priesterin aussah, wie sie da zwischen den göttlichen Pferden weinend und stolpernd und stürzend gezerrt wurde.

Urplötzlich hielten die Pferde an und sie sank zu Boden, soweit es die Stricke zuließen. Die Stute links von ihr wandte den Kopf und blickte ihr direkt in die Augen. Traurig und voller Mitgefühl und Magdalena empfand Gleiches, denn sie empfing statt Liebe sicher auch nur Schläge.

Ein Soldat kam und riss sie hoch. Magdalenas leichter Widerstand gegen den unangenehmen Griff ließ ihn auflachen und fester zugreifen. Ein zweiter kam hinzu und gemeinsam schleiften sie sie ins Gebäude. In einem Zimmer warfen sie sie wie einen nassen Sack auf den Boden und gingen.

Andere Schritte ertönten und ein bekanntes Lachen, das ihr in die Knochen fuhr. Ihr aufgezwungener Ehemann! Sie schaute auf. Ja, er war es. Höhnisch grinste er und trat ihr in den Unterleib.

„Ja, das ist die Hure, der mein Haus nicht gut genug war. Sie verließ es und stahl auch noch mein Geld. Verurteilt sie. Ich verstoße sie! Mein Haus ist ihr für alle Zeit verschlossen." Er wandte sich ab und schritt hoch aufgerichtet aus dem Raum.

„Schafft sie fort", dröhnte eine andere Männerstimme. „Und schließt sie ein, bis sie dem Gericht übergeben wird."

Kaum drangen die Worte zu ihr durch, denn die Schmerzen im Unterleib waren mörderisch. Doch schon wurde sie von zwei Soldaten erneut hochgezerrt und einen langen Flur entlanggeschleift, in einen dunklen Raum geworfen und eingeschlossen.

Panik schlug über ihr zusammen wie eine Meereswoge. Ekel über diese Männerhände und den Gestank im Raum würgte sie und ließ sie nach Luft schnappen. Sie begann, über den feuchten Boden zu kriechen und spürte irgendwelche Krabbeltiere unter ihren Händen. Nicht der kleinste Lichtschimmer gab ihr Hilfe. Nach langem Tasten fand sie so etwas wie eine Liege und zog sich hoch. War das der einzige Gegenstand hier? Langsam bewegte sie sich daran weiter und fand schließlich festes Mauerwerk. Es gab ihrem Rücken Halt. Sie umschlang im Sitzen ihre Knie und fühlte die allgegenwärtige Kühle des Bodens und der Mauer.

Entsetzen und Hoffnungslosigkeit übermannten sie und ließen endlich verzweifelte Tränen strömen. Totenstille ringsum. Wie lange sie so dasaß, wusste sie nicht.

Der Tag hatte so wunderbar begonnen und sie hörte wieder Jeshuas Stimme wie er sagte: „So dir einer auf die rechte Wange schlägt ..." Zorn stieg in ihr auf. „Du hast gut reden!", schluchzte sie. „Ich werde niemals meine andere Wange freiwillig hinhalten! Alles nur Gerede! Wo bist du jetzt? Deine Worte konnten mir dort draußen schon nicht die Freiheit geben und was nun?" Bitterkeit kam zum Zorn hinzu.

„Halt ein!", hörte sie leise Sanadas Stimme in sich. „Du wirst ungerecht und missdeutest seine Worte. Besinne dich auf die Kraft der Göttin in dir, geliebter Teil meiner Seele."

Doch schon war alles vorbei, denn vor der Tür ertönten raue Stimmen. Es wurde aufgeschlossen. Drei Männer drängten grölend herein.

Eisig kalt durchfuhr es Magdalena. Sie wusste sofort, was das bedeutete. Und sie blökten es auch laut genug. Ihre schwache Gegenwehr wurde sogleich von zweien unterbunden. Sie hielten sie fest, während der Dritte sein furchtbares Werk tat. Sie wechselten sich ab!

Magdalena aktivierte all ihre Kräfte, gönnte ihnen keinen Schrei, sondern entzog ihr Bewusstsein dem misshandelten Körper und betrachtete von oben die Szene. Unermesslicher Hass auf alle Männer dieser Erde war in ihr und schien mit jeder Sekunde größer zu werden.

Als sie wieder zu Bewusstsein kam, waren die Männer verschwunden. Sie lag besudelt wie ein Lumpenbündel in der Ecke und fühlte nur Scham und Schmerz. Wie sollte sie nach diesen Verletzungen denn jemals Kinder bekommen? Aber morgen beim Prozess würde sie sowieso zum Tode verurteilt. Das stand auch schon fest!

Verzweifelt fiel sie in einen abgrundtiefen Schlaf. Wieder erblickte sie unter sich ihren geschändeten, kaputten Körper und sah das ätherische Band. Wenn sie es jetzt einfach durchtrennen würde, hätte sie Ruhe und wäre frei, müsste sich nicht vor dem Prozess und der Steinigung fürchten ...

Kaum angedacht, standen Sanada und Sananda dicht neben ihr. „Komm, geliebte Seele", sagte Sanada voller Mitgefühl. „Wir werden deine seelischen Wunden heilen."

So schön war es, in ihrer Energie zu sein, dass sich Magdalena nur treiben ließ. „Lasst mich bei euch bleiben", bat sie trotz besseren Wissens, dass sie das nicht konnten. „Erspart mir die weiteren Qualen der dunklen Männer."

Sanada zog sie tiefer ins Universum hinaus und Magdalena spürte sich mit ihr verschmelzen, fühlte das Bad in der Quelle, das durch die zwei, Sanada und Sananda, für sie heruntertransformiert worden war, damit ihr ätherischer Körper geheilt werde. Beim Wiedereintritt in ihren Körper dort unten würde sie selbst diesen heilen und alle Schändung und Verletzungen wären fort. So würde sie kraftvoll in der Gerichtsverhandlung erscheinen können.

Ungern kehrte sie in das Höllenloch auf Erden zurück. Doch in ihr war nun tiefer Frieden.

In dem modrigen Raum brannte eine Kerze und eine Schüssel mit Wasser stand daneben.

Magdalena reinigte notdürftig ihren Körper mit dem bisschen Nass, damit sie am Morgen wenigstens einigermaßen ordentlich aussähe. In den nächsten Stunden nutzte sie ihre neue Kraft, um auch ihren physischen Körper zu heilen. Dabei musste sie daran denken, dass es erst vier Jahre her war, als sie mit hohen Erwartungen als Priesterin aus dem Tempel kam. Nur vier Jahre! Doch was war seitdem alles geschehen!

Und doch, so schwor sie, sollte kein Mann mehr die Möglichkeit bekommen, sie vor sich selbst zu erniedrigen. Sie würde sich die Größe und Würde einer Frau bewahren. Komme, was da wolle!

Ein leises Geräusch war auf dem Flur. Sie wappnete sich. Die Tür schlug auf und der junge Soldat, mit dem Jeshua gestern sprach, trat mit einem Licht herein, Mitleid in seinen Augen.

„Ich möchte mich entschuldigen für die Männer, die dich überfielen." Sein Blick streifte über ihre Gestalt. „Warte einen Augenblick. So kannst du nicht vor Gericht erscheinen. Ich werde dafür sorgen, dass du dich reinigen kannst." Er verschwand, um nach kurzer Zeit mit einer schüchternen jungen Frau wiederzukommen, die ein Gewand über dem Arm trug.

„Sie wird dich in den Baderaum führen und dir helfen. Ich werde vor der Tür Wache halten, damit du dich ungestört reinigen kannst."

Draußen im Licht erfasste Magdalena, dass ihr Gewand einem zerrissenen Lappen glich, und war der jungen Frau dankbar für das, was sie ihr reichte.

Magdalena genoss das warme Wasser im Bottich und nutzte es für eine erweiterte Heilung ihres Körpers, obwohl es ja keine heilenden Essenzen enthielt. Sie schöpfte ein wenig neue Hoffnung. Wenn es Gerechtigkeit gäbe, müsste das Gericht sie freisprechen, denn sie wurde in die Ehe gezwungen!

Nachdem sich Magdalena angezogen hatte, klopfte die schweigende junge Frau an die Tür. Sie öffnete sich und Magdalena erblickte zwei Soldaten. Schreck trat in ihre Augen.

Da aber Judas dabei war, blieb so ein Gezerre wie am gestrigen Tag aus. Sie konnte normal zwischen ihnen gehen.

Mit stolz erhobenem Kopf betrat sie den Gerichtssaal und erfasste mit schnellem Blick, dass der verhasste Ehemann nicht anwesend war. Dafür aber stand dort die vertraute Gestalt Jeshuas. Nur für einen winzigen Moment trafen sich ihre Blicke. Es genügte Magdalena, um Trauer und

Hoffnungslosigkeit darin zu sehen. Tränen ließen sein Bild undeutlich werden. „Danke, dass du hier bist!", rief sie ihm innerlich zu.

Schon erhob der Richter seine Stimme und das Volk, das soeben noch die Steinigung forderte, verstummte.

Die Anklage lautete auf bösartiges Verlassen eines liebenden Gatten, der beinahe deshalb seinen Verstand verlor, Diebstahl seines Eigentums, Landstreicherei und Unzucht mit einem Prediger.

„Weib, tritt vor, um dich zu verteidigen!", hörte Magdalena völlig überrascht nach all den Lügen. Rasch fasste sie sich und trat in die Mitte des Saales.

„Hoher Herr!", begann sie leise.

„Lauter!", schrien umgehend sensationslüsterne Zuschauer.

„Hoher Herr!", wiederholte Magdalena laut und deutlich. „Ich bin unschuldig. Das Einzige, was mir vorgeworfen werden kann, ist die Tatsache, dass ich den Mann verließ, den ich niemals zu meinem Ehemann wählte. Er raubte mein Kind, er schlug und vergewaltigte mich. Er betrog mich mit meiner Zofe. Er stahl meine Erbschaft. Das Geld, das ich mitnahm zur Flucht, gab mir meine Mutter. Es war mein Geld!

Und in Unzucht mit einem anderen Mann lebte ich auch nicht! Diesem Mann", wandte sie sich um und wies auf Jeshua, „gehört zwar mein Herz, doch er hat mich niemals berührt wie ein Ehemann. Ich lebte lediglich unter seinem Schutz. Ich bin also in allen Punkten unschuldig!"

Der Richter zog die Stirn in unwillige Falten. „Ist das wahr, was sie sagt?", wandte er sich an Jeshua.

„Jawohl, Hoher Herr! Magdalena spricht wie immer die Wahrheit. Diese Frau kann nicht lügen, denn sie ist eine Priesterin des Tempels. Ich gab ihr Schutz und sie unterstützte mein Werk, indem sie das ihre tat." Jeshua schwieg und blickte Magdalena in die Augen. Doch sie las keine Hoffnung darin.

„Weib!", sprach der Richter sie erneut an, mit leisem Unwillen in der Stimme. „Dein Wort allein gegen das Wort deines Ehemannes hat keine Bedeutung. Bring mir eine Zeugin für deine Worte. Dann wirst du nur wegen Diebstahls mit einer Kerkerhaft bestraft. Das Geld, das du als deines bezeichnest, geht mit der Heirat in den Besitz des Ehemannes über."

Er blickte neugierig Magdalena ins Gesicht. Was könnte sie darauf wohl vorbringen?

So entsetzt Magdalena auch war, sie gönnte ihm nicht den Triumph, ihren Schrecken zu sehen. Was war das für ein Gericht, wenn schon alles feststand?

„Hoher Herr!", begann sie mit klarer Stimme und hocherhobenem Kopf. „Ich kenne keine Frau, die meine Worte bestätigt, denn ich war eine Fremde in seinem Haus."

„So sei es besiegelt", sagte er zufrieden. „Du bist verurteilt in allen Punkten, derer du angeklagt bist. Wachen! Bringt sie hinaus und übergebt sie dem Volk zur Hinrichtung durch Steinigung!"

Grauenvolles Entsetzen breitete sich in Magdalena aus, unterstützt von dem Schock, dass Jeshua aus dem Saal stürmte, rasch gefolgt von seinen Begleitern. „Nun hat er mich auch verlassen!", konnte sie nur noch voller Enttäuschung denken. Doch sie ließ die Angst nicht auch noch ihren Stolz brechen. „Dann werde ich eben mein Bewusstsein aus dem Körper ziehen und endlich frei nach Hause gehen", dachte sie gerade, als harte Soldatenhände ihre Arme ergriffen.

„Lasst meine Arme los!", befahl sie mit erhobener Stimme. „Ich gehe freiwillig mit euch. In einem Land, in dem solche ungerechten Urteile gefällt werden, will ich nicht mehr leben!"

Eiseskälte nahm von Magdalena Besitz. Während sie hocherhobenen Hauptes zwischen den Soldaten durch die grölende Menge geleitet wurde. „Ich komme nach Hause", dachte sie und sah zum blauen Himmel empor. Ihr tröstlicher Anker.

Beschimpfungen drangen an ihr Ohr, Beschimpfungen der schlimmsten Sorte und was sie besonders verletzte: Die wurden von Frauen geschrien!

So vielen Frauen hatte sie geholfen und jetzt waren es Frauen, die sie verdammten. Ihr Abscheu vor diesem erbärmlichen Volk stieg ins Unermessliche und überdeckte ihre Angst vor den Schmerzen. Sie sah nicht, dass viele Frauen, denen sie geholfen hatte, bitterlich weinten.

Vor sich sah sie schreiende Männer, Steine in den Händen, mit grotesken Gesichtern, Fratzen, Zerrbilder in ihrer Gier nach Blut. Ihr Stolz steigerte deren Wut ins Unermessliche.

Jeshua aber erkannte auch Männer in den vordersten Reihen, die bei seinen Schulungen dabei gewesen waren und nun einen Stein in den Händen hielten.

Urplötzlich schob sich Jeshua schützend vor Magdalena und seine zwölf Begleiter folgten ihm, alle bekleidet wie die Männer der Oberschicht.

„Nein, Jeshua", protestierte Magdalena. „Du hast mich doch auch verlassen. Mit solcher Schande kannst du nicht leben. Lass sie ihr grausames Werk tun. Ich habe abgeschlossen mit diesem Leben." Doch er hörte gar nicht zu. Er sah denen in die Augen, denen er einst Heilung gegeben hatte.

„Warum wollt ihr diese Frau töten? Was hat sie euch getan?", rief er mit schallender Stimme in die Menge.

Die Männer vorn stutzten und zögerten.

„Sie hat das Gesetz und die Ehe gebrochen! Sie ist des Todes", schrien einige Männer

Jeshua nahm seinen Blick nicht von denen, die er kannte und ließ seine Kraft einstrahlen. Schon nahm er auch das Dasein seines himmlischen Vaters wahr, der ihn mit seinem Licht umgab.

Jeshua zeichnete einen Götterwagen in den Sand und begann zu sprechen: „Wer ohne Fehl und Tadel vor eurem Gott ist, der werfe den ersten Stein! Wer noch nie die Ehe gebrochen, noch nie gelogen hat, der werfe den ersten Stein! Denn wie spricht euer Gott? So wie du richtest, wirst auch du gerichtet werden. Auge um Auge, Zahn um Zahn. So wie du tust, wird auch dir getan. Deine Schuld wird beglichen werden bis ins siebte Glied deiner Nachkommen. Immer und immer wieder werden deine Söhne deine Taten büßen. So spricht dein Gott!"

Jeshua sprach weiter in dieser Art, spürte schon die Veränderung in der Menge. Einige wandten sich ab und verließen den Platz. Gerade sagte er: „Die Rache ist mein, spricht der Herr, euer Gott!", als ein Surren über den Wolken ertönte und sie begannen zu leuchten.

Angst trat in die Augen der Menschen und die Ersten verließen eilig den Platz. Andere folgten und bald standen nur noch die Soldaten da, unschlüssig, was sie nun tun sollten. Ihre Blicke huschten zum Himmel und zu Jeshua mit seinen Begleitern. Sie fühlten sich sehr unwohl.

Schließlich ermannte sich einer. „Das Volk hat gesprochen", verkündete er laut. „Verschwinde, Weib! Du bist frei!" Eiligst verließen sie nun den Platz.

Die Anspannung verließ Magdalena und ihre Beine knickten ein. Jeshua konnte sie gerade noch rechtzeitig auffangen, bevor sie aufschlug.

„Liebste, du bist frei!", jubelte er. „Endlich können wir heiraten, wann immer du möchtest. Ich wünsche mir nichts sehnlicher!" Seinem blassen Gesicht sah sie die überstandene Anstrengung an, aber auch die Erleichterung. Ihre Tränen begannen zu strömen.

„Jeshua, ich dachte, du hast mich auch verlassen, als du aus dem Saal stürmtest", schluchzte sie wie ein kleines Kind.

„Magdalena, kennst du mich wirklich so wenig?" Sie hörte die Enttäuschung in seiner Stimme. „Niemals könnte ich dich verlassen. Du bist mein Leben. Du gibst mir ständig Kraft und Mut, weiterzumachen, wenn ich schon aufgeben möchte."

Sie sah seinen liebevollen Blick, aus dem ihr echte, tiefe Liebe entgegenstrahlte. Und doch war da eine Hemmung. Hätte er nicht eingegriffen, wäre sie jetzt schon zu Hause über den Wolken, wäre leicht und frei. Sie konnte das Geschenk des Lebens noch nicht begreifen, noch nicht annehmen.

„Lass mir ein paar Tage Zeit, Jeshua", flüsterte sie. „Ich muss das alles erst verarbeiten. Ich bin so unsicher, ob ich den Weg weitergehen kann." Sie sah seine Enttäuschung, als sie sich aus seinen Armen löste und sich aufrichtete. Aber sie fühlte einfach keine Erleichterung in sich, keine Freude auf das weitere Leben hier. Der Hass, den sie in den Augen der Frauen sah, wirkte jetzt nach. Sie fragte sich verzweifelt, wie sinnvoll ihre Tätigkeit eigentlich war.

Mit einigen ihrer Schülerinnen, die sie stützten und Acht auf sie gaben, verließ sie die Stadt. Vor den Toren standen noch die Zelte ihres Lagers.

„Nur weg, nur weg!", schrie alles in ihr. Sie bat die Frauen, sie allein zu lassen, nahm ihr Pferd Bianca und ritt zum See, dorthin, wo der Weg begonnen hatte.

Deliah erwartete sie schon vor dem Tor. Sie lief Magdalena aufgeregt ein paar Schritte entgegen und nahm das Pferd am Zügel. „Ich fühlte große Gefahr für dich! Ich fühlte sie seit gestern. Was ist geschehen, dass du so allein kommst? Aber lass uns ins Haus gehen. Es ist bereit für dich."

Magdalena ließ sich vom Pferd rutschen und fühlte kaum Halt in den Beinen. „Kannst du Bianca versorgen lassen?", murmelte sie leise und hielt sich krampfhaft am Sattel fest, den Kopf an den Hals der Stute gelehnt.

Erst als Deliah ihr den Arm um die Taille legte, löste sie sich vom Pferd und zwang sich, ordentlich ins Haus zu gehen. Andere Frauen kamen angelaufen, begrüßten sie freudig.

„Bitte, lasst mir Zeit für eine Ruhe", bat sie schwach.

Sie sahen in ihr Gesicht, erkannten ihre tiefe Erschöpfung und zogen sich mit guten Wünschen zurück.

Deliah führte sie in die vertrauten Räume. Magdalena erblickte die Malutensilien, die so unschuldig vor ihr lagen und an die schönen Tage erinnerten. Sie lösten den Krampf in ihr, lösten den harten Griff um ihr Herz. Ein verzweifelter Schluchzer zerriss sie und sie sank zu Boden.

Deliah glitt neben sie und nahm sie in die Arme, ließ sie schluchzen und weinte einfach mit. Magdalena fühlte sich geborgen und sicher, spürte wieder die Energie der Göttin in sich einfließen, von der sie sich losgelöst glaubte.

Als die Tränen verebbten, wies Deliah auf die Malutensilien. „Komm, Magdalena, erhebe dich. Sieh, hier ist Papyrus, dort die Farben, male dir die Seele frei. Ich richte dir indessen das reinigende und stärkende Bad."

Deliah half ihr hoch. Als sie sah, dass Magdalena schon mit den Gedanken bei den Farben war, schlüpfte sie hinaus.

Magdalena glättete die Papyrusrolle und mischte die Farben ganz nach Gefühl und malte nur mit den Fingern. Es wurde ein grauenhaftes Bild, in dem ihre Todesangst, Schmach und Erniedrigung genauso steckten wie der Hass in den Augen der Frauen und Männer.

Als sie sich die Hände wusch, war Friede in ihr. Sie nahm das Bild, schritt zum Dorffeuer und entzündete es. Das Feuer löste mit seinen

Flammen all ihre Qual auf und ließ sie rein und heil zurück. Als das letzte Flammenzünglein erlosch, wendete sie sich und schritt aufrecht dem Hause zu.

Deliah wartete schon. „Dein Bad ist bereit. Möchtest du, dass ich dich begleite?"

„Ja, meine liebe Freundin, gern und danke für dein DASEIN. Meine Seele ließ mich den Weg zu dir wählen. Danke."

Zusammen stiegen sie in das heilende Bad. Still lagen sie und Magdalena fühlte die Heilung. An Jeshua verwandte sie keinen Gedanken.

Nach dem Bad setzte sie sich in ihr Zimmer vor den kleinen Altar und versank in eine tiefe Meditation. So wie bisher wollte sie nicht mit ihm leben. Zu hart erschien ihr der Weg mit ihm. In Gedanken formte sie Abschiedsworte.

Als sie nach der Meditation in Deliahs Küche trat und sich gerade umschaute, stürzte Deliah ganz blass von draußen herein. „Da draußen steht ein leuchtender Mann", sagte sie mit zittriger Stimme und zeigte mit dem Arm hinaus, „der dich sprechen will. Er strahlt wie reines Gold. Magdalena, das ist ein Engel, der da zu dir will!" Sie war voller Ehrfurcht und zitterte am ganzen Körper.

Magdalena war so überrascht, dass sie vergaß, sie zu beruhigen, und einfach nach draußen eilte.

Dort stand Mularin, der Mann, der sie das erste Mal abholte, als sie mit Jeshua in der Wüste war und immer noch glaubte, er spinne, wenn er vom Vater über den Wolken sprach.

„Sanada und Sananda bitten dich, nach Hause zu kommen. Ich soll dich holen", hörte sie ihn sagen.

„Warte, bitte, einen Moment. Ich muss Deliah beruhigen und ihr Bescheid sagen." Er nickte lächelnd und sie eilte zu Deliah, um ihr alles zu erklären. „Es wird wahrscheinlich ein paar Tage dauern", meinte sie zuletzt. „Ich weiß nicht, wie lange. Mach dir keine Sorgen. Dort komme ich wieder ganz in Ordnung."

Mit großen Augen blickte ihr Deliah nach.

Als sich die Tür des kleinen Gefährts öffnete, stand Sanada vor ihr mit weit ausgebreiteten Armen. Magdalena warf sich hinein und weinte alle bisher ungeweinten Tränen.

Mitfühlend und schweigend führte Sanada sie zum Bad in der Quelle und Magdalena fühlte sich erneut heil werden und unschuldig wie zur Zeit, als sie den Tempel mit achtzehn verließ. Dankbar entstieg sie dem Bad und Sanada ging mit ihr zu Sananda.

Er begrüßte sie liebevoll. „Meine Liebe, eine kurze Pause der Erholung in unseren Räumen sei dir vergönnt. Wir konnten dir das alles nicht ersparen und es ist nur dem Mut Jeshuas zu verdanken, dass du lebend aus dem Grauen auf Erden kamst. Nun heile deine seelischen Wunden, vergib und vergiss, damit du endlich mit deiner Mission in Freiheit beginnen kannst."

„Vater!", rief sie und das Wort kam ganz selbstverständlich über ihre Lippen, so als hätte sie es immer zu ihm gesagt. „Ich weiß wirklich nicht, ob ich diesen Weg nach der Erfahrung noch gehen will. Wird unsere Zeit auf Erden dabei nicht sinnlos geopfert?"

Er lächelte und blickte sie liebevoll an, las ihre Gedanken.

„Ruh dich einfach aus und erfahre neu, was du einmal wusstest, als du dich für diesen Weg entschiedst. Du musst wissen, dass es nicht die Menschen sind, sondern die Saat der Dunkelheit in ihnen. Sie wissen nicht, was sie tun. Die Dunkelheit zeichnet sich durch Dummheit aus. Die hast du erfahren. Dummheit ist die Wurzel allen Übels. Diese Dummheit ist gepaart mit der Angst vor der Strafe ihres Gottes. Und sie nähren die Angst und verbreiten sie weiter."

„Mag schon sein", gab Magdalena unwillig zu. „Aber ich weiß nicht, ob ich je wieder die Liebe zu ihnen so wie einst fühlen kann. Warum kann ich nicht mit Jeshua dieses Land verlassen und in einem anderen den Weg gehen? Ist das Land nicht egal? Warum muss es unbedingt dieses hier sein? Vielleicht werden woanders unsere Lehren mit Freuden begrüßt!" Verzweifelt wehrte sie sich, in das Land ihrer Schmach zurückzukehren.

Sanada kam näher und Magdalena fühlte sich in ihre Energie eintauchen, eins werden mit ihr. Sie erfuhr neu, was sie einst wusste, als sie sich zu dieser Mission entschloss. Tiefer Frieden war in ihr, als sie sich wieder neu in ihre physische Form begab.

„Meine geliebte Seele", sagte Sanada, „ich bewundere deine Stärke und deinen Mut. Schau zur Erde hinunter. Ist sie nicht wunderschön?" Beide traten ans Fenster und blickten auf den blauen Planeten.

„Es wird nur noch eine kurze Zeit dauern", fuhr sie sanft fort, „dann werdet ihr in ein anderes Land gehen. Aber es sind noch einige Seelen und Herzen, in denen ihr die Saat legen müsst. Denke daran, dort unten gibt es Menschen, die euch brauchen, denen ihr die Freiheit überreichen könnt. Du weißt es tief in dir, dass nicht du als FRAU gebraucht wirst, sondern du in der Kraft der Göttin. Hilf noch einigen zu erwachen. Dann könnt ihr in ein Land eurer Wahl gehen."

Magdalena fühlte die Wahrheit dieser Worte und spürte auch wieder die einstige Entschlossenheit. „Ich danke euch von ganzem Herzen, dass ich hier sein darf und mich erinnern konnte. Ich schäme mich meiner menschlichen Schwäche, die meine göttliche Kraft einschränkte. Ja und ich erkläre mich jetzt noch einmal bereit, diesen meinen Weg zu gehen und Mutter Erde ein Licht zu sein und ihr neue Menschen zu schenken. Danke!"

Noch einmal versank sie in der Energie Sanadas und fühlte ihre Kraft. Dann vernahm sie Sanandas Worte.

„Komm, Töchterchen, auf Erden sind vierzehn Tage vergangen. Sie sorgen sich um dich. Jeshua weiß auch nicht, dass du hier bist, denn du solltest ohne seinen Einfluss neu entscheiden. Es ist Zeit für dich!"

Betroffen schaute sie in seine Augen. „Vierzehn Tage? Das kann nicht sein! Das waren doch nur ein paar Stunden!"

Sanada lachte glockenhell und umarmte Magdalena Abschied nehmend. Sananda lächelte und beide geleiteten sie zum kleinen Transporter.

Serafina kam ihr entgegengelaufen. „Magdalena! Ein Stein fällt mir vom Herzen! Endlich bist du wieder hier! Wo warst du denn bloß?", perlten die Worte aus ihr.

Magdalena lachte froh. „Ach, meine Liebe, ich fühle mich wie neugeboren nach dieser Ruhezeit. Nun können wir weitermachen! Kannst du mir sagen, wo Jeshua ist?"

„Du siehst wirklich wie neugeboren aus. Ja, Jeshua ist bei Simon. Er wartet dort auf dich, hat er mir gesagt. Hat er denn gewusst, dass du heute kommst?"

„Vielleicht!", antwortete Magdalena mit rätselhaftem Lächeln und eilte in ihr Zelt. Rasch nahm sie einige ihrer Sachen und auch den Alabasterkrug mit dem kostbaren Nardenöl und bestieg ihr Pferd.

Als sie den Raum betrat, lagen die Männer bei Tisch. Abrupt erlosch jeder Laut und alle starrten zu ihr hin. Jeshuas Augen leuchteten voller Freude und Erleichterung auf. Bei allen anderen verrutschten die Züge unwillig und sie schauten zu Simon.

Der setzte sich empört auf. „Was erlaubst du dir?! Keine Frau darf eine Männerrunde stören!"

Seine Worte ignorierend schritt Magdalena auf Jeshua zu. Er setzte sich auf und wollte ihre Hände nehmen, um sie zu begrüßen.

„Sei ganz still", sagte sie leise und kniete sich vor ihm hin. Sie wusch ihm die Füße und trocknete sie mit ihren wundervoll langen Haaren. Danach nahm sie den Alabasterkrug und goss einige Tropfen auf Jeshuas Kopf. „Ihr wollt einen König? Einen Messias?", rief sie, die Tropfen sachte verstreichend. „Nur eine Göttin hat das Recht, einen König oder einen Messias zu salben. Hier ist euer Messias, den ich für euch salbe und der Göttin weihe!"

Einen Moment war Jeshua richtig verwirrt und am liebsten hätte Magdalena laut aufgelacht. Sie unterdrückte es gerade noch und sah in seine Augen. Sie leuchteten ihr entgegen und auch ihm stieg ein Lachen in die Kehle.

Doch Magdalena war noch nicht zu Ende. „Ja, Jeshua, ich nehme deinen Antrag an. Ich möchte auch offiziell die Frau an deiner Seite sein." Sie stieß den Finger in das Nardenöl. „Und da die Frau an eines Königs Seite eine Königin ist, salbe ich mich zur Königin."

Simon sprang auf, rief nach den Bediensteten und alle Männer im Raum schrien empört durcheinander. „Unerhört! Solch ein Frevel!"

„Das lasse ich in meinem Hause nicht zu!", brüllte Simon und wollte Magdalena angreifen.

Doch Jeshua war schneller. Er packte Simon bei den Armen und hielt ihn mit eisernem Griff. „Wage es niemals", dröhnte seine Stimme durch den Raum und augenblicklich wurde es totenstill, „in meiner Gegenwart eine Frau zu schlagen, schon gar nicht meine! Diese Frau gab mir die Ehre, die ihr mir nicht erwiesen habt. Nicht einer von euch wusch mir die Füße, nennt mich aber euren Messias. Doch ich sage euch: ICH bin NICHT euer Messias! Ich bin das Licht dieser Welt, so wie Magdalena das Licht dieser Welt ist.

Sie tat das Werk der Götter und salbte mich mit dem Öl der Könige. Du aber, Simon, bist nicht länger willkommen in unserem inneren Kreis, wenn du noch immer den Frauen mit solcher Verachtung entgegentrittst. Ohne Magdalena ist meine Mission nur eine halbe Mission, ohne sie kann sie nicht gelingen, denn es ist auch ihre Mission. Wer den Frauen nicht Achtung und Ehrerbietung zollt, wird in meinen Reihen nicht geduldet!"

Er nahm Magdalenas Hand und zog sie aus dem Raum. Draußen begann er zu lachen und sie stimmte freudig ein. „Schnell, Liebste, lass uns verschwinden! Möglich, dass der Dummkopf noch die Wachen alarmiert!" Er half ihr aufs Pferd und schwang sich hinter sie.

Magdalena genoss diesen Ritt in seinen Armen. Zum ersten Mal fühlte sie Jeshua als freie Frau und spürte Gefühle, die ihr bisher völlig unbekannt waren. Ihr Herz, ihr Bauch, alle Zellen ihres Körpers schienen zu vibrieren, drängten zu ihm.

Das Versorgen des Pferdes, diese kleinen Verzögerungen weckten nur noch mehr dieser unbekannten Lust.

Endlich waren sie allein und Magdalena fühlte keine Erinnerungen an einstigen Missbrauch. Sie war vollkommen heil, körperlich und seelisch.

Jeshua spürte ihre Veränderung. „Du warst bei Vater?", fragte er leise zwischen zwei Küssen.

„Ja", hauchte sie und konnte gar nicht genug Zärtlichkeit bekommen.

„Dann ist alles gut", flüsterte er erlöst und ließ seine Hände und seine

Lippen über diesen geliebten Körper wandern. Er genoss ihre Zärtlichkeit und ihre Leidenschaftlichkeit.

Ihre Seelen verschmolzen wie ihre Körper und Magdalena erlebte endlich die wirkliche, große Liebe. In all den Inkarnationen hatte sie danach gesucht und sie nie gefunden. Endlich, endlich war sie da und sie gab sich ihr vollkommen hin. Im körperlichen Einssein erfuhren sie die Harmonie der Quelle selbst, die Verschmelzung mit dem universellen Licht.

Diese tiefe Liebe ist keine Sünde, kann es nicht sein. Sünde ist alles Erzwungene, ohne Liebe getätigter Sex. Wäre Liebe Sünde, dann wäre der Gott, der sie erschuf und dazu sprach: „Wachset und mehret euch!", ein sehr fehlbarer und unvollkommener Gott, denn er zwingt Menschen mit diesem Satz zur Sünde!

Menschen wurden geschaffen als zwei getrennte Aspekte der Quelle allen Seins und existieren in allen Universen in dieser Form. In der liebevollen körperlichen Vereinigung werden sie eins und gelangen mit der Ekstase direkt in die Schöpferkraft der Quelle. Und nicht nur bei der Zeugung neuen Lebens. Sie dient auch der tiefen Verschmelzung mit dem universellen Licht, welches wiederum die Erde, Gaia, begleitet.

Leise begann Jeshua das Lied der Schöpfung zu singen und Magdalena fiel ein. So konnten sich der männliche und der weibliche Aspekt der Quelle vereinen.

Als der Tag erwachte, wusste Magdalena, dass eine reine Seele ihren Köper gefunden hatte. Sie streichelte ihren Bauch und Jeshua legte seine Hand dazu. Alles war gut.

Beschwingt gingen beide in ihr Tagwerk und schulten die Menschen, die zu ihnen kamen.

Doch beide, Jeshua und Magdalena, hegten auch den tiefen Wunsch, ihre Zweisamkeit durch die Hochzeit nach Landessitte rechtmäßig zu stellen.

So kamen sie erneut zu Deliah, die es sich nicht nehmen lassen wollte, diese Feier besonders schön zu gestalten. Es wurde ein großer Kreis, denn alle, die die neuen Lehren lebten, wollten dabei sein, wenn Magdalena und Jeshua ihr Fest begingen.

Die vielen Gäste führten am zweiten Tag zu einem Problem.

Maria versuchte, sich Jeshua unbemerkt zu nähern, was nicht leicht war. So gab es etliche, die mithörten, als sie ihm sagte: „Mein Sohn, der Wein geht zur Neige!" So lange jedoch Gäste da waren, war es die Pflicht des Hausherrn, ihnen Essen und Trinken zu gewähren. Was nun? Neugierig beobachteten sie die Situation.

Jeshua erhob sich und winkte seinen Getreuen. „Lasst drei Fässer mit Wasser füllen", flüsterte er ihnen zu und laut sagte er: „Ich werde nachsehen, ob nicht ein paar Fässer übersehen wurden." So folgte ihm auch keiner, als er nun das Fest verließ. Am Brunnen wusch er sich die Hände.

Im Weinkeller fand er das erste Fass schon voll Wasser. Er tauchte seine Hände tief ins Fass und stellte sich vor, wie die Reben blühten, Früchte ansetzten, reiften, die Trauben geerntet wurden, gekeltert und zu Wein reiften. Zu gutem Wein! Materialisieren hatte er in den zwanzig Jahren seiner harten Schulungen hier auf Erden und beim Vater über den Wolken gelernt. Man musste ja „nur" die Atome neu ordnen! Auch Heilung funktionierte so, wenn die Seele des zu Heilenden dazu die Erlaubnis gab. Ansonsten war keine Heilung möglich!

Inzwischen war das zweite Fass voll Wasser und Jeshua wechselte dorthin und endlich auch zum dritten Fass! Dann mischte er sich wieder unter die Feiernden, die teilweise schon recht betrunken waren.

Doch immerhin noch so nüchtern, dass sie den Unterschied des neuen Weins zum bisher getrunkenen wahrnahmen. Sie begannen, ihn zu loben als den Hausherrn. „Andere geben ihren Gästen, wenn sie angetrunken sind, schlechten Wein zu trinken, du aber hast den guten aufgehoben bis zuletzt!" Sie tranken noch viele Becher und konnten gar nicht genug loben.

Am dritten Tag wurde es Magdalena langsam zu viel. Gäste kamen und gingen. Sie aber als Gastgeber sollten durchgehend präsent sein. „Ich sehne mich nach Ruhe", sagte sie zuerst zu Maria, etwas später auch zu Jeshua, bei dem sie noch hinzufügte: „... und nach dir!"

Unbemerkt verließen beide das Fest, nachdem er noch laut verkündet hatte: „Hier ist noch frischer Wein für meine lieben Gäste!"

Draußen stand das kleine Transportschiff. „Oh, hast du es gerufen?", jubelte Magdalena, gab Jeshua einen kleinen Dankeskuss und schlüpfte hinein.

Sogleich wurde Magdalena zum goldenen Bad geführt und Sanada, Sananda, Miranlaya und Metatron bereiteten den beiden danach ein Fest der Liebe.

Magdalena und Jeshua lösten sich aus der menschlichen Form und vereinten sich in der Quelle im urewigen Sein. Alles ist eins: Er ist sie und sie ist er und die Tochter in ihrem Sein ist schon dabei. Ihre Seelen jubeln. So geschieht eine richtige Hochzeit.

Nachdem sie wieder ihre menschliche Form angenommen hatten, verbrachten sie noch eine kleine Weile mit ihren Freunden. „Ein Tag hier auf der Lichtinsel ist um", mahnte schließlich Sanada. „Es wird Zeit für euch. In Erdzeit waren es vierzig Tage. Und ihr werdet vermisst!"

„Es war herrlich und ich danke euch von ganzem Herzen!", sagte Magdalena voller Glückseligkeit.

Keine neun Monate später und nach leichter Geburt hielt Magdalena Sarafina im Arm. Sie hörte das Universum singen und Gaias freudiges Lachen. Oma Maria konnte sich kaum mehr lösen aus den strahlenden Augen ihrer ersten Enkeltochter.

Alle anderen staunten, wie schnell sich die Kleine entwickelte. Sie wussten ja nicht, dass ein Aufenthalt auf der Lichtinsel im reinen Licht der Quelle solche Wirkung entfaltete. Sananda segnete Sarafina mit seiner Energie und nach der Rückkehr zur Erde gab sie anderen davon ab.

Und so wurde ihre zweite Tochter, Jamyra, schon nach sechs Erdenmonaten geboren und auch sie entwickelte sich viel schneller als gewöhnliche Erdenkinder. Das war für alle, die ständig mit der Familie im Lande herumzogen, ein unwahrscheinliches Wunder. Sie konnten es nicht fassen.

Rührend kümmerten sich um die Kleinen Maria und Joseph, Aimee und auch Jaana, die nur in den Tempelferien da war, denn sie wählte mit achtzehn Jahren doch noch diesen Weg.

Die Menschenmenge, die sich in diesen Jahren um Jeshua und Magdalena und ihre Familie sammelte, wurde immer größer. Judas, der ja in der Römerarmee diente, hörte so allerlei. Er warnte, hoffte aber auch noch immer, dass Jeshua sich zum Führer gegen die Römer überzeugen ließe. Es gab ja schon im Lande an allen Ecken Aufständische, allerdings auch genügend, die nur ihren Vorteil in Überfällen suchten.

„Wir erregen zu großes Aufsehen", sagte Jeshua eines Tages zu Magdalena. „Judas sagte, dass die Truppen den Auftrag hätten, uns zu beobachten." Sie sah seine Nervosität und Besorgnis. Auch schien er erschöpft zu sein. Es machte ihm zu schaffen, dass er nicht jeden heilte, wie sie es von ihm erwarteten. Auch die Schriftgelehrten ergingen sich in immer feindlicheren Attacken. Noch verbal!

„Liebster, ich glaube, wir haben unsere Mission erfüllt. Unser innerer Kreis kann auch allein durchs Land ziehen. Sanada hat mir einmal angekündigt, dass wir nach unserer Mission hier in ein anderes Land gehen können. Lass uns dieses Land verlassen, ehe es zu spät ist." Magdalena war voller Hoffnung, dass nun endlich die Zeit des Umherziehens vorbei war. Sie sehnte sich nach einem festen Zuhause und sicheren Umfeld. Die Mädchen wurden schließlich auch größer!

„Ach, Magdalena, meine Liebste", seufzte er, „du weißt doch, dass wir noch den Sabbat und das Passahfest in Jerusalem verbringen müssen. Wir haben doch alle eingeladen. Sie müssen doch die letzten Salbungen erhalten!"

„Oh nein!", rief sie entsetzt, Gefahr spürend. „Nicht Jerusalem! Denk an meinen Prozess! Man ist so machtlos, wird so in den Dreck getreten! Ich will nicht, dass dir Ähnliches passiert! Wenn Judas dich warnt, dann höre auf ihn! Und denk auch an unsere Kinder!" Angst überschwemmte sie. Tränen kamen und ließen ihre Stimme im Schluchzen untergehen.

Er nahm sie in den Arm und streichelte über ihr Haar. „Liebste, nur noch wenigstens einen Tag. Wir können nicht mehr absagen. Nur ein Abend noch mit unseren Freunden! Was soll mir schon geschehen? Ich bin doch nur ein Prediger. Gut ja, ein unbequemer!", er lachte nervös auf. „Aber doch keine Gefahr für die Römer!"

Magdalena konnte es nicht fassen, wie naiv Jeshua war. Er konnte Tausende in seinen Bann ziehen, aber die Regeln der Menschheit hatte er noch nicht verstanden.

„Jeshua, versprich mir, dass wir unbeschadet aus Jerusalem wieder herauskommen! Versprich, dass wir danach dieses Land verlassen und an einem schöneren Ort neu anfangen und dass du nicht öffentlich in Jerusalem predigen wirst, damit du nicht auffällst! Versprich es mir!"

Lachend nahm er sie in die Arme und schwenkte sie herum. Welche Kraft er doch hatte! Wie liebte sie ihn!

„Oh Liebste! Ich verspreche dir alles, was du willst! Ich bringe doch dich und die Kinder nicht leichtfertig in Gefahr! Außerdem bin ich sicher unter dem Schutz meines Vaters! Nun lache wieder, damit ich dort draußen die letzten Einweihungen erledigen kann!"

Ein wenig ruhiger schaute sie ihm nach. Aber schon nach kurzer Zeit war er wieder bei ihr, fröhlich lachend.

„Vater hat für uns ein neues Zuhause gefunden. Komm, Liebste, wir unternehmen einen kleinen Ausflug dorthin."

Perplex ließ sich Magdalena mitziehen. „Und die Kinder?"

„Bleiben bei ihrer Oma", lachte er. „Mutter, kannst du auf die Kinder achten? Wir sind mal kurz zu Vater!"

Maria richtete sich auf von ihren Pflänzchen und lachte schallend. „Kurz? Das werden dann doch bestimmt wieder zwei Wochen!" Spöttisch schaute sie ihn an.

Verdattert schaute Jeshua sie an. „Stimmt! Dann ziehen wir die Mädchen an und nehmen sie mit! Und ihr kommt auch mit!"

„Was ist denn so wichtig bei eurem Vater?", erkundigte sich Maria, noch immer einige Pflänzchen in der Hand.

„Vater hat ein neues Zuhause für uns gefunden. Wir können es uns anschauen. Und ich freue mich, wenn du dabei bist."

Joseph hörte im Hinzutreten Jeshuas Worte. Er nickte beifällig. „Geh nur, meine Liebe", meinte er lächelnd zu Maria. „Wo immer er hingeht, wir werden ihn begleiten. Außerdem wird es höchste Zeit, dass wir dieses Land verlassen!", setzte er, ernst werdend, hinzu.

Marias Augen leuchteten auf. „Ein neues Zuhause? Kein Wanderleben mehr?" Ihre Augen flogen hoffnungsvoll zu Jeshuas.

„Ja, Mutter! Wir dürfen uns den Ort ansehen, wo wir zur Ruhe kommen können. Dort dürfen wir ungestraft unsere Lehren verbreiten und die Menschen werden zu uns kommen. So wie es sich Magdalena seit Jahren erträumt! Nur ein Abend noch im inneren Kreis! Dann bin ich frei für unser gemeinsames Leben."

„Wir dürfen mit?", fragte Sarafina.

„Ja, nur rasch noch etwas Ordentliches anziehen!", sagte Magdalena.

„Oh ja, Opapa sehen!" Jamyra hopste aufgeregt herum.

Hinter dem Zelt stand das Transportschiff und Sanada und Sananda empfingen die Gruppe liebevoll. In Sekundenschnelle waren sie im Süden Frankreichs.

Ein sanft hügeliges Land mit grünen Wiesen und einigen Baumgruppen vor den Weiten des Ozeans!

Beglückt schauten die Erwachsenen, die Mädchen stürmten in die beblümte Wiese hinein und jubelten.

„Eine herrliche Luft!", sagte Maria beglückt und sog sie tief ein.

„Kannst du dir vorstellen, hier zu leben?", fragte Jeshua lächelnd.

„Wie kannst du noch fragen?! So etwas Wunderbares! Hier können wir glücklich sein!"

„Schau, Magdalena, das Gebäude. Findest du es gut? Es ist frei! Wenn du möchtest, werde ich es für uns kaufen."

„Oh ja, Liebster! Alles hier ist wunderbar! Spürst auch du diesen Frieden? Die Göttin selbst hat diesen Ort gesegnet!"

„Gut, dann gehe ich und regle die weltlichen Angelegenheiten!" Jeshua wendete sich, lief durch den herrlichen Park zum Schloss.

Als er zurückkehrte, schwenkte er eine Rolle in seinen Händen. „Meine geliebte Magdalena, hier ist mein Geschenk für dich. Es ist dein Haus, und es wird mir eine Ehre sein, mein Leben hier mit dir zu teilen."

„Wieso mein Haus? Hast du Angst, dass dir etwas geschieht?" Alle Befürchtungen kamen in Magdalena wieder hoch.

Jeshua erschrak. „Aber, Liebste! So war das doch nicht gemeint! Du als die Göttin auf Erden sollst hier dein Reich gründen, und Mutter und unsere Töchter werden die Kraft der Schöpfergöttin auf die Erde zurückbringen. Und nur ihr werdet entscheiden, welcher Mann diese heiligen Hallen betreten darf." Er lächelte und blickte sie voller Liebe an. „Dem Haus gab ich deinen Namen: Magdalene del Mare!"

Alle Ängste verließen Magdalena und voller Freude umarmte sie ihn. „Danke, mein Geliebter!" Sie schmiegte sich einen Moment an ihn und genoss seine Ausstrahlung, die Mädchen kamen angerannt und umarmten lachend die Beine der zwei.

Jeshua und Magdalena griffen je eins und drehten sich mit ihnen.

„Bald werden wir für immer hier sein!", versprach Jeshua. „Aber jetzt müssen wir zurück. Wo ist Mutter?"

„Da!", schrie Sarafina mit ausgestrecktem Arm. „Am großen Wasser! Was da alles ist! Lass mich runter!" Auch Jamyra begann zu zappeln und Jeshua setzte sie zu Boden. Beide rannten los.

Maria stand andächtig am Strand und ließ ihre Augen über das Meer gleiten. Magdalena trat neben sie und legte einen Arm um ihre Schulter. „Du hast deine Mission stets in Würde und Heiterkeit erfüllt. Ich würde mich sehr freuen, wenn ihr beide, du und Joseph, in Zukunft auch mit uns hier leben würdet."

„Das weißt du doch, meine Tochter. Es ist herrlich hier! Wenn nur erst die Zeit in Jerusalem hinter uns läge." Sie seufzte und Magdalena fühlte, dass sie genauso in Sorge war wie sie selbst.

Vierzehn Tage später erreichten sie Jerusalem. Schon vor den Toren der Stadt war kein Durchkommen mehr. Tausende drängten sich und riefen nach dem Messias. Viele trugen große Palmwedel in den Händen. Soldatentrupps waren allerorten.

Trotz des schönen Wetters fröstelte Magdalena und zog ihre Töchter näher an sich heran.

Maria drängte sich zu ihr durch. „Gib mir die zwei. Ich gehe, so schnell ich kann, mit ihnen zu Josef von Arimathäa." Schnell verschwand sie und

Magdalena hatte keine Zeit, ihnen mit den Blicken zu folgen, denn schon waren sie erkannt worden und umringt.

Magdalena wurde nervöser, je näher sie der Stadt kamen. Ihr Gefühl signalisierte ihr immer stärker eine große Gefahr.

Menschen drängelten sich heran, baten um Heilung und wurden von den Nachdrängenden fortgeschoben. Ein Geschrei ringsum!

Das erreichte auch den Wachtrupp und er versuchte, zu Jeshua vorzudringen. Schließlich sollten die Soldaten für Ruhe und Ordnung sorgen!

Doch bevor sie durch die Menge hindurch waren, hatten Jeshua und Magdalena das Tor erreicht, ritten hindurch und ließen sich dahinter von den Pferden gleiten. Das machte sie für die Soldaten unsichtbar.

In dieser schiebenden und drängelnden Menge war Magdalena im Nu von Jeshua getrennt worden. Wie ein Boot im Sturm versuchte sie, aus dem Toben herauszukommen. Endlich stand sie am Rande des Tumults neben irgendwelchen Häusern. Sie blickte aufmerksam umher und wusste nach kurzer Zeit, wo sie sich befand. Der Lärm brandete an den Mauern empor und durchtoste ihren Körper so, dass sie nur noch fortwollte. Bloß raus hier!

Sicher hatte das Orientieren nur kurze Zeit gebraucht, doch es reichte, dass sie nach Ruhe und Stille lechzte. „Jeshua wird wissen, wo ich bin", beruhigte sie sich selbst und eilte mit ihrer Stute durch die vertrauten Nebengassen dem Anwesen von Josef von Arimathäa zu.

Endlich betrat sie es und der Lärm hing nur noch wie fernes Rauschen in der Luft. Sie überließ ihre Stute der Dienerschaft und eilte ins Haus. Schon der Anblick beruhigte ihre Nerven.

Da saß Josef und auf seinem Schoß schäkerten beide Mädchen ausgelassen mit ihm.

„Mamutschi!", schrien beide gleichzeitig, als sie Magdalena sahen.

„Onkel Josef hat gesagt ..."

„... will mitkommen ..."

„... ans große Wasser!"

„Ist das nicht toll?" Aufgeregt stürmten die beiden zu Magdalena, die sie in ihre ausgebreiteten Arme nahm und ihr Gesicht einen Moment in ihren Haaren vergrub. Der Duft gab ihr ihre Ruhe zurück.

„Ja, das ist toll! Aber nun lasst mich Onkel Josef begrüßen, ihr Irrwische!" Über das Wort wollten sie sich krummlachen und ließen Magdalena los.

Einen Augenblick nur lag sie in seinen Armen und genoss seine Energie, die ihr Gelassenheit und Sicherheit zurückgab.

Je näher sich die Sonne dem Horizont näherte, desto unruhiger wurde sie. Ihre Sorge um Jeshua wuchs.

Maria brachte die Mädchen zu Bett. Sie kannte Magdalena so gut, dass sie genau wusste, wie ihr innerlich zumute war, und dass sie sich kaum noch auf die Mädchen konzentrieren konnte. Ihr selbst ging es ja keinen Deut besser. Sie hatte aber gelernt, nur im Jetzt zu sein, sodass die Mädchen nichts von ihren Sorgen spüren würden.

Magdalena wusste es und bewunderte Maria deshalb.

Endlich, fast war es Mitternacht, kam Jeshua zur Tür herein: erschöpft und müde. Magdalena stürzte zu ihm und er nahm sie sanft in seine Arme.

Sie spürte seine Erschöpfung und versuchte, ihm Energie zu geben. Gleichzeitig kullerten vor Erleichterung ihre Tränen.

„Wo warst du nur so lange? Wir sind ja bald umgekommen vor Angst. Ich wollte dich schon suchen gehen!"

„Pscht, meine Liebste, pscht." Er wiegte sie sanft an seinem Herzen, bis ihre Tränen versiegten. Aber auch Maria hatte Tränen der Erleichterung in den Augen.

Sie begann zu schimpfen. „Ist dir männlichem Wesen eigentlich bewusst, wie sehr wir Frauen dich lieben und uns deshalb sorgen? Was fällt dir ein, so unachtsam zu sein und uns hier Stunde um Stunde voller Sorge um dein Leben zu lassen?" Ihre Stimme kippte und ein Schluchzen brach sich Bahn.

Jeshua wurde blass. „Oh Mutter, verzeih mir meine Gedankenlosigkeit. Da gab es ein Unrecht, dass ich verhindern konnte und musste. Ich habe dabei nicht an euch gedacht. Aber es besteht doch auch kein Anlass zur Sorge", fügte er etwas trotzig hinzu.

„Natürlich! Kein Anlass zur Sorge! Bist du so naiv oder gar dumm?

Jeder weiß, dass die Römer dich suchen und du spazierst sorglos unter ihren Augen in ihrer Hauptstadt herum. Judas warnte dich, Joseph sagte dir, dass du gesucht wirst. Du aber tust, als hättest du nichts davon gehört! Wie ein dummer Junge!"

Magdalena staunte. So durfte auch nur Maria, seine Mutter, mit ihm sprechen. Aber aus ihren Worten sprach die große Sorge.

„Und ich hab auch nur meine eigenen Sorgen gesehen und überließ dir auch noch die Mädchen", sagte Magdalena schuldbewusst. „Verzeih mir, Maria. Ich schäme mich."

„Nein, nein, Liebes", wandte sich Maria an Magdalena. „Das verstehe ich vollkommen. Aber er", drehte sie sich wieder ihrem Sohn zu, der betroffen zu Boden blickte, „sollte doch jetzt mehr Verantwortungsgefühl für seine Familie an den Tag legen. Natürlich ist seine Mission wichtig, aber wichtiger sind meiner Meinung nach jetzt Frau und Kinder. Deine Mission, mein Sohn, geht morgen Abend mit der letzten Einweihung hier zu Ende. Bis dahin verlange ich, dass du dieses Haus hier nicht verlässt. Ich will nicht tatenlos zusehen, wie die Römer dich abführen. Dazu habe ich dich nicht geboren und meinen Lebensweg geändert. Begreifst du das?"

Sie hatte sich in Rage geredet und gar nicht bemerkt, dass die beiden Josefs eingetreten waren. Als sie jetzt tief einatmete, nutzte Joseph, ihr Mann, die Gelegenheit.

„Nun ist aber erst mal genug, meine Liebe. Du hackst ihn ja dermaßen klein, dass er sich gar nicht wieder zusammenfindet!" Er lächelte sie liebevoll an und sie schaute etwas verwirrt in seine Augen. Jeder im Raum erkannte, wie sie ruhiger, entspannter wurde.

„Du hast Recht. Aber ich musste es ihm mal sagen!" Sie ging zu Jeshua und nahm ihn ganz fest in ihre Arme.

„Ich könnte es nicht ertragen, dich zu verlieren", sagte sie leise an seiner Brust, denn er überragte sie um einen ganzen Kopf.

Das gab Jeshua den Rest. Tränen stürzten ihm aus den Augen. Er zog Maria und Magdalena in seine Arme. „Ich will euch doch keinen Kummer machen. Bitte verzeiht mir. Und dann lasst mich erzählen, was ich heute erlebte."

„Ja, aber jetzt wird erst einmal zu Abend gegessen!", fuhr Josef von Arimathäa dazwischen. „Alles ist so liebevoll zubereitet und steht nun schon seit Stunden hier herum!"

Die Stimmung änderte sich schlagartig. Entspannt setzten sich alle zu Tisch und stillten ihren Hunger und Durst. Kaum war ein wenig Sättigung erreicht, begann Jeshua zu erzählen:

„Wir kamen zum Südeingang des Tempels und ich teilte unseren Freunden den Treffpunkt am nächsten Abend mit. Leise, natürlich! Alle wissen ja, dass die Römer mich suchen. Als alle den Ort und Termin wussten, traten wir in den Vorhof des Tempels. Da war was los! Geldwechsler, Tierhändler und, bedenkt einmal, sogar Menschenhändler überschrien sich gegenseitig mit ihren Angeboten und Preisen. Das war ein Geschrei! Es zerriss einem das Trommelfell! Die Geldwechsler interessierten mich nicht, aber die anderen! Stellt euch vor: wehrlose Tiere in den Käfigen. Das aber war ihnen noch nicht genug. Sie misshandelten sie außerdem noch, indem sie sie mit Stöcken piesackten und an den Federn zogen, in die Wolle griffen, die Hörner der Rinder im Draht festhakten und noch viel Schrecklicheres, das ich hier nicht erörtern möchte. Ihr wisst es alle.

Man denkt, Schlimmeres kann es nicht geben. Doch dann wendet man sich und sieht die Käfige mit den Frauen, die weinend und halbnackt drinstecken. Ich fühlte ihre Erniedrigung und ihre Qual wie meine eigene und heiliger Zorn überschwemmte mein Mitgefühl. Ich sprach die Händler an mit ähnlichen Worten wie damals bei Magdalenas Steinigung und hoffte, sie zu erreichen:

„Was tut ihr im Haus des Betens Geschöpfen eures Gottes an? Hat nicht euer Gott auch diese Frauen und Tiere geschaffen? Er wird euch in die Hölle stürzen, denn ihr vergreift euch an seinem Eigentum!"

Doch sie lachten mich aus und machten sich lustig über meine Empörung. Ich ließ sie lachen und wandte mich in dem Gedränge den Käfigen zu, gab meinen Begleitern einen Wink mit den Augen, damit sie sie öffneten, während ich die Geldschale des Frauenhändlers vom Tisch fegte. Der wollte sich auf mich stürzen, aber meine Jünger schützten mich. Sie hielten ihn fest, während ich die Türen für die Frauen öffnete. Andere

Männer, die mich kannten, halfen mit. Es war ein einziges Chaos. Die Schafe und Rinder irrten panisch herum, die wütenden Händler versuchten, alles zu überschreien. Es war unbeschreiblich.

Die verängstigten Frauen standen nur verschreckt herum und ich brachte sie hinaus vor den Tempel zu Maria und Martha, die sie schnell in Sicherheit brachten.

Inzwischen kamen die Priester angestürmt, die um ihre Einnahmen fürchteten und begannen, mich zu befragen, wie ich zu solchem Tun käme, wieso ich die Gesetze verletze.

Selbstverständlich habe ich ihnen ihre eigene Schuld vor Augen geführt, mich sogar auf meine ererbte Mitgliedschaft im Hohen Rat des Tempels berufen und ihnen gesagt, dass ich damit das Recht habe, die Frauen und Tiere zu schützen.

Aber inzwischen kamen die Tempeldiener und wollten mich ergreifen. Sofort schoben sich meine Anhänger dazwischen und schützten mich vor dem Zugriff. In dem Menschengewirr sind wir nach draußen entkommen." Jeshua nahm sein Weinglas und trank genüsslich.

Maria und Magdalena hatten vor Entsetzen keine Worte. Ihre Augen waren bei dem Bericht immer größer geworden und Magdalena knetete ihre Hände vor der Brust.

Jetzt ergriff Josef von Arimathäa das Wort. „Du hast großes Glück gehabt. Ohne deine Begleiter wärest du jetzt nicht hier", sagte er sehr eindringlich. „Die Römer haben ausrufen lassen, dass sie dich als größten Aufwiegler gegen das Römische Reich mit Haftbefehl suchen und jeden bestrafen, der dir Unterkunft und Hilfe gibt."

Jeshua erbleichte. „Dann ist es so ernst? Judas warnte mich zwar, sagte aber nicht, dass ich auch euch in Gefahr bringe. Dann darf ich deine Gastfreundschaft nicht in Anspruch nehmen!" Es sah aus, als wolle er sich erheben, um davonzustürmen.

Josef hob beschwichtigend beide Hände. „Bleib ruhig, mein Junge. Ich bin am obersten Gerichtshof. Niemand wird vermuten, dass ich das Gesetz breche. Du und deine Familie, ihr seid nirgendwo sicherer als in diesem Haus. Und ich lasse nicht zu, dass du dieses Haus verlässt. Höchstens um auch das Land zu verlassen! Und dass du es weißt, auf dieser Reise werde ich mit meinen Bediensteten dabei sein!"

Aller Augen schwenkten von Josef zu Jeshua. Die Gefahr schien ihm soeben erst richtig bewusst geworden zu sein. Der unbekümmerte Zug war aus seinem Gesicht verschwunden. Er schien in dieser kurzen Zeit erwachsen geworden zu sein. Alle Pläne vom schönen gemeinsamen Leben im neuen Land konnten sich in Luft auflösen!

Magdalena glaubte sich verhört zu haben. „Was hast du gerade gesagt?", fragte sie an Josef gewandt überrascht. „Du willst mitkommen?"

„Ja, liebe Magdalena", antwortete Josef sanft lächelnd. „Ich habe mich entschlossen, dieses dunkle Land zu verlassen, und hoffe, dass ich mit euch gehen darf."

Magdalenas Augen leuchteten auf. Und nicht nur ihre. Jeshua erstrahlte und blickte fragend zu Magdalena. Sie nickte kaum merklich. Daraufhin erhob er sich und umarmte Josef.

„Welche Freude! Einen besseren Freund als dich kann ich mir am neuen Ort gar nicht vorstellen. Es wird mir und meiner Familie eine Ehre sein, dich an diesem lichten Ort, Magdalenas Reich der Göttinnen, begrüßen zu können."

Josef schob Jeshua sachte von sich, legte seine Hände auf seine Schultern. „Aber zuerst müssen wir hier raus sein. Und zwar ohne tagelang zu zögern. Meine Diener und Wachen werden uns mit unseren Frauen und Kindern Schutz geben, bis wir außer Reichweite sind. Wir werden nach Ägypten ziehen und dort alles Weitere regeln." Er schaute in die Runde und sah auf allen Gesichtern Zustimmung.

„So sei es beschlossen", sagte er, „dass der morgige Abend mit dem inneren Kreis der letzte in diesem Land ist. Danach brechen wir in aller Frühe auf und müssen sehen, dass wir möglichst unerkannt hier herauskommen. Ich habe schon viel vorbereitet und werde nun die letzten Befehle geben."

Als am Morgen Sarafina und Jamyra erfuhren, dass die große Reise nun in wenigen Stunden beginnen soll, waren sie ganz aus dem Häuschen. Sie tanzten lachend herum, holten dann ihre liebsten Sachen, um sie einzupacken. Dann nahmen sie sie wieder heraus, um sie nach einer kleinen Weile erneut zu verstauen. Und Josef hatte sogar noch Zeit, mit ihnen zu lachen und zu scherzen.

Auch Magdalena und Maria lachten zeitweise recht sorglos mit. Aber je weiter der Tag voranschritt, desto unruhiger wurden beide. Magdalena fühlte geradezu die Gefahr näher und näher kommen. Angst ergriff sie. Sollte die herrliche Zukunft wie eine Seifenblase zerplatzen? Was ging hier vor? Woher kam diese Angst?

Endlich war es dunkel geworden und Jeshua drängte zum Gehen. „Das Haus des Nikodemus ist so sicher wie dieses", meinte er noch zu Josef, der ihn nicht gehen lassen wollte. „Und die Freunde erwarten mich. Es ist alles wohl besprochen."

„Dann macht euch wenigstens unkenntlich, zieht euch etwas vor die Gesichter. Drei meiner Männer werden euch indirekt begleiten und mir berichten, dass ihr das Haus unbeschadet erreicht habt." Josef begutachtete noch alle vier, bevor sie sein Haus verließen. „Und wie es sich gehört: Die Frauen ein Stück hinter den Männern!", schärfte er Maria und Magdalena noch ein.

Sie kamen gut bei Nikodemus an und wurden von allen freudig begrüßt. Eine fröhliche Stimmung erfüllte den Raum. Es wurde gesungen, gelacht und getanzt. Alle freuten sich auf das Passahfest.

Schließlich ließ Jeshua das Glöckchen erklingen, wie er es seit vielen Monaten tat, wenn er das Wort ergreifen wollte. Langsam trat Ruhe ein.

„Liebe Freundinnen und Freunde! Ich möchte euch heute etwas mitteilen, was euch wahrscheinlich betrüben wird." Er blickte liebevoll in die Runde und holte tief Atem. „Ihr wisst, dass es für mich in diesem Land immer gefährlicher wird. Ihr wisst jetzt wieder, dass ihr wahrhaft göttlich seid, und die kleine Pflanze der Freiheit wird weiter sprießen, wenn ihr sie pflegt. So wird durch euch dieses Land einst frei sein.

Ich aber werde in ein anderes Land gehen und dort ebenfalls die Botschaft verbreiten. Zerstreut euch in diesem Land. Erregt kein Aufsehen in der Öffentlichkeit.

Meine Familie und ich werden morgen außer Landes gehen, um auch dort Boten der Quelle und des Lichts zu sein." Protestierende Stimmen erklangen, auch Weinen und Schluchzen und dann ein lautes Poltern.

Judas war aufgesprungen und hatte das Geschirr umgeworfen. „Seit zwei Jahren quatsche ich mir Fusseln an den Mund, damit du endlich etwas wirklich Gutes für unser Land tust! Du aber redest nur und redest und drückst dich vor Taten. Nur schöne Worte! Nichts als Worte! Und jetzt will er sich verdrücken wie ein feiger Hund! EIN Kampf nur und wir sind frei!", brüllte er und warf sein Schwert vor Jeshuas Füße.

Einige versuchten, ihn zu beruhigen, aber er war zu aufgebracht. Er schrie weiter beleidigende Worte und gestikulierte wie ein Wahnsinniger.

Als auch noch Magdalena ihn zurechtwies, war es gänzlich um ihn geschehen. „Frau", schrie er, „wer hat dich denn gefragt! Zwei Jahre habe ich mir den ganzen Mist angehört und euch in meinem Hause ertragen. Aber jetzt ist Schluss! Solche Weiber wie ihr machen aus Männern Waschlappen, die sich fürchten und die Besatzer machen lassen, was sie wollen!"

Simon und Andreas stürzten vor und führten ihn gewaltsam zur Tür. „Raus hier!", zischte Andreas.

Judas riss sich los und hechtete zu seinem Schwert. „Das wirst du bereuen! Zwei Jahre hab ich mit dir verschwendet! Die hole ich mir zurück!" Er schüttelte die Hände von Simon und Andreas ab und stampfte zur Tür hinaus.

Maria und Magdalena drängten sich in dem entstehenden Tumult zu Jeshua. „Komm schnell! Lass uns sofort gehen!", sagten beide gleichzeitig.

„Lasst mich nur noch einige Worte sagen." Er ließ das Glöckchen erklingen, während die beiden Frauen händeringend dabeistanden und ohnmächtig zuhörten. „Oh nein!", sagte Maria. „Das hat er doch vorhin schon gesagt!"

Erneut riet Jeshua seinen Freunden, sich zu zerstreuen und möglichst unsichtbar zu bleiben, als lautes Poltern im Treppenhaus erklang.

„Die Römer!", schrie irgendwer.

Simon öffnete den Geheimgang, schob die vier und noch ein paar hinein und verschloss ihn wieder.

Der Geheimgang endete im Garten Gethsemane. Unterwegs rief Jeshua noch, dass sie sich am nächsten Morgen vor den Stadttoren sehen würden. Doch als sie das Ende des Ganges erreichten, waren auch dort die Römer.

Zum ersten Mal in seinem menschlichen Leben erfasste Jeshua die Angst, eine grauenvolle Angst, sodass ihm der Schweiß ausbrach. Panisch rief er innerlich seinen Vater über den Wolken. „An diesem Ort kann ich dir nicht helfen", antwortete Sananda. „Aber ich werde alles tun, was in meiner Macht steht!"

Die Stimme in Jeshuas Kopf bewirkte jedoch, dass das Zittern nachließ und er wieder klar denken konnte. Er hörte Magdalena schreien und Maria schluchzte zitternd an seiner Seite.

Jeshua wandte sich um, sah Thomas und Johannes und gab ihnen einen Wink mit den Augen. „Zurück mit euch!", sagte er zu den beiden Frauen und schob sie Johannes zu, der sie zusammen mit Thomas wieder in den Tunnel zerrte. Sie wollten absolut nicht.

Jeshua trat aus dem Dunkel heraus auf die Häscher zu, die zusammengelegten Hände vor sich. Er erkannte Judas, dem der Hass aus den Augen strahlte. Das erschütterte Jeshua dermaßen, dass er kaum wahrnahm, dass er von ihm geküsst wurde und es widerstandslos geschehen ließ.

Schon streckte Judas seine Hand mit den Fesseln vor, als Simon blitzschnell vorsprang, ihm sein Schwert entriss und voller Zorn zuschlug.

Judas' Hand flog ins Gras. Er stand und blickte verblüfft auf seinen Arm, dann hinunter auf die Hand.

Jeshua bückte sich und hob sie auf, fügte sie wieder an den Armstumpf und hielt beides mit seinen Händen fest aneinandergepresst, während hinter ihnen die Soldaten noch lachten und höhnten.

Judas blickte von seinem Arm auf und direkt in Jeshuas Augen. Sekundenlang! In diesem Moment erreichte Jeshua seine Seele und heilte auch sie.

Als er nun den Arm losließ, warf sich Judas vor ihm zu Boden. Mit Tränen der Reue und Verzweiflung bat er Jeshua um Verzeihung und mit dem nächsten Atemzug schrie er den Soldaten zu: „Es ist der Falsche! Ich habe mich geirrt!"

„Du spinnst!", brüllte einer lachend zurück. „Wir haben gesehen, was er tat, und das beweist, dass er der Richtige ist!"

Ein anderer Soldat wollte nun Jeshua ergreifen. „Du bist unser Gefangener. Pontius Pilatus will dich vor Gericht sehen!" Er fasste Jeshuas Arm.

Jeshua drehte sich aus dem Griff. „Ich bin unbewaffnet und werde nicht fliehen. Aber lasst mich noch ein Wort mit meinem Freund reden."

„Na gut, aber nicht zu lange!", brummte der Söldner und trat einen Schritt zurück.

Jeshua beugte sich zu Judas hinab und half ihm auf. „Judas, mein Freund, sorge dich nicht. Meine Seele vergibt dir. Du bist frei von jeder Schuld. Ich sah dein vollkommenes Abbild in deinem Herzen. Geh den Weg deiner Seele. Mit meinem Schicksal hast du nichts mehr zu tun. Ich gebe dich frei in die Kraft der Quelle, die alles ist."

Nach diesen Worten wandte sich Jeshua den Soldaten zu und hielt ihnen seine Hände hin. Sie legten sie in Ketten und führten ihn ab.

Magdalena schluchzte hemmungslos an der starken Schulter von Thomas. „Wenn ihm was geschieht, will ich auch nicht mehr leben und nehme meine Töchter mit!", stammelte sie unter Tränen.

Maria schien erstarrt zu sein. „Genau das habe ich gestern schon befürchtet. Wir müssen zu ihm. Ich kann ihn jetzt nicht allein lassen", stammelte sie.

Magdalena fühlte, dass Marias Leben in diesem Moment an ihr vorüberzog. Waren all die Entbehrungen umsonst, die Mission gescheitert? Das kann nicht sein!

Draußen war es ruhig geworden. Johannes überzeugte sich, dass sich niemand im Umkreis des Geheimganges herumtrieb. Dann ließ er die beiden weinenden Frauen hinaus.

Durch ihre Tränen sah Magdalena das bekannte Leuchten.

„Wir müssen raus aus der Stadt", flüsterte sie schniefend Maria zu. „Vater bittet uns an Bord!"

„Holen wir die Mädchen?"

„Ja!"

Mit wehenden Gewändern eilten sie zu Josefs Haus, gaben dem Wachmann kurze Informationen für Josef und hoben zärtlich die Mädchen aus den Betten. Die wurden erst wach durch die Schüttelei während des Eilmarsches durch die Straßen bis vor die Stadt.

Sanada und Sananda empfingen sie schon in der Landestation, liebevoll wie immer. Doch Sananda blickte voller Sorge die beiden Frauen an. „Wir wissen, dass ihr bei ihm sein wollt. Lasst die Mädchen bei uns. Hier sind sie sicher."

Jubelnd verließen die beiden mit Miranlaya die Landebasis.

„Sie haben ihn zum Statthalter Pilatus gebracht", sagte Sananda, nachdem die Mädchen verschwunden waren. „Wir können nichts machen, weil Pilatus zwar einen von den Dunklen in sich trägt, aber in erster Linie ein Mensch ist. Wir müssen verhindern, dass Jeshua sein Leben aushaucht. Dazu, Magdalena, brauchen wir dich."

„Aber ja, ich werde alles tun, um ihn zu befreien", schluchzte sie laut. Dann wurde ihr bewusst, wo sie war. „Oje! Ich bringe Schmerz an diesen Ort!" Sie presste ihre Hände vor den Mund, als könne sie damit all das Furchtbare zurückhalten.

Einen Moment legte Sananda seine Hände auf ihr Herzzentrum. „Nein, Töchterchen. Der Schmerz ist schon in unseren Herzen, weil wir ihm nicht helfen konnten." Er nahm seine Hände fort und hielt plötzlich ein Fläschchen vor ihre Augen.

„Nimm dies, meine Tochter. Sie werden ihn wie üblich foltern. Gib ihm zu trinken, damit er keine Schmerzen mehr spürt. Drei Tage lang wird das Mittel wirken. Sieh zu, dass du zu ihm gelangst, und gib es ihm, damit sie seine Seele nicht zerstören. Nun kehrt zurück. Wir setzen uns mit Josef in Verbindung, um ihn und euch ständig zu informieren. Wir sind dicht bei ihm."

Sie umarmten einander und schon ging es wieder zurück zur Erde.

Magdalena und Maria liefen wie gehetzt durch die Stadt zum Palast des Pilatus. Doch die Wachen ließen sie trotz Flehens nicht zu Jeshua. Sie versuchte es sogar mit einer Lüge.

„Er ist krank! Er muss seine Medizin nehmen!" Doch darauf wurde der Hohn und Spott noch gröber. Magdalena zog sich etwas zurück, um sich eine neue Taktik auszudenken.

Plötzlich waren Geräusche im Haus. Die breite Tür flog auf und zwei Wachleute traten heraus. Dahinter Jeshua, gefesselt wie ein Schwerverbrecher und zu Tode erschöpft. Blut sickerte durch die tiefen Schnitte seines Gewandes. Zwei Schergen schleiften ihn, wenn er nicht mehr laufen konnte, durch die Straße.

Magdalena schrie auf, als sie ihn erblickte, und versuchte, ihm etwas zu sagen. Doch ihre Stimme gehorchte ihr nicht und ob sie ihn telepathisch erreichte, fühlte sie nicht. Immer wieder versuchten sie und auch Maria näher an ihn heranzukommen. Doch dafür ernteten sie nur Schläge und Tritte.

Vor dem Tempel hielten die Wachen einen Moment. Dann schleppten sie Jeshua hinein.

„Wieso zum Tempel?", kam es tonlos über Magdalenas Lippen.

„Kaiphas! Vorsitzender der Sadduzäer", flüsterte Maria.

„Vielleicht lässt der ihn frei! Dem hat er doch nichts getan!" In Magdalena keimte eine kleine Hoffnung. Stunden vergingen. Sie lehnten im Schatten eines Hauses schräg gegenüber und ließen ihre Blicke nicht vom Ausgang.

Die Nacht kam und Magdalena schickte Maria zum Haus Josefs. „Geh, ruh dich aus. Ich werde hier wachen." Kaum war Maria nicht mehr zu sehen, verließen Magdalena die Kräfte, und sie rutschte an der Hauswand in die Hocke. Bilder ihrer Verhaftung und Drangsal stiegen in ihr Bewusstsein.

Kaiphas blickte voller Hass auf Jeshua, dessen Aura ihm echte körperliche Schmerzen zufügte. Deshalb kam er auch nicht zu dicht heran, damit sich die Auren nicht berühren konnten. Kaiphas gehörte zu denen, die vom Volk die Einhaltung der Schriften bis auf den letzten Punkt forderten, selbst nahm er es aber nicht so genau.

Ein wenig erhöht stand Kaiphas und ließ seine Augen triumphierend über die Pharisäer, Schriftgelehrten und Priester gleiten, bevor er sich mit seiner Anklage Jeshua zuwandte.

„Jeshua von Galiläa, bekennst du dich schuldig der Gotteslästerung, der Volksaufwiegelung und des Verrats an unserem Volk und an Rom? Das wird dir zur Last gelegt und der Haftbefehl lautet auf Todesstrafe."

„Kaiphas, ich kann mich nicht schuldig erkennen, weil ich nie deinen Gott gelästert habe, niemals unser Land oder Rom bedroht oder das Volk aufgewiegelt habe. Deshalb ist es deine Pflicht, mich freizulassen."

Einer seiner Schergen sprang vor und schlug Jeshua ins Gesicht. „Wie sprichst du denn mit dem Hohen Rat?", schrie er.

Jeshua schaute ihn an. „Vor drei Tagen habe ich deinen lahmen Arm geheilt und du hast mir ewigen Dank geschworen. Stattdessen folterst du mich!"

Der Mann blickte verwirrt zu Boden. Alle hielten den Atem an. Der Mann sah gehetzt zu Kaiphas und schlug erneut zu. Diesmal so stark, dass Jeshua zu Boden stürzte.

Kaiphas Mundwinkel zuckten hämisch. „Lest ihm die Anklageschrift vor!", forderte er von den Schriftgelehrten.

Einer der Priester trat vor und begann laut zu lesen:

„Jeshua ben Joseph,

dir wird zur Last gelegt, dass Gesetz des Sabbats übertreten zu haben,

dir wird zur Last gelegt, den Thron Israels zu fordern und dich selbst zum König von Israel erhoben zu haben,

dir wird zur Last gelegt, dass du dich mit Dirnen, Zöllnern und Gesinde herumtreibst und ihnen ketzerische Parolen beibringst und unzüchtige Feste mit ihnen feierst,

du bist angeklagt des Verrats an Jehova, indem du seine Worte verdrehst und dich selbst zu Gott ernennst,

dir wird zur Last gelegt, mit dem Teufel im Bunde zu sein, indem du Tote erweckst, Wasser zu Wein machst und Nahrung aus dem Nichts erschaffst,

du predigst am heiligen Sabbat und heilst Kranke am Sabbat, ohne dass es notwendig wäre. Damit übertrittst du das heilige Gesetz und lästerst Gott in seiner Größe, indem du ihm seinen Tag verweigerst."

Der Priester senkte die Schriftrolle und blickte voller Genugtuung Kaiphas an, als fordere er ein Lob von ihm.

Der straffte sich und blickte auffordernd in die Runde. „Wer beeidet diese Klageschrift?", stellte er die übliche Frage. Einige redeten durcheinander, viele schwiegen und schauten betreten zu Boden.

„Ich war dabei, als er das Volk aufwiegelte!", schrie einer mit erhobenem Arm und ein anderer fiel gestikulierend ein: „Ich bezeuge, dass er gestern im Vorhof des Tempels einen Volksaufstand anzettelte!"

„So sei es besiegelt!", verkündete Kaiphas voll zufriedener Häme. „Du bist überführt. Was hast du zu den Anklagen zu sagen?" Dieser letzte Satz war Vorschrift. Sonst hätte er ihn nicht ausgesprochen.

„Ach, Kaiphas, deine Priester sind bestochen. Frage die Menschen auf den Straßen, was sie von diesen Anklagen halten. Wer mich erfahren hat, wird sie nicht bestätigen, denn er wurde nicht bezahlt."

Kaiphas Augen loderten wütend. „Bist du der einzige Sohn Gottes?", fragte er tückisch.

„Nein, das bin ich nicht. Ich bin der einzige Sohn meines Vaters. Ich bin göttliche Energie aus der Quelle, im Fleisch geboren genau wie du."

„So wagst du zu behaupten, dass du Gott selbst bist, und mich willst du auch dazu bringen, es zu sagen." Seine Stimme überschlug sich. „Ihr habt seine gotteslästerlichen Reden gehört! Darauf steht die Steinigung! Schafft ihn weg! Bringt ihn zum höchsten Gerichtshof, damit unser Urteil bestätigt wird! Fort mit diesem Gotteslästerer!" Sein Kopf war hochrot, seine Hände fuchtelten, als scheuche er Hühner aus dem Saal.

Die Schergen schleppten Jeshua eine Treppe hinunter und warfen ihn in ein dunkles Geviert. Die Tür knallte schwer ins Schloss, alle Laute erstarben und die Dunkelheit krallte sich Schmerz verstärkend mit kalten Fingern in Jeshuas gequälten Körper.

„Mein lieber Sohn", hörte er in sich die Stimme seines Vaters, „verzage nicht! Josef von Arimathäa war bei mir. Er arrangiert deine Befreiung. Erneure deine Kraft in dir. Du kannst das!"

Und Jeshua schloss seine Augen und versuchte, mit der reinen Kraft der Quelle seine verbrauchten Reserven zu ersetzen.

Doch die Nacht verrann zu schnell. Oder war er schon zu schwach im

Geiste, dass er sich kein Wasser erschaffen konnte? Schon hörte er die Stimmen der Schergen und wusste, dass sie ihn holen würden zu erneuter Qual. Er straffte sich und erhob sich zu voller Größe.

Das Licht blendete ihn, als die Tür aufflog. Schon griffen harte Hände seine Arme und zerrten ihn die Treppe hoch. Wieder musste er durch die Straßen, in denen es auch an diesem frühen Morgen schon von frohen Passahgästen wimmelte.

Sie schoben ihn vor den höchsten Richter. Es war Nikodemus, seit langem ein Freund von Jeshua.

Schmerzvoll blickte dieser ihn an und begann mit den vorgeschriebenen Floskeln:

„Wer klagt diesen Mann an?"

„Der Hohe Priester von Jerusalem, die Schriftgelehrten und die Priesterschaft, die die Beweise durch den Galiläer selbst erhielten", antwortete Kaiphas hämisch.

„Was beantragst du?", fragte Nikodemus, mühsam einen unbeteiligten Ton anschlagend.

„Ich beantrage die Verurteilung dieses Mannes wegen Gotteslästerung und Volksverhetzung!"

Nun wurde das Verhör wiederholt und Jeshua wurde es bald leid, alles zu wiederholen, nur damit es Kaiphas verdrehen konnte. So schwieg er schließlich.

Nikodemus ging Punkt für Punkt die Anklageschrift durch und fand so viele Widersprüche, dass er die Klage zurückwies.

„Ich finde keine Schuld an diesem Mann. Diese Beweise sind spärlich bis nichtig. Es gibt keine Veranlassung, diesen Mann zu richten. Mann aus Galiläa, gehe hin, du bist frei!"

Kaiphas Gesicht lief rot an. „Einspruch!", schrie er und wandte sich noch einmal an Jeshua. „Bist du der Sohn Gottes? Wiederhole deine nächtlichen Worte hier vor diesem Gericht!" Tückisch blickte er zu Jeshua.

Jeshua schaute ihn nicht an, denn er wollte unbedingt in seiner Mitte bleiben. „Was nutzt es dir oder gar mir, wenn ich antworte. Du verdrehst mir ja doch jedes Wort. Aber ich sage es noch einmal: Ich bin der Sohn meines Vaters, der in den Wolken ist. Das ist nicht dein Vater und er ist nicht ein oder ganz und gar DEIN Gott. Er ist MEIN Vater. Ich bin göttlicher Natur, wie auch jeder Mensch göttlichen Ursprungs ist. Ich trage die Kraft der göttlichen Quelle in mir. Das kann, darf und will ich nicht leugnen." Jeshua schwieg erschöpft.

Kaiphas fuhr auf. „Da habt ihr es gehört!", giftete er los. „Er hat den Kaiser verhöhnt. Nur der Kaiser darf sich Gottmensch nennen und wieder hat er Jehova gelästert." Mit vorgebeugtem Oberkörper wandte er sich arglistig Jeshua zu. „Wo ist denn dein Vater jetzt? Er könnte dich doch mühelos befreien, wenn er Gott im Himmel ist!?"

„Natürlich könnte mein Vater hier eingreifen und dich vernichten. Doch ER achtet die Gesetze des Universums und des Lebens, weil sie dort über den Wolken voller Liebe zu allem, was ist, sind und auch deinen freien Willen respektieren. Und niemals sagte ich, dass euer Gott mein Vater ist!"

Nikodemus hob Ruhe gebietend die Hände, blickte Jeshua in die Augen und sagte warnend: „Geh, Galiläer, bevor es zu spät ist. Du bist frei!" Er wandte sich an die Schergen der Priesterschaft. „Nehmt ihm die Ketten ab und lasst ihn gehen. Vor unseren Gesetzen ist er unschuldig!", sagte er mit befehlendem Ton.

Leise Hoffnung keimte in Jeshua auf und Freude begann ihn zu durchströmen.

Aus den Reihen der Priester tönten Proteste. Noch bevor die Schergen seine Ketten lösten, fuhr Kaiphas hoch und schlug mit der flachen Hand auf den Tisch. „Genug!", brüllte er wutschnaubend. „Er hat sich selbst überführt. Wenn Nikodemus ihm die Freiheit schenkt, so ist er doch schuldig an den Gesetzen Roms. Die Römer suchen ihn per Haftbefehl als Volksaufwiegler. So führt ihn zurück zu Pontius Pilatus!"

Traurig blickte Nikodemus zu Jeshua, der sofort umringt wurde von den Priestern und von den Schergen hinausgeführt wurde.

Wieder ging es durch die Straßen Jerusalems zum Palast des Statthalters. Jeshuas Freude war verflogen. Nur die Hoffnung glimmte tief in ihm, dass Josef von Arimathäa mit seinem weitreichenden, großen Einfluss ihn noch retten könnte. Bei jedem Schritt wuchs auch die Angst in Jeshua vor den kommenden Qualen. Er betete still in sich um Kraft und um Mut, so lange durchzuhalten, bis Rettung käme.

Er hatte in langen Jahren der Körperschulung gelernt, Schlaf-, Nahrungs- und Wassermangel auszuhalten und durch Meditation auszugleichen. Doch der Umgang mit lebensbedrohender Angst war ihm fremd. Das war ein völlig neues Gefühl, das ihn schwächte und schmerzte. Zum ersten Mal fühlte er, wie schwach sein menschlicher Teil war, wie abhängig und hilflos ein Mensch durch Gewalteinwirkung auf seinen menschlichen Körper wurde. Diese Macht- und Hilflosigkeit schwächte ihn zusätzlich. Dann kamen noch die Ängste um Magdalena und die Kinder hinzu und zerrten an seinem Herzen und an seinen Nerven.

Nebenbei bemerkte er, dass um ihn herum keine frohe Festtagsstimmung mehr herrschte. Frauen liefen nebenher und baten die Schergen um seine Freilassung. „Er hat doch nichts Verbotenes getan." Sogar Männer baten darum. Doch alle wurden mit Schlägen und Tritten davongejagt.

Vor dem Palast des Statthalters hielten die Schergen an und übergaben Jeshua den Wachen. Ein Jude, der den römischen Palast betrat, wurde nämlich unrein. So kurz vor dem Fest wollte das keiner riskieren. Da war sogar ein Verbrecher nicht wichtig genug.

„Was sollen WIR mit diesem Mann?", murrte einer der Wächter. „Wir haben ihn doch in EURE Gerichtsbarkeit übergeben!"

„Kaiphas schickt ihn!", protestierte einer der Schergen unwirsch. „Der wird doch von euch per Haftbefehl gesucht. Die Priesterschaft hat ihn zur Steinigung verurteilt, doch der verblendete Gerichtshof hat ihn freigesprochen. Da ihr ihn aber sucht, dürfen wir ihn nicht laufen lassen." Einer übergab der Wache die Klageschrift und alle wandten sich rasch um. Sie hatten ihre unangenehme Pflicht erfüllt und gingen schnell von dannen.

Zwei Wächter ergriffen Jeshua und führten ihn hinauf in die Vorhalle. „Setz dich auf die Bank!", befahl der mit der Klageschrift und lief davon. Einer blieb neben Jeshua als Wache zurück.

Er sah irgendwie mitleidig auf den Gefangenen hinab. Jeshua sah ihm in die Augen. „Hast du schon mal meine Worte gehört von Freiheit, Gleichheit und Göttlichkeit?", fragte Jeshua und hoffte, sein Herz zu erreichen.

„Schweig, Gefangener! Ich darf deinen Worten nicht lauschen!", sagte er leise und blickte sich nach allen Seiten um.

Bevor Jeshua noch Weiteres sagen konnte, kehrte der andere zurück. „Wir sollen ihn sofort zum Statthalter bringen!", sagte er und griff auch schon zu. Der andere beeilte sich, ebenfalls zuzugreifen, und so zerrten sie ihn in irgendeinen Nebenraum des Palastes, in dem Pilatus seine Amtsgeschäfte durchführte.

Pilatus hielt die Klageschrift in den Händen und studierte sie. Eine seiner Handbewegungen ließ die Wachen mit Jeshua innehalten.

„Haben die Juden mal wieder keinen Mumm! Auf jeden Fall haben wir dich nun von der Masse getrennt! War ja dein einziger Schutz!" Er grinste ironisch und legte seine Stirn in Falten. „Aber ich will keinen Ärger so kurz vor dem Fest! Die Priesterschaft fordert ein schnelles Urteil nebst schnellster Vollstreckung. Hm. Und was hast du zu deiner Rechtfertigung vorzubringen, Mann aus Galiläa?"

Jeshua räusperte sich, um die Stimme freizubekommen. „Der oberste Gerichtshof hat mich freigesprochen ..."

Pilatus wischte den Einwand weg. „Das hat hier nichts zu sagen. Hier ist Rom! Du hast das Volk aufgewiegelt, den Kaiser geschmäht und das Übertreten der Gesetze gepredigt. Die Gesetze der Juden gehen mich nichts an, aber die römischen!"

„Niemals rief ich zum Übertreten irgendwelcher Gesetze auf!", rief Jeshua empört. „Ich lehrte nur, dass jeder Mensch in seinem Innern frei ist und dem Kaiser seinen Tribut zu zahlen hat, der dem irdischen Recht entspricht."

In diesem Moment flog die Tür auf und Kaiphas stürmte herein.

„Was fällt euch ein, so unehrerbietig in meine Räume zu stürzen!", rief Pilatus aufgebracht.

„Herr, dieser Mensch ist eine Gefahr für Jerusalem und das Passahfest! Darum entschuldigt mein unwürdiges Verhalten. Es ist keine Zeit zu verlieren. Deshalb bitte ich um ein schnelles Urteil und sofortige Vollstreckung, bevor seine Anhänger einen Aufstand anzetteln, um ihn freizubekommen."

Pilatus blickte höhnisch auf ihn hinab. „Und das lässt dich als Hohen Priester deine Reinheit beflecken? Wie willst du dich in nur drei Tagen von dieser Unreinheit befreien?"

Kaiphas schluckte. „Ich habe meine Amtsgeschäfte für dieses Jahr meinem Stellvertreter übergeben. Mein höchstes Amt ist es, unser Land von diesem Gotteslästerer zu befreien, bevor Sabbat und Passahfest durch ihn beschmutzt und verhöhnt werden."

„Na gut", meinte Pilatus mit saurer Miene. „Ich will keinen Ärger mit eurer Bevölkerung. Wir werden den Prozess auf die Woche nach dem Fest legen. So lange kann er im Kerker warten, wie jeder Gefangene warten muss."

„Herr!" Kaiphas' Stimme wurde dringlich. „Ich habe es aus zuverlässiger Quelle, dass seine Anhänger mit ihrer Armee den Palast stürmen wollen, um ihn zu befreien. Das müssen wir verhindern. Am Freitag ist eine Kreuzigung. Fällt ein schnelles Urteil. Ihr habt doch auch schon eine Klageschrift verfasst. Dann kann er mit den anderen Verbrechern gekreuzigt werden."

Pilatus schüttelte verwundert den Kopf und wandte sich an Jeshua. „Warum hasst dieser Mann dich dermaßen, dass er deinen Tod gar nicht erwarten kann, obwohl du nach euren Gesetzen eigentlich ein freier Mann bist?"

Jeshua schwieg. Was sollte er auch darauf sagen? Sie wollten ihn doch nur provozieren, ihn aus seiner Mitte bringen.

Jeshuas Schweigen ärgerte allerdings Pilatus und er wandte sich wieder Kaiphas zu. „Na gut, ich will keinen Ärger vor dem Fest. Mein Palast ist gut bewacht, aber in der Stadt MÜSSEN Ruhe und Ordnung während der Feiertage herrschen. Deshalb bleibe ich dabei, dass erst danach sein Prozess stattfindet. Dann sind seine Anhänger auch wieder von hier verschwunden. Nach römischem Recht hat jeder Angeklagte das Recht auf seine eigene Rechtfertigung." Er überlegte kurz, dann legte sich ein tückisches Grinsen auf sein Gesicht.

„Du kannst seinen Tod scheinbar nicht erwarten. Darum erinnere ich dich an eure eigenen Gesetze. Er nennt sich König der Juden und macht somit Herodes den Thron streitig. Der ist gerade in der Stadt. Also bringt ihn dahin. Verschwindet beide von hier, damit ich endlich mein Tagewerk beginnen kann! Wachen! Bringt den da zu Herodes!"

Jeshua erschrak. Herodes war für seine Grausamkeit bekannt. Er hatte auch Johannes auf dem Gewissen. Außerdem war er auch noch äußerst dumm.

Herodes saß mit seinem Hofstaat an einer reich gedeckten Tafel, als die Wachen Jeshua in den Saal schoben.

„Wer wagt es, den Frieden meines Morgens zu stören, und wer ist dieser Mann, den ihr mir als Morgengabe bringt?" Er musterte grinsend Jeshua. Selbstverständlich wusste er, wer da vor ihm stand. Sein Hofstaat brach in beifälliges Gelächter aus.

„Herr!", begann Kaiphas unterwürfig. Er war mitgegangen und hatte Jeshua keinen Moment aus den Augen gelassen. „Pontius Pilatus schickt euch diesen Menschen, damit ihr ein schnelles Urteil sprecht. Er lästerte Gott, nannte sich König von Israel und war ein Freund des Johannes, der ja von euch schon seine gerechte Strafe erhielt." Demütig reichte er Herodes die Klageschrift.

Herodes begann zu lesen und blickte immer wieder stirnrunzelnd zu Jeshua. Als er die Rolle fortwarf, fiel sein Blick auf seine an der Tafel mucksmäuschenstill sitzenden Gäste.

„Raus!", brüllte er plötzlich los und erhob sich dabei. „Alle raus hier! Verschwindet, aber schnell!"

Völlig überrascht und voller Angst sprangen die Anwesenden auf. Sitzmöbel kippten, Geschirr ging zu Bruch, alle drängten zu den Türen. Im Nu war der Saal leer bis auf Herodes, Kaiphas mit seinen Priestern, die Wachen und Jeshua.

„So ist das also", wandte sich Herodes Jeshua zu. Die Brauen zusammengezogen kam er mit jedem Satz drohend näher und wurde lauter und lauter. „Du wagst es, dich König von Israel nennen zu lassen, Gott zu verunglimpfen und zu behaupten, sein einziger Sohn zu sein? Du wagst es, die Worte der Schrift zu verfälschen, um MEIN Volk in die Irre zu führen und Anspruch auf meinen Thron zu erheben?" Er war während dieser Brüllerei ganz nah an Jeshua herangetreten und schlug völlig überraschend heftig zu, sodass Jeshua zu Boden stürzte.

„Wer bist du, dass du dich feiern und salben lässt? Dieser Thron gehört MIR, MIR, MIR ganz allein!", brüllte er. „Wachen! Gebt ihm, was ihm gebührt!"

Sofort stürzten sich die Wachen auf Jeshua und schlugen blindlings auf ihn ein, während Herodes grinsend zusah.

„Könnt ihr nichts anderes?", fragte er einen der Schläger voller Tücke. „Aufhören!", befahl der. Jeshua versuchte, sich aufzusetzen. Er schmeckte Blut und fühlte grimmige Schmerzen im Ohr.

Plötzlich wurde ihm ein dichtes Tuch über den Kopf geworfen und es wurde dunkel. Ein harter Schlag traf seinen Oberarm und eine Stimme höhnte: „Da dein Vater ja Gott ist, so sage, wer dich soeben schlug!" Ein erneuter Schlag direkt auf die Brust. „Na, wer schlug dich jetzt, König von Israel?"

Jeshua nahm es die Luft. Selbst wenn er hätte antworten wollen, es wäre unmöglich gewesen.

Ein Tritt in den Bauch folgte, der ihn zusammenklappen ließ. Die Schmerzen waren mörderisch, die seinen Körper durchrasten.

„Na, wo ist denn dein Gott? Will er dich nicht befreien, König von Israel?" Gelächter ertönte und sie zerrten Jeshua hoch.

Das Tuch wurde fortgerissen und Dornen bohrten sich in seine Schädeldecke. Überrascht von diesem neuen, unerwarteten Schmerz am Kopf schrie er auf.

Herodes bog sich vor Lachen. „Das ist die Krönung, die dir zusteht!" Er wandte sich Kaiphas zu. „Schafft ihn mir aus den Augen!" Er zögerte einen Moment und blickte Kaiphas lauernd an.

„Nimm ihn und bring ihn zurück zu Pilatus. Sag ihm meine Botschaft: Herr, du bist der größte und gerechteste Richter in diesem Land. Ich,

Herodes, habe ihm seine Strafe gegeben und meinen Thron behalten. Ich übergebe euch, als rechtmäßigen Herrscher über mein Land, diesen Verbrecher vor eurem Gesetz, damit ihr das Urteil über ihn sprecht und nach eurem Gesetz richtet."

Herodes lachte laut auf. „Das wird seiner Eitelkeit schmeicheln und dir ein Stein im Brett des Pilatus sichern." Halb noch zu Kaiphas gewandt, halb schon zu seinen Dienern, rief er: „So schafft ihn endlich weg und holt mir meine Frauen zurück, damit wir unser Mahl fortsetzen können!"

Magdalena war jedes Mal mitgelaufen, wenn sie ihren geliebten Jeshua quer durch die Stadt trieben. Immer wenn er hinter einer Tür verschwand, keimte neue Hoffnung in ihr auf.

Doch auch diesmal wurde sie bitter enttäuscht. Erneut versuchte sie schluchzend zu ihm zu gelangen, wurde aber wiederum im letzten Augenblick von einem Söldner zurückgerissen und gehöhnt:

„Verschwinde, Weib! Dein König der Juden hat sein Amt angetreten und ist unantastbar für ein unreines Weib!" Grölendes Lachen dankte ihm für seinen „Witz" und ließ Magdalena zu Boden sinken. Noch immer umklammerte sie das Fläschchen und wusste, welche Qualen er litt. Sie trieb sich jedoch schnell wieder hoch und versuchte, ihm zu folgen.

Erneut ging es durch die Straßen von Jerusalem. Jeshua konnte kaum etwas sehen. Das Blut sickerte aus vielen kleinen Wunden und verklebte seine Augen. Der Schmerz hämmerte mit brachialer Gewalt in seinen Nerven. Immer wieder taumelte er und die Wachen stießen ihn oder zerrten unbarmherzig an ihm herum. Menschen, die Jeshua sahen und erkannten, schrien entsetzt auf, andere verhüllten ihr Gesicht vor Angst, selbst einmal solcher Willkür ausgesetzt sein zu können. Sicher war in diesem Land keiner davor. Jeshua fühlte sich gedemütigt wie nie zuvor, besonders wenn höhnische Wortfetzen sein Gehör trafen. Der Weg schien unendlich lang zu sein.

Endlich stand er wieder vor Pilatus. Jeshua konnte sich kaum noch aufrecht halten.

„Was soll das? Ich übergab ihn euch und ihr schleppt ihn mir wieder an!", rief Pilatus ärgerlich. „Und was soll der Kranz da oben?"

„Er war bei seiner Krönung", grinste Kaiphas höhnisch und schickte dann, ernst werdend, die Worte Herodes' hinterher.

Diese schmeichelten Pilatus sehr. „Aber ich bin trotzdem gegen die sofortige Todesstrafe. Das ist mir jetzt zu riskant." Er wandte sich den Wachen zu. „Peitscht ihn ein wenig aus, damit er in den nächsten Tagen nicht an einen Aufstand denken kann!" Verächtlich blickte er auf die zerlumpte und blutverkrustete Gestalt Jeshuas.

Die Wachen ergriffen Jeshua und schleiften ihn aus dem Raum zur nächsten Folterung.

Kaiphas war damit absolut nicht einverstanden und begann, auf Pilatus einzureden. Allerdings mit größter Vorsicht, damit nicht eine plötzliche Verstimmung seines Gegenübers ihn statt Jeshua träfe. Noch hatte er Pilatus nicht überredet, als Josef von Arimathäa eintrat.

Kaiphas fielen beinahe die Augen aus dem Kopf. „Josef von Arimathäa, mit dem Betreten dieses Hauses hast du dich verunreinigt!", schrie er empört. „Lass dich ja nicht auch nur in der Nähe des Tempels sehen!"

Josef blickte ihn voller Verachtung an. „Was dir zusteht, steht laut Gesetz auch mir zu." Er wollte gerade Pilatus ansprechen, als die Folterknechte Jeshua zurückbrachten.

Mit einem Schritt war er bei ihm und nahm ihn in die Arme.

„Oh, mein Junge! Was haben sie mit dir gemacht?"

Einen Moment nur lag Jeshua an der Trost spendenden Brust Josefs. Sofort rissen die Wachen ihn fort und warfen ihn vor Pilatus' Füße.

„Verschont diesen Mann", sagte Josef mit fester Stimme zu Pilatus. „Er ist das Opfer einer Verschwörung. Ich habe schon Boten zu Tiberius gesandt, um die Freilassung dieses Mannes zu fordern. Tiberius gilt als gerechter Mann. Er wird kein Fehl an ihm entdecken, wie auch ich kein Fehl an ihm finden kann."

„Ha!", schnaubte Kaiphas wütend. Dann besann er sich und wechselte den Ton. „Hoher Herr", sprach er listig zu Pilatus, „da gibt es den Brauch, zum Passahfest einen Gefangenen zu begnadigen und freizulassen. Fragt das Volk da draußen, was mit dem Mann aus Galiläa geschehen soll. Seiner Entscheidung werden wir uns beugen. Sie haben zwar schon den Barrabas gewählt, aber wenn ihnen der Mann aus Galiläa so wichtig ist, können sie ja neu entscheiden."

Er wusste, dass Anhänger Jeshuas vor dem Palast standen, hatte aber vorgesorgt, indem er seine Leute vor den Palast befohlen hatte, und römische Wachen gab es auch genügend auf dem Platz.

„Das ist eine gute Idee!", rief Pilatus begeistert und winkte seinen Folterknechten, Jeshua auf den Balkon zu stellen und für Ruhe zu sorgen.

Ein Trompetenstoß ließ die Menge verstummen und zum Balkon starren. Pilatus trat an die Brüstung.

„Hört, ihr Leute! Es ist Brauch und Sitte, dass wir zum Passahfest einen Verurteilten begnadigen. Wen wollt ihr in Freiheit sehen, den Galiläer oder Barrabas?" Sein Blick schweifte gespannt über die Menge.

Jeshua schloss die Augen und hörte einige Stimmen seinen Namen rufen. Jede einzelne Stimme gab ihm neue Hoffnung. Doch dann wurde „Barrabas" geschrien.

Einige Minuten hielten sich beide Namen gleich stark nebeneinander. Aber die Soldateska bedrohte sofort jeden, der den Namen Jeshuas schrie. So war es kein Wunder, dass Jeshuas Name überschrien wurde. Zuletzt hallte nur noch der Name „Barrabas" über den Platz und brandete an den Mauern hoch.

Auch Magdalena hatte mitgeschrien. „Jeshua, Jeshua, ich bin hier! Wir werden dich befreien!" Der Schrei drang nicht zu Jeshua, wohl aber zu einigen Söldnern in der Nähe. Einer gab ihr einen gewaltigen Schlag zwischen die Schulterblätter, dass sie stürzte und für kurze Zeit atemlos war. Sie kam zwar schnell wieder hoch, doch nun klang nur noch das „Barrabas" über den Platz.

Jeshua hob seine Augen gen Himmel und suchte den Lichtschein des Luftschiffs. Aber als wüssten die Folterer das, zerrten sie ihn rasch in den Raum zurück. Und der grausame Pilatus wusch sich nicht etwa die Hände in Unschuld, nein, er rieb sie voller Genugtuung und blickte Kaiphas wohlwollend an. (Ein Jahr danach wurde Pilatus von Tiberius seines Amtes enthoben!)

Jeshua wurde erneut gefoltert, denn die Folterer wussten, dass er mit jedem Schlag schwächer würde und seine menschlichen Seiten dann die Oberhand gewännen. Wurde er ohnmächtig, bekam er kalte Güsse, die ihn wieder in die Gegenwart trieben.

Magdalena war nach Verschwinden Jeshuas vom Balkon an der Mauer eines Hauses zusammengesunken. Hoffnungslosigkeit überwältigte sie. Doch als sie die Augen in tiefer Aussichtslosigkeit schloss, traf sie ein Bild ihrer ältesten Tochter Sarafina, wie sie vor der Einrichtung im Raumschiff entsetzt mitverfolgte, wie ihr geliebter Vater gefoltert wurde. Jeder Schlag schien auch den Körper des kleinen Mädchens zu treffen.

Magdalena schrie auf, es riss sie hoch und, taumelnd zuerst, begann sie zu Josefs Haus zu rennen. Sie selbst konnte Sananda nicht erreichen. Sie besaß nicht den Sender dafür in ihrem Innern. Nur ein Gedanke beherrschte sie: Maria muss ihre Tochter retten. Maria wird es können.

Maria war die Erste im Hause Josefs, die sie traf. Wie eine Puppe, tränenleer mit maskenhaftem Gesicht herrschte sie Magdalena an. „Wie siehst du denn aus? Wasch dich! Zieh dich um! Du siehst ja fürchterlich aus!"

Magdalena erschrak vor diesem leeren Blick. Sie fasste Marias Schultern und begann sie zu schütteln. „Verdammt, Maria, wo bist du? Wie willst du ihn retten, wenn du dich jetzt tot stellst? Komm zurück! Sie wollen ihn ans Kreuz schlagen! MORGEN SCHON!"

Magdalena schrie ihr die Worte ins Gesicht. „Und Sarafina bekommt alles mit, sitzt vor den Geräten und sieht der Folterung zu. Hilf die Seele meiner Tochter zu retten. Sananda und die anderen haben in ihrer Sorge um Jeshua nicht auf die Kinder geachtet. Verdammt, Maria! Du musst auf das verfluchte Raumschiff und meine Töchter zurückholen!"

Marias Augen schauten empört. „Magdalena! Wo ist deine gute Erziehung? Man flucht nicht hier und jetzt!"

„Scheiß auf die gute Erziehung! Maria, du warst ganz weit weg. Dein Sohn braucht dich! Und deine Enkelkinder brauchen dich und vor allem brauchst DU dich!"

„Magdalena!", fuhr Maria in schrillem Ton auf. „Ich bin es müde, gebraucht zu werden! Ich gab meinen Weg auf für ihn und was ist nun? Ich verfluche den Tag, an dem ich diese Entscheidung traf, und ich verfluche die Menschen, die seiner nicht wert sind! Ich schenkte einem Jungen das Leben, der es durch eigene Dummheit aufs Spiel gesetzt hat!"

Schluchzer ließen sie nicht weitersprechen und ihre Beine gaben nach. Schnell griff Magdalena zu und verhinderte, dass Maria auf dem Boden aufschlug.

Tiefes Mitgefühl mit ihr und mit sich selbst überschwemmte Magdalena. Aber dafür war jetzt keine Zeit.

„Maria, wir müssen ihn retten. Wir müssen unsere Kinder aus dem Raumschiff holen. Du kannst das doch!"

„Ich kann das nicht!", rief Maria gequält. „Das kann nur Jeshua ... und Josef von Arimathäa! Wo ist Josef?" Sie blickte sich um.

„Wo ist Josef?", rief Magdalena laut in den Kranz der Dienstboten, die etwas betreten herumstanden und nicht wussten, wie sie den beiden Frauen helfen könnten.

„Er ist nicht da!" „Er ist in der Stadt!"

Beide Frauen stürzten aus dem Haus. „Wohin nur?", fragten sie sich gegenseitig. Bei Pilatus und Herodes konnten sie schlecht fragen. „Nikodemus vielleicht?" Sie rannten in die Richtung seines Hauses. Keinen einzigen Bekannten trafen sie unterwegs. Es war geradezu, als hätten die sich alle verkrochen.

Endlich Nikodemus' Haus! „Nein, im Gerichtsgebäude!", sagten die Diener.

Also hin zum Gerichtsgebäude! Hinein! Da war er! Sie stürzten auf ihn zu. Das Geräusch ihrer Schritte ließ ihn aufblicken und ihnen entgegenlaufen. Sie fielen sich in die Arme.

„Ich konnte ihm nicht helfen", stammelte er unter Tränen und alle drei standen einen Moment weinend aneinandergelehnt.

Magdalena raffte sich auf. „Josef, hilf seinen und meinen Kindern! Sie sitzen im Raumschiff vor den Geräten, die die Erde überwachen, und kriegen jeden Schlag mit, der Jeshua trifft. Hol sie da weg! Bring sie zu Martha!"

Josef nickte. Magdalena „hörte" Signale und war voller Erleichterung, als Josef davoneilte. „Sananda ruft mich!", rief er über die Schulter ihnen zu. Dann war er verschwunden.

„Nun können wir nur noch warten", sagte Magdalena leise und fühlte sich plötzlich völlig leer. Ohne es zu bemerken, waren sie aus dem Gebäude getreten.

„Hier?", fragte Maria ebenso leise.

„Ja, wo sonst?", meinte Magdalena und überflog den Vorplatz mit ausdruckslosem Blick.

Nach nur zwei Stunden erschien Josef wieder bei ihnen.

„Wie hast du denn das geschafft?", fragte Magdalena überrascht.

„Du kennst es", meinte Josef lächelnd. „Wenn man in der Landeeinheit bleibt, vergeht die Zeit genauso wie auf der Erde. Nur auf der Lichtinsel vergeht sie langsamer als auf der Erde. Die Kinder sind bei Martha", kam er der Frage zuvor. „Und jetzt kommt in mein Haus. Magdalena, du siehst furchtbar aus. Du musst dich säubern und stärken, damit du Jeshua Mut geben kannst. Wenn er dich so sähe, wie ich dich sehe, würde er sich mehr um dich als um sich sorgen. Ich habe für dich eine Besuchserlaubnis erwirkt."

„Besteht noch Hoffnung für Jeshua?", erkundigte sich Maria bang.

„So lange er atmet, besteht Hoffnung", antwortete Josef. „Nun kommt in mein Haus. Dort erkläre ich euch, was Sananda und ich besprochen haben."

In seinem Hause angekommen, wandten sich beide Frauen sofort fragend Josef zu.

„Zuerst zu den Kindern", brach er den Fragestrom der beiden Frauen ab. „Sarafina ist völlig aufgelöst. Es wird wohl länger dauern, bis sie es verdaut hat. Sananda gab mir einen Schlaftrunk für sie mit, den ihr Martha verabreichte. Sie wird nun drei Tage schlafen. Während dieser Zeit wird ihre Seele durch Sanada Heilung erfahren." Er streichelte über Magdalenas Haar.

Ihre Tränen strömten bei seinen letzten Worten vor Erleichterung. Sie wunderte sich über sich selbst, wie viele Tränen sie an einem einzigen Tag hatte weinen können. Gleichzeitig stieg Zorn auf Sananda in ihr hoch.

Doch Maria fühlte es, sie war wieder ganz die Alte, und kam ihrem Zornausbruch zuvor. „Magdalena", herrschte sie die Jüngere an, „sei nicht ungerecht. Schließlich ist er genauso in Sorge um seinen Sohn wie wir. Das war auch keine Unachtsamkeit von ihm. Sie kennen alle die Neugier von Kindern dort oben nicht."

Schuldgefühle stiegen in Magdalena auf. „Wie kam ich nur darauf, dass meine Kinder dort in Sicherheit sind?"

„Magdalena", mischte sich Josef ein, „die Menschen dort haben auch Gefühle. Sie wissen nur viel mehr als wir und haben sich vollkommen ihrer Aufgabe verschrieben. Wenn diese Aufgabe jetzt scheitert, dann scheitert auch die Erde. Habe Mitgefühl mit ihrer Seele, mit Gaia. Doch nun zu dem Rettungsplan!"

Sofort waren beide Frauen hellwach und vergaßen alles andere. „Oh, bitte, ja, berichte!"

„Setzt euch erst mal!", bestimmte Josef streng. „Esst und trinkt, sonst fallt ihr noch während meiner Rede um!"

Gehorsam nahmen beide Platz und tranken auch sogleich. Magdalena spürte mit jedem Schluck, wie neue Kräfte in ihr aufstiegen. Schließlich hatte sie zwei Tage nichts zu sich genommen.

Josef wandte sich Magdalena zu. „Ich habe für dich eine Besucherlaubnis erwirkt. Fünf Minuten nur! Aber in dieser Zeit musst du ihm den Inhalt des Fläschchens einflößen, damit sein körperlicher Schmerz ausgelöscht wird. Er darf in den nächsten Stunden keinen Schmerz mehr fühlen!", sagte Josef dringlich und Magdalena flüsterte tief erleichtert ihr „Danke". Wenn er schmerzfrei war, würde er in seiner Würde sein.

„Ich war heute", fuhr Josef fort, „bei Tiberius in Rom. Mit Hilfe Sanandas", fügte er erklärend hinzu. „Er wird einen Eilboten senden, der das

Urteil aufheben wird. Doch zuvor muss er alles mit seinem Rat besprechen." Mit einer Handbewegung drückte Josef aus, dass das die Rettung gefährden könnte. „Deshalb haben wir zur Sicherheit auch eine andere Möglichkeit in Betracht gezogen. Judas wird in die Wachen am Kreuz ein …"

„Der Verräter?", schrie Magdalena entsetzt.

„Das ist Vergangenheit. Er ist jetzt ein völlig anderer", entkräftete Josef den Einwurf. „Judas wird in die Wachen am Kreuz eingeschleust und gibt ihm einen Betäubungstrank. Den gab mir Sananda. Danach wird Jeshua wie tot sein. Sananda wird eine Sonnenfinsternis produzieren. Die Finsternis wird gehörigen Schrecken verbreiten. Zuvor werde ich bei Pilatus beantragen, dass wir den Leichnam bekommen, denn die Verurteilten dürfen nicht übers Fest am Kreuz hängen bleiben. Sobald er in unserer Obhut ist, wird er erwachen. Dann gehst du, Magdalena mit ihm auf die Lichtinsel, damit er wieder vollkommen geheilt wird."

Josef schwieg und hörte geradezu, wie den Frauen schwere Steine vom Herzen fielen.

„Er wird wirklich keine Schmerzen haben?", fragte Maria leise. Welche Mutter leidet nicht mit ihrem Kind?

„Bestimmt nicht!", versicherte Josef und aß eine letzte Olive. Dann erhob er sich zugleich mit Magdalena.

„Ich werde ihn morgen sehen", sagte sie traurig. „Es wird mir das Herz zerreißen. Hoffentlich kommt der Bote rechtzeitig, um ihm das Schlimmste zu ersparen."

Maria stand nun ebenfalls langsam auf. Man merkte ihr die Kraftanstrengung an. „Ich werde an eurer Seite sein", sagte sie mit schwerer Zunge.

„Maria, willst du dir das wirklich antun? Du wirst alles spüren, was er spürt. Du kannst viele Anteile deiner Seele verlieren. Ich tue es, weil er wissen soll, dass ich immer zu ihm stehen werde."

„Ach, Magdalena", seufzte Maria traurig, „genau deshalb muss auch ich es tun. Er soll doch nicht denken, dass alle Welt ihn verlassen hat. Auch wenn es mir das Herz bricht. Ich muss bei ihm sein!"

Josef mischte sich ein. „Kommt, meine Lieben. Darüber könntet ihr noch lange reden. Es ist besser, ihr nutzt noch die wenigen Stunden zum Schlafen, damit euer Körper für morgen gerüstet ist."

Magdalena schlief rasch ein und ihre Seele verweilte für kurze Zeit in den Räumen des Lichts, die ihr Heilung und Kraft gaben. Sie sah von dort aus auch ihr Töchterchen in tiefer Heilungsphase, was sie beruhigte und zusätzlich stärkte.

Zeitig genug erwachte sie und kleidete sich sorgfältig an. Mit Maria verabredete sie noch den späteren Treffpunkt. Zuletzt ergriff sie das Fläschchen und eilte zum Palast des Pilatus. Je näher sie kam, desto höher schlug ihr das Herz.

Passierschein und Besuchserlaubnis wurden von den Wachen kontrolliert, schützten sie aber nicht vor ihren Pöbeleien.

„So eine Schöne will zu so einen abgewrackten Gefangenen, der vor Schmerzen schreit? Komm in mein Bett, du Schöne, dann lass ich dich vor Lust schreien!"

Verächtlich spuckte sie ihm vor die Füße. „Wage es, mich zu berühren", zischte sie zornig, „und ich lege deine Seele in Schutt und Asche!" Ihre Augen schleuderten Blitze. Sogleich wich er zwei Schritte zurück, witzelte aber mit dem anderen weiter, während Magdalena durch die Gänge und in den Keller geführt wurde.

Hinter manchen Türen hörte sie Stöhnen, Weinen oder Klagen. Es mussten viele sein, die hier voller Verzweiflung auf eine grausame Bestrafung warteten.

Endlich blieben die Wachen vor einer Tür stehen, schlossen auf und ließen Magdalena eintreten. Doch in der tiefen Dunkelheit sah sie überhaupt nichts. Sie wartete, hoffte, dass sich ihre Augen dran gewöhnen würden, als eine der Wachen eine Kerze in den Raum stellte.

In dem schwachen Licht erkannte sie schließlich in einer Ecke die kauernde Gestalt ihres geliebten Jeshua.

„Verschwindet und lasst mich allein, wie es Pilatus befahl!", stieß sie durch die zusammengebissenen Zähne hervor, bevor sie sich neben Jeshua kniete und ihn ganz vorsichtig berührte, um ihm nicht noch weitere Schmerzen zu bereiten. Lachend entfernten sich die Wachen und vor ihr lag ihr Jeshua in furchtbarer Qual und Verletztheit.

Sie rief seinen Namen und hörte nur ein leises Röcheln als Antwort. Er wandte seinen Kopf, doch seine Augen waren verklebt vom geronnenen Blut. Und kein Wasser in der Nähe!

„Magdalena?" Wie ein leises Lüftchen wehte der Name an ihr Ohr. „Wie wunderbar, dass ich dich noch einmal sehen darf! Aber ich will gar nicht, dass du mich so siehst, in so einer Schmach!" Tränen erstickten seine Stimme.

Sie nahm ihn ganz vorsichtig in ihre Arme. „Liebster, mach den Mund auf! Dein Vater gab mir einen Trank, der die Schmerzen nimmt. Und weine ruhig, damit du deine verklebten Augen öffnen kannst." Er lag in ihren Armen wie ein Fremder, ein gebrochener Mensch. Langsam rann die Flüssigkeit aus der Flasche in seinen Mund.

Sie spürte seine Kraft mit jedem kleinen Schluck zurückkehren, und in ihr wuchs Zorn. Zorn über die Folterer, Zorn aber auch über seinen Leichtsinn und sein Immer-nur-an-andere-Denken.

„Was ist das für ein wunderbarer Trank?", flüsterte er. „Ich fühle keine Schmerzen mehr. Oh, Magdalena, lass deinen Zorn. Er verdunkelt nur deine Seele!"

„Ganz der alte Jeshua!", musste Magdalena da denken und nahm ihn fester in den Arm. „Liebster, wir haben nur fünf Minuten. Hör gut zu!" Und sie erklärte ihm die Pläne seines Vaters und Josefs.

Schon hörte sie von fern Waffen klirren. Schnell ließ sie noch Heilkraft in seinen Körper fließen, küsste einige seiner Wunden und schon waren Schergen heran.

„Raus mit dir, Weib! Deine Zeit ist um!", herrschte einer sie an.

Jeshua klammerte sich einen kurzen Moment an sie und sie fühlte, dass er sich von einem Leben mit ihr verabschiedete. Er hatte die Hoffnung verloren.

Noch einmal sandte sie einen Energiestrahl in seinen Körper. Dann wurde sie hochgezerrt. Rasch ließ sie Jeshua los, damit er nicht noch durch sie verletzt würde, und ließ sich davonschleifen. Sie hörte sein Schluchzen und tiefe Verzweiflung ließ ihre Tränen strömen. Nicht mehr lange, musste sie denken, und sie werden ihn durch die Straßen treiben. Ach, wenn doch der Bote käme!

Als die Tür des Palastes hinter Magdalena ins Schloss fiel, blinzelte sie in die Helligkeit eines strahlenden Morgens. Schon war der Platz voller Schaulustiger, die grölend auf die gemarterten Gefangenen warteten. Heiliger Zorn stieg in ihr auf, als sie in die Gesichter, nein, Fratzen schaute, in denen sie nur Gier nach Blut der Unschuldigen sah und Freude darüber, selbst nicht an deren Stelle zu sein.

„Verlier dich nicht im Zorn, Magdalena", hörte sie seine schwache Stimme im Innern, die aber überdeckt wurde von dem Gekreisch aus der Menge: „Ans Kreuz mit den Verbrechern!"

„Ans Kreuz mit diesem Jeshua!", brüllte eine Frau unmittelbar neben ihr. Magdalena wandte sich ihr zu, sah ihr in die Augen und schlug mit aller Kraft, die ihr noch verfügbar war, in dieses Gesicht. „Was hat er dir denn getan, der allen Menschen nur Gutes tat!", schrie sie sie an. „Sage mir, was? Was war so schlimm, dass du seinen Tod willst?" Wie eine Rachegöttin flammte sie die Frau an.

Umstehende freuten sich auf eine kleine Nebenepisode, bevor der Hauptakt begann, und feuerten beide Frauen an, weiterzumachen.

Verlegen senkte die Frau vor Magdalena ihren Blick und drückte sich rückwärts zwischen zwei anderen hindurch.

Nun da sie fort war, strömten Magdalena die Tränen aus den Augen. Sie fühlte nur noch Entsetzen und Verzweiflung. Hilflos schweifte ihr Blick in die Menge und blieb an Marias Gesicht hängen, als sei es ein Rettungsanker.

Maria erkannte sie und schob sich zu ihr durch. „Verzeih mir, dass ich dich allein ließ", sagte sie leise und nahm sie in die Arme.

„Oh, Maria, dass du da bist!", stöhnte Magdalena auf. „Ich war so allein in dieser Menge!"

Sie nickte. „Komm, meine Liebe. Wir müssen stark sein. Wir dürfen ihn jetzt nicht allein lassen!" Ihr Blick ging über Magdalenas Schulter hinweg und schien sich dort hinten an etwas festzusaugen.

Abrupt drehte sich Magdalena um, folgte der Blickrichtung und erkannte Jeshua und zwei andere Männer, die ebenso wie er Folterspuren trugen.

Aber ER musste seinen Querbalken schleppen und ging tief gebeugt unter der Last. Jeder Schritt schien der letzte zu sein.

Magdalena schrie auf und stürzte zu ihm. Doch die Wache schnappte sie und schob sie lachend zur Seite. „Weib, hau ab! Das ist kein Spielding!"

Einen ganz kleinen Moment lang traf sie Jeshuas Augen und Magdalena war es, als hörte sie ihn sagen: „Bring dich nicht in Gefahr, Geliebte. Die Kinder brauchen dich und ich auch, wenn ich wieder bei dir bin." Sie schob sich wieder neben Maria. Gemeinsam versuchten sie, in seiner Nähe zu bleiben.

Wie durch eine dichte Nebelschicht hörte Magdalena die Menge grölen und wunderte sich, dass Menschen so grausam werden konnten. Sie spürte nur noch Verachtung für sie.

Gerade strauchelte Jeshua und wieder stürzte sie vor und wollte ihm helfen. Doch da war plötzlich Josef von Arimathäa und nahm ihm den Balken von den Schultern.

Die Wachen wollten einschreiten und es wieder rückgängig machen. „Die anderen tragen ihren Balken auch nicht!", blaffte Josef sie an. „Das ist nicht deine Sache! Wir haben Order …", keifte einer der Söldner.

„Wollt ihr einen Toten ans Kreuz schlagen?", höhnte da Josef. „Mit Balken macht der es doch nicht bis Golgatha!" Die Wachen blickten forschend zu Jeshua und ließen dann Josef schleppen.

„Mein Junge", flüsterte Josef, „ich warte auf den Boten aus Rom. Aber gib nicht auf, auch wenn er es nicht schafft. Dein Vater hat einen Trank bereitet, der dich in Totenstarre fallen lässt. Dann werde ich dich holen. Halte durch …"

„Der quatscht mit ihm!", schrie plötzlich einer und riss Josef zur Seite, sodass der Balken mit seinem vollen Gewicht Jeshua zu Boden drückte. „Hey, willst du den töten?", rief der andere Wachsoldat, bückte sich und nahm den Balken selbst auf die Schultern.

Magdalena sah Jeshuas dankbaren Blick, aber auch die Angst, ob der Trank, den sie ihm gegeben hatte, tatsächlich noch während der Kreuzigung wirken würde.

Alle Frauen, die ihm in den letzten Jahren nahe waren, blieben in seiner Nähe, und immer wieder versuchte die eine oder andere, ihm zu trinken zu geben. Von den Jüngern gab ihm nur einer das Geleit: Johannes. Von den anderen ließ sich keiner sehen.

Der Richtplatz war schneller erreicht, als Magdalena es hoffte. Maria schluchzte laut auf. Beide riefen immer wieder Jeshuas Namen, um ihm zu signalisieren, dass sie hier unweit von ihm waren.

Schon schlugen sie den Balken, den Josef getragen, an das andere Holz und zerrten Jeshua hinzu.

Voller Verzweiflung sprang Magdalena zu ihm und warf sich auf seinen liegenden Körper, um ihn zu schützen. Doch brutal griffen die Wachen zu und warfen sie wie ein Bündel Flicken zur Seite.

Sie hörte ein unangenehmes Knirschen in sich, fühlte den Schmerz in ihren Rippen, hörte das Hämmern und fühlte gleichzeitig die Nägel tief durch seine Handgelenke dringen. Ein Schrei entfloh ihrer Kehle. Aber Jeshua fühlte keinen Schmerz. Sein Ausdruck blieb gelassen.

Als sie das Kreuz aufgerichtet hatten, schaute er ruhig auf die Frauen herab. „Bitte, Mutter, Magdalena, geht nach Hause", bat er sie dringlich. „Ihr müsst mich nicht in meiner Schmach sehen. Behaltet mich in Erinnerung, wie ich einst war. Geht nach Hause und seid in Frieden, bis wir uns im Hause meines Vaters wiedersehen."

„Jeshua, du wirst leben!", schrie Magdalena. Sie wollte unbedingt an den Plan glauben und wollte auch, dass Jeshua an ihn glaubte.

Das wollte auch Maria. Seine Worte brachen ihr das Herz, weil sie so ohne Hoffnung waren. Sie brach unter seinen Füßen zusammen. „Mein Sohn, bitte glaube daran, dass du leben wirst. Behalte die Hoffnung und vor allem den Willen, unser Leben so wie vorgesehen weiterzuleben. Fern von hier, dort am Meer! Versprich es mir, Jeshua, versprich es mir!" In tiefer Verzweiflung bat sie es immer wieder.

Voller Liebe blickte Jeshua zu ihr hinunter. „Ich verspreche es!", sagte er endlich.

Wenn sich die Wachen abwandten, lief Magdalena rasch zum Kreuz und legte ihre Hände auf Jeshuas Füße, um ihm die Energie der Göttin zu schicken. Viel konnte sie nach allem nicht aktivieren, doch er war dankbar über das kleinste Quäntchen.

Inzwischen hatten schon viele Schaulustige den Platz verlassen, denn die Sonne brannte erbarmungslos vom blauen Himmel herunter. Jeshuas Lippen waren aufgesprungen und er versuchte immer wieder, sie mit der geschwollenen Zunge zu befeuchten. Doch woher sollte nach all der Qual noch Feuchte kommen?

Magdalena bat die Wachen, dass sie ihm etwas zu trinken gäben. Doch sie wurde nur verlacht und verscheucht.

Einer der anderen Gekreuzigten wunderte sich über Jeshua.

„Meister", sprach er ihn an, „ich hörte dich predigen. Wie machst du es nur, dass dich die Schmerzen nicht zerreißen? Mich drückt außerdem noch die Angst vor der Hölle, die mir die Rabbis prophezeit haben."

Langsam wandte Jeshua den Kopf ein wenig hin zu ihm. Richtig ansehen konnte er ihn nicht. „Du musst dich nicht fürchten. Es gibt keine Hölle und es gibt keinen Gott, der dich bestraft. Du wirst an dem Ort sein, den du erwartest. Deshalb erwarte das Paradies. Fühle Reue über ungute Taten, vergib allen, die dir Ungutes antaten, und dann lass dich, wenn es so weit ist, in die Quelle sinken, in der du keine Schmerzen, nur Liebe und Freude empfinden wirst."

Der andere lächelte hoffnungsvoll und dankbar. Er begann, leise zu beten, bis sein Kopf zur Seite fiel.

Die Zeit verging und die Qualen des aufgehängten Körpers machten sich trotz des Tranks auch bei Jeshua bemerkbar. Durst quälte ihn. In kurzen Abständen patrouillierten die Wachen an den Kreuzen entlang und einige verspotteten die Gekreuzigten.

Jeshua gelang es, den Blick des einen festzuhalten und tief in seine Seele zu schauen. Der Mann versuchte, seinen Blick abzuwenden. Doch Jeshua ließ es nicht zu. „Meine Seele", sagte er, „verzeiht deiner Seele, denn du weißt nicht, wer du bist, und du weißt nicht, was du tust. Erinnere dich dieser Worte, wenn die Schuld dich übermannen will. Ich gebe dich und deine Seele frei." Jeshua ließ seinen Blick los und der Söldner strebte erleichtert fort.

Endlich war Wachablösung und einer der neuen Wachleute trat an Jeshuas Kreuz. Es war Judas und voller Schmerz blickte er zu Jeshua hoch.

Liebevoll schaute Jeshua zu ihm herunter. „Ich verzeihe dir. Geh in Frieden, Judas, meine Seele gibt deine Seele frei!"

Magdalena hatte Judas erkannt und stürzte sich vor ihm auf die Knie. „Herr!", rief sie, als kenne sie ihn nicht. „Mein Mann verdurstet. Er wird immer schwächer! Gebt ihm zu trinken!"

Ohne Lippenbewegung fragte Judas sehr leise: „Kannst du mir jemals verzeihen?" Laut brüllte er: „Was fällt dir ein, Weib, für einen Verurteilten zu betteln. Geh mir aus den Augen, sonst lasse ich dich noch verhaften!"

Er schlenderte zurück zu den anderen, mit ihnen Witze reißend. Nach einer Weile tat er so, als tränke er, spuckte aber fluchend. „Was hat mir mein Weib heute für Essig mitgegeben! Das kann ja kein normaler Mensch saufen! Ha, das ist das Richtige für den da!", grölte er rum, nahm einen Schwamm, spießte ihn auf seine Lanze, ließ ihn sich in der Flüssigkeit vollsaugen und drückte ihn tief in Jeshuas Mund. Der musste schlucken, ob er wollte oder nicht.

Es schmeckte bitter und auch süß. Schon beim Herunterrinnen in der Kehle zog sich sein Bewusstsein zusammen, sein Blickfeld verengte sich. Der Schwamm verschwand, sein Mund war frei. „Ich habe es geschafft! Vater, ich komme!", rief er noch mit großer Erleichterung, bevor er seinen Körper verließ. Doch er löste nicht das ätherische Band, mit dem seine Seele an den Körper gebunden war. Die Versuchung, es zu tun, war groß. Doch vor seinem Innern tauchten die Gesichter von Magdalena und seinen kleinen Töchtern auf. Besonders die Älteste litt mit ihm. Nein, das wollte er ihr nicht antun.

Jeshua sah seinen leblosen Körper am Kreuz hängen und seine Lieben darunter. Magdalena presste vor Angst, dass jetzt noch alles schiefgehen könnte, ein Stückchen ihres Gewandes auf den Mund, um nicht laut zu schreien. Maria war aufgestanden und schwankte, sodass Joseph sie in seine starken Arme nahm.

Die Sekunden schlichen dahin. Der helle Schein der Sonne verdunkelte sich, es begann zu regnen. Die Erde ächzte unter aller Füßen. Josef von Arimathäa war plötzlich da und schwenkte ein Papier. Die Wachen lasen. Ein Wachmann lief mit der Lanze in Jeshuas Richtung. „Mal sehen, ob der auch wirklich tot ist!", schrie er und schwenkte die Lanze. Doch Judas war hinter ihm und griff sie. „Gib mir die! Den Kerl wollte ich schon lange tot sehen!"

Der andere gab sie ihm rasch. „Mach schnell! Lass uns abhauen! Hier ist es unheimlich! Sowas gab es ja noch nie!"

Die anderen Wachen schlugen kräftig auf die Schienbeine der Gekreuzigten neben Jeshua, damit sie brachen. Die beiden schrien fürchterlich unter den Schmerzen. Doch als der Halt weg war, sackten die Körper nach unten, die Schreie verstummten, wurden zu einem letzten Röcheln, ehe auch das erlosch. Schnell stachen die Wachen mit ihren Lanzen in die Lungen, um auch gewiss zu sein, dass sie tot waren.

Judas stand unter Jeshua und blickte zu ihm hoch. „Der ist schon mausetot!", brüllte er zu den anderen.

„Überprüfe es lieber!", brüllte einer zurück.

Da kamen plötzlich Pferde des Tiberius den Weg heraufgejagt. „Befehl des Kaisers. Nehmt sofort Jeshua, Sohn des Joseph, vom Kreuz! Welcher ist es?"

„Der da, Herr!", dienerte einer der Wachen.

„Runter mit ihm und tut alles, damit er wieder lebendig wird!", brüllte der Hauptmann vom tänzelnden Pferd herunter.

Maria, gestützt von Joseph, trat vor ihn. „Hoher Herr! Mein Sohn ist verstorben. Bitte übergebt uns seinen Leichnam, damit wir ihm ein würdiges Begräbnis geben können", bat sie händeringend.

Der Hauptmann blickte mitleidig zu ihr herab. „Du bist seine Mutter? Es war mir unmöglich, schneller hier zu sein. Ich kann mich nur entschuldigen für das Unrecht, das dir und deinem Sohn angetan wurde. Nimm auch die Entschuldigung von Tiberius und dies hier …", er warf ihr einen kleinen Beutel vor die Füße, „… für eine würdige Grabstelle. Er soll ein erstaunlicher Mann gewesen sein."

Er wendete sein Pferd und befahl den Wachen, die Männer vom Kreuz zu nehmen. Dann ritt er davon.

Jetzt war es finsterste Nacht mitten am Tage. Die Menschen rannten hin und her und stießen aneinander.

Josef zündete eine Laterne an und Maria übernahm sie, damit die Männer mit Judas zusammen das Kreuz umlegen konnten. Dann zogen sie rasch die Nägel heraus. Schnell wickelten sie Jeshuas Körper in ein großes Tuch und trugen ihn über den vom Regen aufgeweichten, rutschigen Boden in die von Josef vorbereitete Gruft. Der Tumult blieb außen vor.

Im schwachen Licht der Laterne schloss Magdalena den leblosen Körper ihres Jeshua in die Arme.

„Komm zurück, Liebster, es ist vorbei. Komm zurück!", stammelte sie immer und immer wieder. Doch nichts geschah.

„Ist er nun doch tot?", fragte sie verstört in die Runde. „Er sollte doch nun aufwachen! Jeshua, Jeshua! Denk an die Mädchen, komm zurück!" Weinend sank ihr Kopf auf seine stille Brust.

Betreten und entsetzt schauten die anderen auf die zwei. Sollte es wirklich aus sein? Josef von Arimathäa konnte es nicht glauben und rief Sananda.

„Es ist Zeit zurückzukehren!", sagte Sananda zur Seele Jeshuas. „Sie verlieren sonst die Hoffnung."

Und Jeshua glitt am ätherischen Band zurück in seinen Körper. Er schlug die Augen auf und blickte tief in Magdalenas.

„Oh, er ist zurück!", schrie sie auf und begann zu lachen. „Du bist wieder da! Ach, welch ein Glück! Endlich! Ich bin ja fast verzweifelt!" Sie bedeckte sein geschundenes Gesicht mit zarten Küssen. „Oh, Liebster, dass du nur wieder hier bist!"

Maria kam zaghaft dicht heran, nahm seine Hand und schaute still in seine Augen. Tränen der Erleichterung rollten über ihre blassen Wangen und tropften auf seine Hand. „Ich kenne Sananda schon so lange und staune doch immer wieder über ihn", sagte sie leise. Sie hauchte einen Kuss auf Jeshuas Stirn.

„Wir müssen los", drängte Josef von Arimathäa. „Jeshua ist schwach! Er muss schleunigst geheilt werden. Das Tuch hält auch nicht ewig vor."

Dass das Tuch auch Kräfte besaß, hörten die Anwesenden mit Erstaunen. Maria verabschiedete sich von Jeshua und trat zur Seite.

Durch Josefs Worte fühlte plötzlich Magdalena die Schmerzen in ihrem Brustkorb, als sie sich erhob. Bisher hatte sie sie nicht bemerkt. Wo kamen denn die Pferde her? Auch das war ihr entgangen.

Josef bestieg sein Pferd und Judas, Johannes und Joseph reichten ihm Jeshua so vorsichtig wie nur möglich nach oben. Er nahm ihn vor sich und hielt ihn in seinen Armen fest.

Magdalena hatte inzwischen solche Schmerzen und konnte kaum genug Luft bekommen, dass sie nicht allein das Pferd besteigen konnte, reiten und das Pferd lenken schon gar nicht. Kurz entschlossen schwang sich Judas hinter sie und legte vorsichtig seinen Arm um ihren Körper. „Geht es so?", fragte er leise.

„Ja", hauchte sie und lehnte sich dankbar an seinen Körper.

„Komm nach Hause, meine Liebe", sagte Joseph derweil zu Maria, als die Pferde vorsichtig und langsam davonschritten, und legte fürsorglich seinen starken Arm um ihre Taille, sie stützend und führend. „Sie müssen nicht weit", murmelte er an ihrem Ohr. „Das Lichtschiff ist vor dem Tor. Hierher konnte es nicht, um die Verwirrung nicht noch größer zu machen."

Sie wussten beide, dass mit der Rettung Jeshuas der Herr der Finsternis eine Schlappe erlitten hatte und die Erde, Gaia, irgendwann erlöst werden würde. Es würde lange dauern, Jahrhunderte oder Jahrtausende, bevor der Samen, den Jeshua und Magdalena legten, Früchte bringen würde. Doch die Zeit ohne Leid, Krieg, Vernichtung, Ausbeutung der Bodenschätze, der Pflanzen und Tiere würde kommen und damit wieder paradiesische Zustände, wie sie einst hier herrschten, bevor der Herr der Finsternis die Macht an sich riss.

Es war wirklich nicht weit, aber für die beiden Verletzten dauerte es eine halbe Ewigkeit.

„Halte durch, Magdalena!", „hörte" sie Jeshua und sie antwortete auf die gleiche Weise. „Wir sind schon ein paar jämmerliche Streiter, halbtot und gestützt von zwei Freunden. Oh, was bin ich dankbar, dass du wieder hier bist!"

Als der Transporter in Sicht kam, spürte Magdalena, wie sich Judas' Körper verspannte. „Das kann's nicht geben!", sagte er betroffen. Und als der leuchtende Mann heraustrat, stammelte er fassungslos: „Ein Engel!"

Trotzdem schwang er sich ganz normal vom Pferd und nahm Magdalena vorsichtig herunter. Nachdem er sie behutsam dem Piloten übergeben hatte, warf er sich vor ihm auf die Knie und weinte schmerzvoll wie seit Kindertagen nicht mehr.

Der Pilot strich ihm das Haar aus der Stirn. „Ich bin kein Engel, Judas. Wir danken dir für alles, was du für unsere beiden Seelen hier getan hast. Erhebe dich und geh in Frieden."

Nun geleitete er fürsorglich Magdalena in den Transporter, ließ sie in den Sessel gleiten, nahm Josef Jeshua ab, führte ihn ebenfalls zum Sessel und verschloss die Tür.

„Sanada, Sananda, ihr seid hier?", flüsterte Magdalena glücklich und fühlte sich sogleich eingehüllt in die Aura der beiden, die mit der Energie der Quelle angefüllt war. Die Schmerzen ließen nach und auch Jeshua erholte sich nach kurzer Zeit sichtbar.

Auf der Lichtinsel wurden beide sofort in das goldene Bad geführt und erfuhren die vollkommene körperliche Heilung. Neue Kraft strömte in ihre Körper und beide schienen aus dem Albtraum zu erwachen. Sie versanken einer in den Augen des anderen, bis es Zeit wurde, die Quelle zu verlassen und zu Sanada und Sananda zu gehen.

Freudvoll schloss Sananda seinen Sohn in die Arme und Magdalena sah erneut das Einswerden der zwei, das Verschmelzen miteinander.

Sanada trat zu ihr und schloss sie ebenfalls in die Arme und sie erlebte das Einssein mit ihr, das so wunderbar war, dass sie diesen Zustand immer aufrechterhalten mochte. Hier vergaß sie die Leiden, die sie gerade auf der Erde durchlitten hatte, und die Angst um Jeshua, die Angst, wieder ein Leben ohne die wirkliche Ergänzung, den Seelenpartner, leben zu müssen, wie sie schon so viele Leben gelebt hatte.

Langsam löste Sanada die Verbindung. „Ihr werdet jetzt noch einige Schulungen erhalten. Deine Heilkünste müssen vertieft werden und Jeshua muss endlich die Levitation erlernen, damit er auf Erden wirklich frei ist. Hätte er dies in Indien gelernt, hätte er sich der Verhaftung entziehen können. Zwanzig Erdminuten hätte er Zeit gehabt, um an einem anderen Ort wieder zu erscheinen."

Während Magdalena und Jeshua auf der Lichtinsel weilten, waren die beiden kleinen Mädchen sehr bedrückt und brachen häufig in haltloses Schluchzen aus. Sicher glaubten sie, dass ihr Paputschi in Sicherheit mit der Mamutschi zusammen auf der Lichtinsel war, aber das Erlebte wirkte in ihren Seelen. Besonders bei Sarafina, die sehr stark mit Jeshua verbunden war.

Eine flache, telepathische Verbindung war auch jetzt vorhanden, aber es ist eben doch etwas anderes, wenn man in die liebenden Arme genommen wird, miteinander kuschelt, als sich nur über eine Art Telefon miteinander auszutauschen.

Auch Maria wollte ihre inneren Wunden heilen. Dass die dunkle Macht sie solche tiefe Hilflosigkeit erfahren ließ, konnte sie fast nicht begreifen. Wo war ihre Göttinnenkraft? Sie hatte sich selbst verurteilt, weil sie es nicht geschafft hatte, in der Zeit seiner Qualen, der Demütigungen und der Hinrichtung die Hohe Priesterin zu sein, die sie ja war.

Deshalb ging sie mit ihren Enkelinnen zu ihrem Tempel. In der Obhut von Vardah lernten sie schnell, ihren Vater wiederzufinden, tiefer und freier als vordem. Und sie wurden mit jeder Stunde fröhlicher und entspannter, konnten wieder im Spiel versinken, wie es nur Kinder können.

Vardah machte Maria in vielen Gesprächen klar, dass sie sich nicht schuldig fühlen dürfe. „In solch einer Situation kann KEINE liebende Mutter in ihrer Mitte bleiben", erklärte sie Maria. „Die Dunkelheit ist noch so stark, dass wir uns zurzeit nur von ihr distanzieren können." Sie seufzte. „Noch sind wir zu machtlos, um sie von Gaia zu vertreiben. Da bleibt uns manchmal nur der eine Weg, uns in uns selbst zurückzuziehen.

Sonst würden wir an ihr zerbrechen. Das würde ER wieder als seinen Sieg verbuchen."

In dieser Energie der Göttinnen erfuhren Maria und die Kinder neue Kraft und freuten sich auf das Wiedersehen mit Magdalena und Jeshua.

Für Jeshua und Magdalena kam der Abschied von Sanada und Sananda und all den lieben Seelen, die für sie und für jeden Menschen immer da waren. Der Transporter brachte sie in die Nähe eines Jerusalemer Tores. Beiden schwindelte ein wenig, als sie nun auf die Erde traten und dem anderen Energieniveau ausgesetzt waren. Einen Moment lehnten sie sich aneinander, dann war es geschafft.

„Wie mich die dunkle Energie Jerusalems angreift!", stöhnte Magdalena auf.

Jeshua schaute ihr forschend in die Augen. „Wirst du es schaffen? Wir werden nicht mehr lange in diesem Land sein. Aber wir haben beide noch etwas zu erledigen."

Magdalena nickte. „Ich weiß. Leicht wird es mir nicht."

„Aber wir werden es vollbringen, Liebste. Ich eile jetzt mit meinen beiden Begleitern zur Gruft, um die Frauen vom Schmerz zu befreien. Deine Frauen suchen nach dir. Tröste sie und lade sie in Josefs Haus zu einem Abschiedsessen. Dorthin komme auch ich dann."

„Aber begib dich nicht in Gefahr!", mahnte sie und die Angst stieg erneut in ihr hoch.

„Verbanne deine Angst, Geliebte", lächelte er und strich ihr eine Haarsträhne aus dem Gesicht. „Ich habe zu meiner Sicherheit ja noch die beiden Begleiter mit." Nach einem langen Abschiedskuss ging er mit ihnen davon.

Magdalena sah ihm nach und schon drängten die furchtbaren Bilder der Vergangenheit in ihr Bewusstsein. Würde das Leben jemals wieder in dieser Leichtigkeit ablaufen? Mit einem Seufzer wandte sie sich in die Richtung von Josefs Anwesen.

Die Erste im Hause Josefs war Maria, die sie sah.

„Oh, Magdalena, du siehst erholt aus. Wo ist Jeshua? Wie geht es ihm? Warum ist er nicht bei dir?" Mit jeder neuen Frage wurde sie ängstlicher.

„Danke, Maria. Aber sei beruhigt. Es ist alles in Ordnung. Ihm geht es gut. Er kommt auch gleich. Er wollte nur zuerst zur Gruft, um die Trauernden zu trösten, und sie für heute zum Abschiedsessen einladen. Auch seine Gefährten wollte er hierherbitten, um nachzuholen, was ihm vor dem Fest verwehrt wurde."

Erleichtert atmete Maria tief ein und Magdalena nahm sie voll Mitgefühl in ihre Arme. Maria sah so alt aus, dass Magdalena die Worte fehlten.

„Danke, Magdalena, ohne dich hätte ich mir das Leben genommen", flüsterte Maria an ihrer Schulter. Eine ganz neue, tiefe Zusammengehörigkeit war zwischen ihnen entstanden.

Schließlich löste sich Magdalena aus der Umarmung. „Verzeih, aber ich muss zu den Mädchen", murmelte sie.

„Sei leise!", mahnte Maria und hielt sie am Gewand fest. „Sie halten Mittagsschlaf in ihrem Zimmer."

„Ich muss sie sehen", flüsterte Magdalena und schlich sich ins Zimmer. Kaum hatte sie sich über Sarafina gebeugt, als die ihr auch schon die Ärmchen um den Hals schlang und zu schluchzen begann. Magdalena hob sie hoch und nahm sie in ihre Arme, wiegte sie und versicherte ihr immer wieder, dass alles gut sei. „Paputschi ist auch bald hier, Liebes. Alles ist gut!"

Jamyra war nun auch erwacht und streckte ihre Arme aus. Magdalena sank auf ihr Lager und nahm auch noch Jamyra an ihre Brust. Glücklich senkte sie ihr Gesicht in das blonde Lockenköpfchen und atmete den Duft tief in sich ein. Oh ja, es lohnte sich für diese beiden zu leben und für die Zukunft der Erde. Aber wäre es nicht gut, wenn die zwei im Bad der Quelle Heilung erführen, schoss es ihr in den Sinn? Darüber müsste sie unbedingt mit Jeshua reden!

„Nun kommt, ihr zwei. Wir machen uns jetzt ein bisschen frisch. Dann können wir, wenn euer Vater kommt, ein wenig in den Garten gehen", schlug Magdalena vor. Jamyra war sogleich einverstanden und hüpfte plappernd neben Magdalena her. Sarafina war ernst und warf immer wieder einen Seitenblick hoch zu ihrem Gesicht. Sie glaubte es noch nicht so ganz, dass ihr Vater hier gesund erscheinen würde.

Jeshua war indessen mit seinen Begleitern am Grab. Dort waren Martha und Maria und die Klageweiber.

Die beiden leuchtenden Begleiter traten auf die Frauen zu. Die erstarrten im ersten Schreck, dann warfen sie sich vor ihnen auf die Knie und flehten um Gnade.

„Steht auf! Wir sind Menschen wie ihr und haben nur einen leuchtenden Anzug an!", sagte einer.

„Oh, vergebt uns!", jammerten die Frauen. „Lasst Gnade walten! Wir tun hier nur unsere Pflicht!"

Die Klageweiber flohen mit wehenden Gewändern. Martha und Maria aber blieben stehen. „Wir müssen doch hier Wache halten!", versicherten sie immer aufs Neue.

Da hielt es Jeshua nicht mehr hinter seinen Begleitern. Er trat nach vorn. Selbstverständlich leuchtete auch er noch von den Lichtbehandlungen. „Martha, Maria, was sucht ihr den Lebenden unter den Toten?"

Entsetzt warfen sie sich erneut zu Boden und versteckten ihre Gesichter. „Oh weh, oh weh, oh weh!"

„Martha, ich bin es doch, Jeshua." Er beugte sich nieder und berührte ihre Schulter. „Hier, nimm meine Hand! Fühle mich! Spürst du, wie warm meine Hand ist? Ich bin nicht tot! Glaubt es endlich!"

Vorsichtig fasste Martha die dargebotene Hand und Jeshua zog sie in die Höhe. „Steht auf, Martha, Maria. Es ist Zeit zu singen und nicht zu klagen." Er schloss beide Frauen in seine Arme. Sie weinten und lachten zu gleicher Zeit.

„Wie ist das nur möglich?", stammelte Maria.

„Kommt heute Abend zu Josef. Dort erkläre ich alles. Und wenn ihr unseren Freunden begegnet, bitte, ladet auch sie dorthin ein!"

Als Jeshua endlich Josefs Haus betrat und ins Blickfeld Sarafinas geriet, versteinerte sie. Nur die Tränen liefen ihr wie Wasserfälle über die Wangen. Auch Jeshuas Tränen begannen zu strömen. Er breitete die Arme aus und hockte sich nieder. Da schien Sarafina zu erwachen und stürzte sich hinein. Beide schluchzten herzerweichend. Mutter Maria blieb in der Bewegung zur Umarmung ihres Sohnes stehen. Auch ihre Wangen wurden nass.

Die beiden Josefs traten ein und erstarrten.

Jeshua setzte sich auf einen Stuhl, noch immer Sarafina im Arm. Sie löste sich von seinem Hals, kniete sich auf seinen Schoß und schloss die Augen. Ganz langsam hob sie die Hände und tastete Millimeter für Millimeter seines Gesichtes, des Halses, der Schultern und seines Körpers ab.

Jeshua rührte sich nicht. Nur seine Tränen rannen.

Ganz tief und erleichtert seufzte sie schließlich und schlug die Augen auf. Sie lächelte ihn liebevoll an.

„Paputschi, war das nur ein böser Traum, den ich hatte?"

„Nein, mein Liebes, es war Wirklichkeit, was du gesehen hast. Aber Opapa hat mich heil gemacht und nun bin ich wieder bei euch. Er wird auch deine Wunden heilen, damit du wieder unser strahlender Sonnenschein wirst. Erinnerst du dich noch an das Meer?", lenkte er von sich ab.

„Oh ja! Onkel Josef und Großmutter sagen, dass wir bald dort sein werden. Mit dir! Ach, wie bin ich glücklich, dass du wieder hier und gesund bist!" Sie umschlang noch einmal seinen Hals und schmiegte sich an, als wolle sie ihn nie wieder loslassen.

Plötzlich wandte sie sich um, sich ihrer Umgebung bewusst werdend, und erblickte Jamyra. „Jammy, Paputschi ist wieder da! Komm her! Kannst ihn auch begrüßen!"

Zögernd tappelte die Kleine auf ihn zu und berührte vorsichtig sein Knie.

Jeshua zog sie sachte zu Sarafina hinauf und ließ ihr Zeit, ihn mit forschendem Blick abzutasten.

Die Kinder spürten, so klein wie sie waren, schon die Veränderung, die mit ihm vor sich gegangen war. Die einstige Leichtlebigkeit war verschwunden und seine Züge waren härter, männlicher.

Maria, Magdalena und die beiden Josefs standen ganz still und störten nicht dieses Bild, das sich ihnen bot, in seiner Vollkommenheit. Beinahe wäre es nie zustande gekommen. Alle hatten feuchte Augen.

Jeshua ermannte sich endlich. „Kommt, meine Göttinnen, lasst mich Omama, meine Mutter, und die anderen begrüßen!"

Beide Mädchen liefen zu Magdalena, schmiegten sich an sie und ließen keinen Blick von Jeshua.

Er aber nahm Maria fest in seine Arme.

Erleichtert lag sie an seiner Brust und ließ die Tränen strömen. Nach einem Weilchen schob er sie von sich, umschloss ihr Gesicht mit beiden Händen und blickte ihr in die Augen.

„Vergib mir, Mutter, was ich dir antat. Ich verspreche aus ganzem Herzen, dass ich dich nie wieder so verletzen werde."

Maria streichelte seine Wange. „Ach, du dummer Junge! Hauptsache, du lebst und bist gesund. Ohne dich wollte ich nicht weiterleben. Schau dich um hier, wie sehr deine Frauen dich lieben. Und wir gehören alle zu dieser großen Mission." Sie blickte sich lächelnd um. „Und nun lasst uns eure Heimkehr feiern. Josef hat ein Festmahl gerichtet!"

Als der Abend hereinbrach, kamen die Freunde und schauten sich suchend um.

„Ist das wirklich wahr?", fragte Simon zweifelnd. „Wo ist er denn? Er ist doch am Kreuz gestorben!"

„Er bringt nur die Mädchen ins Bett!", antwortete Magdalena und es stieß ihr auf, dass auch Simon nicht dort war. „Wärest du neben uns gewesen, hättest du es selbst gesehen und erkannt. So aber hast du in Trauern und Ungewissheit leben müssen!" Bitternis lag in ihren Worten.

Jeshua war leise hinter sie getreten und umfasste sie. „Sei nicht so streng", bat er sie. „Sie hätten sich selbst in große Gefahr begeben, hätten sie sich zu mir bekannt."

„Aber Johannes war da!", hätte sie beinahe geantwortet, biss sich aber auf die Zunge.

Da war er wieder, der leichtsinnige Mann, den Magdalena so liebte! Er ließ sie los und beugte sich zu Simon, der sich vor beiden auf die Knie geworfen hatte und „Vergebt mir!" murmelte, tief beschämt.

Jeshua half ihm auf. „Steh auf, mein Freund. Sieh mich an! Ich lebe und bin mitten unter euch. Allerdings nicht mehr lange, wie ich euch ja schon an jenem letzten Abend sagte."

„Meister, verzeiht mir meine Feigheit", stotterte Simon voller Reue.

„Es gibt nichts zu verzeihen", sagte Jeshua. „Aber wenn es dich und deine Seele beruhigt: Ich vergebe dir aus tiefster Seele. Und nun lass mich die anderen Freunde begrüßen."

Jeshua ging reihum und begrüßte jeden Einzelnen. Ehrfürchtig betrachteten sie ihn, schwiegen und nahmen jedes Wort von ihm wie einen kostbaren Kristall in sich auf. Es war anders als früher. Schließlich befühlten sie seine Haut, wo die Wunden der Nägel hätten sein sollen, und die Wunden der Dornenkrone. Doch da war nichts. Ein Wunder! Auch für sie, die eigentlich wussten, dass der menschliche Körper nur eine Ansammlung von Atomen war, die zu jeder Zeit neu geordnet werden konnten, solange die Seele durch das ätherische Band mit ihm verbunden war. Erst nach der Durchtrennung ist das nicht mehr möglich und der Körper zerfällt.

Im Laufe des Abends lockerte sich die Stimmung, wurde wieder so vertraut wie früher.

Und wie früher erhob sich Jeshua, ließ das Glöckchen erklingen, weil er reden wollte. Diesmal jedoch war sofort Totenstille. Alle sahen gebannt zu ihm hin.

„Meine Brüder und Schwestern. Lasst mich noch einmal sagen, was ich euch an jenem letzten Abend schon erklärt habe: Wir werden dieses Land verlassen, weil unsere Aufgabe hier erfüllt ist. Mir droht hier nun keine Gefahr mehr, weder von den Schriftgelehrten noch von den Römern. Ich wurde von meinem Vater ...", er wies mit den Augen nach oben, „... in die heiligen Künste eingeweiht, sodass ich mich jederzeit an einen anderen Ort versetzen kann." Er blickte reihum. „Ihr seid in den letzten Jahren so weit gereift, dass ihr selbst in diesem Land lehren könnt. Heilt, was der Heilung bedarf. Ich werde euch in den nächsten vier Wochen die letzten Weihen geben, damit eure Kanäle für alle Zeiten die Energien transportieren können, die Heilung und Licht in jede Dunkelheit bringen. Meine Familie wird das Land in wenigen Tagen verlassen, sodass ich mich voll und ganz euren letzten Schulungen widmen kann." Atemlose Stille war im Raum. Und Wehmut. Aller Blicke schweiften wie Abschied nehmend von einem zum andern.

Jeshua begann von Neuem: „Liebe Schwestern und Brüder. Lasst mich noch etwas zum Ende unserer letzten Zusammenkunft sagen. Es liegt mir sehr am Herzen, dass niemand Judas verurteilt. An jenem letzten Abend war er so voller Enttäuschung, dass er mich in seinem Zorn verriet und sich selbst damit den größten Schmerz zufügte. So hört es jetzt aus meinem Munde: Ich vergab ihm. Und er rettete mir das Leben. Ohne sein Handeln, mit dem er sich selbst in größte Gefahr brachte, stände ich heute nicht hier. Er gab mir am Kreuz den Trank meines Vaters, der mich erlöste. Damit wusch er seine Seele rein. Er ist nun einer von euch. Nehmt ihn auf in euren Kreis der Eingeweihten. Er wird sein Leben in den gleichen Dienst stellen, wie ihr es tut." Er schaute sie liebevoll an, dann lächelte er.

„Noch etwas möchte ich euch sagen und bin mit Magdalena darin völlig einig: Wer von euch mit meiner Familie in dieses neue Land möchte, darf mitkommen. Spürt in euer Herz, ob ihr das wirklich wollt. Ob eure Familie das will. Denn ihr könnt mit eurer ganzen Familie mit. Morgen treffen wir uns erneut. Teilt uns euren Entschluss mit. Morgen besprechen wir alles weitere. Meine Familie, meine Eltern und einige aus unserem Kreis brechen schon in zwei Tagen auf. Ich wünsche euch eine gute Nacht." Damit setzte sich Jeshua und genoss die Überraschung, die sich auf allen Gesichtern spiegelte.

Ohne großes Abschiedspalaver verließen alle das Haus und eilten zu ihren Familien.

„Bitte, hört mich einen Augenblick an", bat Magdalena, nachdem nur noch die beiden Josefs, Maria und Jeshua im Raum waren. „Gibt es in dieser kurzen Zeit, die wir noch hier haben, eine Möglichkeit, Sarafina im goldenen Bad zu heilen? Das müsste nämlich so schnell wie möglich geschehen." Mehr brauchte Magdalena nicht zu sagen. Sie waren alle eingeweiht und wussten, dass die Seele sonst viele Inkarnationen hätte durchleben müssen.

Jeshua nickte und ging rasch aus dem Raum. Nur wenige Augenblicke später erschien er wieder und brachte Sanandas Zustimmung.

„Vater hat versichert, dass der Tank aufs Transportschiff gebracht wird, damit die Erdenzeit eingehalten werden kann. Ich werde mit ihr das Bad teilen."

Damit war alles geregelt und Magdalena atmete erleichtert auf. Sarafina konnte Heilung erfahren, so viel wie ihre Seele anzunehmen bereit war.

Endlich waren Jeshua und Magdalena allein in ihrem Schlafgemach. Sie kuschelte sich in seine Arme, fühlte seine Kraft und versank in seiner Liebe. Erschöpft schliefen sie ein.

Der nächste Tag war angefüllt mit Vorbereitungen auf die Abreise und natürlich mit Jeshuas und Sarafinas zeitweiliger Abwesenheit. Jamyra wieselte aufgeregt von einem zum anderen und stellte hundert Fragen. Manche beantworteten Maria und Magdalena nicht so ausführlich wie sonst, weil sie selbst oft in tiefen Überlegungen steckten. Nur die Josefs waren beide wie Felsen in der Brandung.

Magdalena war hin und her gerissen. Einerseits wollte sie mit ihrer Familie, mit den beiden Töchtern, mitgehen, andererseits hatte aber auch sie etliche Frauen noch nicht fertig geschult. Und Jeshua blieb vier Wochen noch in diesem Land! Ja, die Menschen sollten Jeshua sehen! Neu sehen! Sie sollten nicht glauben, dass er tot war! Andererseits: Obwohl sie wusste, dass er nicht mehr angreifbar war, machte sie sich trotzdem Sorgen um seine Sicherheit. Eigentlich kein Wunder nach dem gerade Erlebten! Wir Menschen sind schon ein seltsames Volk, dachte sie dann und lächelte über sich selbst.

Plötzlich erstrahlte der Raum! Magdalena blickte auf und sah Jeshua und Sarafina in der Tür stehen. Sarafina lächelte wissend, lief auf sie zu und umhalste sie.

„Alles ist wieder gut, Mamutschi!", flüsterte sie an Magdalenas Ohr.

Maria trat herzu, strahlend vor Freude. „Warum können wir nicht alle Menschen in diesen Tank packen!", kicherte sie ausgelassen. Natürlich wusste sie genau, dass so ein Eingriff in die Entscheidungsfreiheit jedes

Einzelnen nicht erlaubt war und es auch kaum einer überleben würde, so niedrig wie die Schwingungen der meisten hier waren.

Sarafina wandte sich der kichernden Oma zu und breitete ihre Ärmchen aus. Maria nahm sie fest in ihre und drückte sie voller Liebe an sich. „Willkommen zurück in deinem wahren Sein, du große Göttin in deinem kleinen Körper."

Magdalena betrachtete die zwei und wusste, dass ihre Tochter die Trennung von ihr verkraften würde. Alle, die mit ihr und Jamyra reisten, waren so voller Liebe und Achtung vor der Größe ihrer Seelen, dass Magdalena ihre Aufgaben ohne Sorge erfüllen könnte. Und plötzlich kam ihr die Gewissheit, dass seit wenigen Stunden eine neue Seele in ihr einen Körper formte. Sie lächelte froh.

Jeshua blickte sie forschend an und auch Maria wandte sich ihr zu. Zuletzt die Mädchen. Sie alle „hörten" Magdalenas Gedanken, erfassten ihre Gefühle und traten zu ihr.

„Mamutschi", rief Sarafina freudig, „bekommen wir noch eine Schwester?"

Magdalena strahlte. „Ja, Liebling. Eine wunderbare Seele, die voller Freude ist, hat sich entschlossen, unser Leben zu bereichern."

Die Mädchen jubelten, Maria wischte sich eine Träne aus dem Augenwinkel und Jeshua legte seinen Arm um Magdalena und zog sie an sich. Strahlend schauten sie auf die beiden Mädchen, die an den Händen gefasst durch den Raum tanzten und sangen:

„Wir bekommen noch ein Schwesterlein!
Die Göttin wird voller Freude sein!
Gaia wird das Herz aufgehen,
wenn wir alle zusammenstehen!
Komm, du großes Licht,
erhelle diese Welt,
mach aus der Erde das,
was jeder Göttin gefällt!"

„Woher haben diese kleinen Wesen solch wundervolle Worte und Melodien?", fragte Magdalena leise, verwundert.

Sarafina hielt inne und kam zu ihnen. „Kommt!", sagte sie und fasste nach Jeshuas Hand. „Tanzt und singt mit uns, damit Myriana weiß, dass wir sie erwarten und uns auf sie freuen!"

„Myriana?", fragte Magdalena erstaunt. „Woher weißt du, dass sie Myriana heißen wird?"

„Sie hat es mir gesagt!" Sarafina fasste nun auch Magdalenas Hand und zog kräftig. „Nun kommt schon. Singt und tanzt mit uns, damit Myriana weiß, wie sehr wir uns freuen!"

Und so tanzten sie alle miteinander, bis sie sich atemlos auf den Boden sinken ließen.

Sarafina erholte sich am schnellsten. Mit ernster Miene schaute sie erst Magdalena, dann Jeshua an. „Wenn wir morgen hier weggehen und ihr bleibt, wird es lange dauern, bis ihr wieder bei uns seid?" Alle fühlten ihre erinnernde Sorge.

Jeshua zog sie in seine Arme. „Nein, Liebes, nach vier Wochen sind wir wieder bei euch. Dann gehen wir zusammen in das Land am Meer."

Jamyra seufzte erleichtert. „Das ist nicht sehr lange", tröstete sie Sarafina.

„Dann ist ja alles gut", meinte Sarafina schicksalsergeben.

Auch Jeshua erfasste nun ihre Sorge und nahm sie noch fester in den Arm. „Du brauchst keine Angst um mich haben. Mir kann nichts mehr passieren. Bei meinem Vater habe ich inzwischen Neues gelernt, damit mich keiner mehr ergreifen kann. Ich zeige es dir, damit du ganz ruhig bleiben kannst."

Jeshua stellte Sarafina neben sich und stand vom Boden auf.

Sie schaute gespannt zu ihm hoch und er lächelte zu ihr herab. Alle blickten konzentriert zu ihm hin.

Langsam löste sich Jeshua vom Boden und schwebte über ihm. Er schloss seine Augen. Sein Körper wurde immer durchsichtiger und war plötzlich unsichtbar. Mit offenem Mund starrten alle dorthin, wo er eben noch zu sehen war.

„Siehst du, Liebes", hörten alle seine vertraute Stimme von der Stelle, wo er sich aufgelöst hatte. „Nun weißt du, dass mir nichts mehr geschehen kann!"

Maria war fassungslos, die Mädchen sprachlos. Auch Magdalena, denn sie hatte zwar gehört, dass er es gelernt hatte, aber gesehen bisher noch nie. Und sagen kann man ja viel. Nun aber war auch sie viel beruhigter.

Jamyra überwand die Überraschung zuerst. „Paputschi, kann ich das auch lernen?", fragte sie fröhlich in Richtung seiner Stimme.

Sie hörten sein vertrautes Lachen. „Nun hört mal auf zu staunen. Ich bin aber auch immer wieder überrascht, dass es funktioniert!" Er lachte erneut. „Jammy, du kannst das auch lernen, aber zuvor musst du noch ein bisschen größer werden. Und nun ist es auch Zeit, schlafen zu gehen."

Langsam erschien Jeshua wieder vor ihren Augen. Die Mädchen sprangen auf und liefen zu ihm, berührten und streichelten ihn und überzeugten sich, dass er wieder ganz fest war.

Auch Maria trat zu ihm und ergriff seinen Arm. „Ein Wunder!", murmelte sie, dann sagte sie laut: „Nun bin ich ganz beruhigt, dass dir nichts geschehen wird und wir uns in vier Wochen wiedersehen werden. Gute Nacht, meine Lieben!" Damit verließ sie den Raum.

Die beiden Mädchen kuschelten sich in die Arme ihrer Eltern und ließen sich in ihre Betten tragen.

Magdalena schlief ein und träumte von Myriana, die ihr überirdisch schön erschien und sie an Miranlaya erinnerte. Und so war es auch. Hier in dieser Traumebene erfuhr sie, dass Miranlaya einen Teil ihres Selbst in Magdalena entsandt hatte, um diese Familie zu bereichern. Voller Freude und Demut vor diesem wunderbaren Geschenk erwachte Magdalena am Morgen.

Mit Wehmut nahmen Magdalena und Jeshua von ihren Lieben Abschied. Es war kein tränenreicher, denn alle waren gewiss, in vier Wochen wieder vereint zu sein.

Auch das Winken dauerte nicht lange, denn die nächste Ecke war nicht weit.

„So ein leeres Haus ist schon etwas Seltsames", meinte Magdalena traurig, als sie mit Jeshua wieder ins Haus trat und sie sich ganz allein darin befanden.

Doch schon am Nachmittag verließen auch sie es, um die letzte Etappe zu bewältigen.

Jeshua hatte sich vorgenommen, ein letztes Mal den Tempel von Jerusalem zu besuchen. Er dachte, wenn er Kaiphas aus den Händen des Dunklen errettete, könnte es eine Wende im Land geben, eine Wende zum Guten für alle Menschen.

Jeshua wartete in der Nähe des Tempels, bis sich die Sadduzäer versammelt hatten, und nutzte dann sein neues Können, sich unsichtbar zu machen, und erschien unvermittelt zwischen ihnen. Sie erschraken und traten zurück, sodass sich ein kleiner freier Kreis um ihn bildete.

Kaiphas zog ärgerlich seine Brauen zusammen. „Wer bist du, Fremder, und was ist SO wichtig, dass du unsere Andacht störst?", herrschte er Jeshua an, denn er erkannte ihn nicht.

Jeshua nahm seine Aura in Acht, um seine nicht zu berühren. „Ich bin gekommen, um den Leichnam eines Mannes einzufordern, den ihr Jeshua von Galiläa nennt", sagte Jeshua und war gespannt auf Kaiphas Ausrede.

„Das können wir nicht, denn seine Jünger haben die Leiche gestohlen und behaupten nun, er sei aus dem Totenreich zurück, damit sie seine Irrlehre weiter verbreiten können. Aber das werden wir unterbinden!" Kaiphas warf sich bei seinen letzten Worten in die Brust.

„Und wer kann diese Behauptung bezeugen?", fragte Jeshua ironisch.

„Eine Hundertschaft Soldaten bewachte sein Grab. Doch ein greller Blitz blendete sie. Als sie die Augen wieder öffneten, sahen sie die Räuber gerade noch verschwinden. Kurz danach führten seine Jünger seine verleumderischen Reden weiter." Kaiphas Augen verrieten sein Lügen.

„Und einhundert Soldaten konnten eine Handvoll Menschen nicht aufhalten?", wunderte sich Jeshua wie ein Ahnungsloser.

„Der Lichtblitz hatte die Soldaten erstarren lassen. Als sie sich wieder bewegen konnten, waren die Diebe verschwunden", sagte Kaiphas scheinbar empört.

Jeshua war es leid, weitere Lügen zu hören, und trat näher an ihn heran, sodass seine Aura die seine berührte.

Kaiphas schrie vor Schmerz auf und sein Blick traf Jeshuas. Die Erkenntnis ließ ihn aufkreischen: „Er ist es! Das ist der Galiläer! Der ist wirklich von den Toten auferstanden!" Er warf sich entsetzt zu Boden. Alle folgten ihm und erwarteten wohl nun Jeshuas Rache.

Durch die Kuppel des Tempels fiel ein strahlend helles Licht und umflutete Jeshua. Die am Boden liegenden Priester zitterten vor Angst und begannen zu jammern, wohl annehmend, dass jetzt die Strafe für ihr erbärmliches Handeln käme.

Jeshuas menschliche Seite fühlte einen Augenblick Genugtuung. Doch deshalb war er nicht gekommen. Er wollte ja mehr. Darum ließ er seine Stimme nun durch den Tempel schallen: „Kaiphas, erhebe dich! Ich will keine Rache! Das macht nur DEIN Gott! Ich rufe dich auf zur Umkehr in das Licht der Göttlichkeit. Fürchte nicht meine Rache, fürchte die Dunkelheit deiner eigenen Seele, die verblendet denen folgt, mit denen du die Macht über die Erde teilen willst.

Nutze lieber deine jetzige Macht, um Licht und Liebe unter die Menschen zu bringen. Dann werden alle Engelmächte deine Seele von allem Dunklen befreien.

Das gilt auch für alle anderen in diesem Raum. Ich trage euch nichts nach. Meinetwegen sollt ihr keine Schuld empfinden, denn meine Botschaft ist Liebe und Freiheit, jetzt und immerdar.

Bekennet euch zu der weiblichen Kraft der Göttinnen, die alles beseelt, aus der ihr entstanden seid. Bereut eure Verblendung, und die Quelle selbst wird eure Seele in das reine Licht der Liebe zurückführen, das ihr in Wahrheit seid, von Ewigkeit zu Ewigkeit. Gehet hin in Frieden und verkündet die Frohe Botschaft der Liebe, der Freiheit und der Kraft der Quelle, die in jedem Menschen ist."

Nach diesen Worten hob Sananda seinen Sohn mit einem Lichtstrahl empor und er entschwand den verwirrten Blicken der Sadduzäer, die sofort zu diskutieren begannen.

Jeshua wusste zur selben Zeit, dass er nichts, aber auch gar nichts bei ihnen bewirkt hatte. Sie würden die Menschen weiterhin knechten und in der Angst halten. Es tat ihm leid!

Doch Jeshua fiel nicht in Trauer darüber oder gar in Zorn. Er hatte die Gewissheit, dass er den Samen gelegt hatte, der irgendwann die Menschen und Gaia erlösen würde. Und die Menschen begannen, durch Jeshuas gesamtes Sein zu glauben, dass „dort oben" jemand war, der sie liebte, der sich um sie sorgte und ihnen half, wenn sie in Not waren.

Darum mussten die Dunklen mit Kaiphas und seinen Getreuen ein Gegenmittel schaffen. Und sie schufen es mit dem Pfingstfest. Hatten sie einst den Turmbau zu Babel mit ihren Donnerwagen zerstört, eine Sprachverwirrung unter den beteiligten Menschen erzeugt und die telepathische Fähigkeit der Verständigung lahmgelegt, sodass sie sich nicht mehr verständigen konnten, so schufen sie jetzt das Gegenteil: Brausende Feuerwagen erschienen und gespaltene Feuerzungen umschwirrten die Köpfe der Menschen, die plötzlich alles verstehen konnten (für einen Tag!), was gesprochen wurde. Der Schreck der Menschen war riesengroß und sie waren bereit für die „Frohe Botschaft"! Sie waren „erleuchtet"! Der „Heilige Geist" war über sie gekommen! Als holographische Taube!

Und Männer begannen zu predigen ganz im Sinne der alten Schriften, nur mit dem kleinen Unterschied, dass sie Jeshuas Namen einflochten und die Menschen aufforderten zur Gründung seiner Kirche!

Mit einer Kirche, die das Folterkreuz den Gläubigen ständig vor Augen hielt und ihnen suggerierte, dass der daran Hängende wegen ihrer Sünden gestorben war. So schufen sie bei allen Gläubigen ein Schuldempfinden. Und Maria Magdalena wurde geleugnet und aus ihr eine Hure gemacht. Jeshuas Mutter konnten sie nicht so herabwürdigen. Aus ihr wurde das arme kleine Mädchen, das die Eltern verloren hatte und nun verheiratet werden musste, damit es weiterleben konnte. Ein verwitweter Priester und Zimmermann erhielt durch das Erscheinen einer Taube den Zuschlag und er nahm Maria, das unschuldige junge Mädchen, mit sich.

Kein Wort davon, dass Maria und auch Magdalena eine zwölfjährige Ausbildung in einem Tempel der Göttinnen erfahren hatten und dass Jeshua auf SEINER Hochzeit Wasser zu Wein werden ließ!

Zum letzten Mal durchquerten Jeshua und Magdalena ihr Land mit ihren Jüngerinnen und Jüngern.

Sie lehrten, dass die wahre Erleuchtung bei jedem von innen herauskommt und nicht von außen gegeben werden kann. Jeder kann sich befreien von alten Konventionen, Vorurteilen und Bevormundung. Keiner benötigt einen anderen oder einen Priester, um in Kontakt mit der Quelle selbst zu kommen, denn jeder ist ein vollkommener Ausdruck der Quelle in physischer Form.

Wo die zwei ihre Zelte auch aufschlugen, waren sie im Nu von alten und neuen Freunden und Lernwilligen umgeben.

Aber eins konnten sie mit all ihren Reden bei den Menschen nicht tilgen: Jeshua wurde für den Erlöser gehalten. Man warf sich vor ihm zu Boden und hielt ihn für den Sohn Gottes, kraft seiner Auferstehung. So wurde er schon damals mehr und mehr zum Sohn des dunklen Gottes.

Doch seine Reden von Liebe und Freiheit fielen auf fruchtbareren Boden als vor der Kreuzigung.

Aber je länger er durchs Land zog, desto distanzierter schien er zu werden. Auf keinen Fall wollte er noch einmal hier auf Erden inkarnieren. Deshalb verhielt er sich so fehlerfrei wie nur irgend möglich.

Wenn Jeshua und Magdalena weiterzogen, übernahmen ihre Schülerinnen und Schüler das Lehren und Heilen und Segnen.

Dieses Wissen machte es den beiden leicht, hier aus diesem Land fortzugehen. Auch die Sehnsucht nach der Familie wurde mit jedem Tag bei ihnen stärker.

So zogen sie zurück nach Jerusalem und versammelten sich in Josefs nun leerstehendem Haus.

Ein letztes Mal ließ Jeshua das Glöckchen erklingen.

„Liebe Freundinnen und Freunde! Lasst uns diesen Abend gemeinsam verbringen, in dem Bewusstsein, dass wir zwar aus diesem Land gehen, aber nicht aus der Welt sind. Ihr könnt mich immer erreichen und einigen wird es möglich sein, in das Haus meines Vaters einzukehren.

Ich freue mich, dass so viele unser Werk fortsetzen werden, und bin stolz auf euch. Lehret in meinem Namen die Freiheit, die Gleichheit und die Göttlichkeit, dass jeder Mensch die vollkommene Kraft des Lichts in sich trägt. Gebt den Hungernden nicht nur Fische, sondern lehret sie zu fischen.

Liebe Freunde, ihr erhaltet heute die letzten Einweihungen von mir. Liebe Freundinnen, ihr erhaltet sie von Magdalena."

Er setzte sich und wartete, bis Magdalena mit ihren Jüngerinnen den Saal verlassen hatte.

Dann erhob er sich erneut. „Meine Lieben, noch etwas möchte ich euch mitgeben auf eurem Weg. Nicht alle werden euch gut gesonnen sein. Deshalb werfet keine Perlen vor die Säue. Wenn kein offenes Ohr sich zeigt, schweigt und gehet eurer Wege. Ihr werdet die geöffneten Herzen erkennen. Diesen gebt liebevoll die Perlen der Wahrheit und des mystischen Wissens.

Wenn ihr zweifelt oder euer Mut euch verlässt, keinen Freund findet, der euch stützt, wendet euch an meinen Vater. Er wacht über euer Wohlsein und kann euch genauso zu sich nehmen, wie er uns morgen zu unserer Familie führt.

Und nun lasst mich euch eine letzte Weihe schenken."

Andächtig hatten sie seinen Worten gelauscht und voller Demut warteten sie still, bis Jeshua auch dem Letzten seine Hände aufs Kronenchakra gelegt hatte und mit einem starken Strahl aus der Quelle das ätherische Band gestärkt und den Körpern neue Kraft und vollkommene Gesundheit gegeben hatte.

In gleicher Weise verfuhr Magdalena mit ihren Gefährtinnen. Dann betraten sie wieder den Saal.

Gemeinsam gaben sie den Frauen und Männern die Weihe der vollkommenen Synthese der weiblichen und männlichen Kraft. Gemeinsam können eine Frau und ein Mann, wie es Magdalena und Jeshua taten, die vollkommene Heilung eines Menschen erwirken, wenn dessen Seele dazu bereit war. Gemeinsam können sie den Ätherkörper neu strukturieren und das vollkommene Abbild im Herzen neu aktivieren, damit diese Matrix aktiv werden und den Körper alleine heilen kann.

Am Ende dieses Abends umarmten Jeshua und Magdalena jeden Einzelnen, jede Einzelne und trennten sich tränenreich.

„Morgen, auf dem Platz, erlebt ihr unsere Himmelfahrt!", hatte Jeshua ihnen noch mitgegeben.

Magdalena wusste, dass Deliah in ihr geliebtes Haus am See Genezareth zurückkehren, aber Sarah sie nach Frankreich begleiten würde. Trauer und Freude lagen dicht beieinander.

Am nächsten Morgen gingen Jeshua und Magdalena zum vereinbarten Platz in Jerusalem. Viele Menschen waren schon auf den Beinen und es herrschte reger Trubel.

Am Himmel erkannte Jeshua die vertraute Wolke, die seines Vaters Schiff verhüllte. „Schau nach oben!", sagte er lächelnd zu Magdalena. „Vater ist schon da!"

„Unsere Freunde auch", entgegnete Magdalena freudig und begann, sie zu begrüßen. Jeshua schloss sich an. Dann wandte er sich der Mitte des Platzes zu. Viele hatten ihn erkannt und warteten nun voller Spannung, gebannt zu ihm hinstarrend.

Als er seinen Blick gen Himmel schickte, folgten aller Blicke.

Ein Lichtstrahl fiel aus der Wolke und tauchte Jeshua und den Platz in gleißendes Licht. Die Menge wich zurück, einige fielen auf die Knie, andere flohen panisch in die scheinbare Sicherheit der Häusermauern, um von dort neugierig herüberzuäugen.

„Volk von Jerusalem", begann Jeshua und seine Stimme füllte den Platz, sodass alle ihn verstanden. „Erinnere dich immer an meine Worte: Du bist ein vollkommenes freies Geschöpf, hast dich selbst erschaffen aus der Quelle der universellen Liebe. Du bist vollkommen frei. Kein strafender Gott kann dir etwas anhaben, wenn du in dir das Licht der Quelle gefunden hast. Es gibt keine ewige Verdammnis! Es gibt kein Strafgericht! Es gibt keinen Richter!

Mein Vater ist gekommen, um mich zu meiner Familie zu bringen. In den Wolken dort oben gibt es viele Häuser mit Göttern voller Liebe. Erinnert euch immer daran: Ich habe euch das Licht der Liebe, der Freiheit, des Friedens und der Wahrheit gebracht. Ehret die Erde, denn sie nähret euch und alle Geschöpfe. Das Einzige, was war, ist und sein wird, ist die Liebe, die das ganze Universum durchpulst.

Gefährten meiner Seele, weint nicht um mich, denn einst werden wir uns wieder in den Armen halten!"

Bei seinen letzten Worten hob ihn der Transportstrahl des Wolkenschiffes leicht nach oben. Er winkte dem Volk unter sich, solange er es sehen konnte. Im Transporter wartete schon Magdalena, die gleich zu Beginn seiner Rede im gleißenden Licht unbemerkt aufgestiegen war.

In Heliopolis sank der Transporter sanft am Ufer des Nils hernieder und zwei Glückliche traten in die Nacht hinaus. Der Himmel war übersät mit leuchtenden Sternen und das Licht des Mondes glänzte auf den sanft dahinströmenden Fluten.
Magdalena atmete tief ein, befreit von Angst und Sorgen, und empfing eine neue, kräftigende Energie, die sie in jede ihrer Zellen sog. Myriana schien ebenso zu fühlen, denn Magdalena spürte Bewegung in sich. Sie legte ihre und Jeshuas Hand auf ihren Bauch und blickte tief in seine Augen.
Jeshua lächelte freudig, als auch er das neue Leben spürte. Aneinandergelehnt standen sie ein Weilchen und genossen die laue Nachtluft mit ihren typischen Geräuschen.
Jeshua ermannte sich. „Komm, Geliebte, gehen wir zu den Kindern", hauchte er an ihrem Ohr und drückte ein Küsschen darauf.
Unweit von ihnen wartete ein Wagen, der sie in kurzer Zeit in ein Tempelgebiet brachte, das Magdalena überwältigte. Sie wusste gar nicht, wohin sie zuerst schauen sollte.
„Hier habe ich meine Schulungen erhalten, als ich zum ersten Mal drei Jahre von dir getrennt war", flüsterte er, um den Bann nicht zu stören, der über allem lag.
Magdalena verglich die Tempel in Gedanken mit denen, in denen sie geschult worden war. Zu diesen hier waren sie geradezu winzig. „Wie können Menschen so gewaltige Tempel errichten?", fragte sie aus dem Staunen heraus.
„Hier ist alles ein wenig größer, als wir es kennen", erläuterte Jeshua leise. „Neben Babylon hatten hier die sogenannten Götter, die von den Sternen kamen, einen Hauptsitz. Nachdem Atlantis in den Fluten versank, errichteten sie hier ihr neues Hauptquartier. Mit ihren Techniken war das

Aufbauen dieser großen Bauwerke ein Kinderspiel. Damit beeindruckten sie natürlich die Menschen. Mit ihren Waffen und mit ihrer Magie verblendeten sie das einfache Volk und versklavten es. Unter sich haben diese Götter auch immer wieder Kriege geführt. Für die Menschen war das alles nicht so leicht zu durchschauen. Doch solche Missionen, wie wir sie auf uns genommen haben, gab es damals auch schon.

Aber auf Dauer konnten unsere Brüder und Schwestern mit ihrer Sanftmut nichts gegen die Grausamkeiten ausrichten. Nur einmal hat eine unserer Göttinnen den Fürsten der Dunkelheit in die große Pyramide gelockt, einen Zauber darum gelegt und ihn so gefangen. Doch die Ethik ihrer Brüder erlaubte so etwas nicht und sie lösten den Bann.

Seitdem ist die weibliche Kraft geschwächt und ER überzeugt, dass unsere Sanftmut ihm nichts entgegensetzen kann.

Als alle Menschen versklavt waren, hatte er keinen Spaß mehr an ihnen und überließ dieses Land seinen Söhnen und Töchtern. Zank und Streit gab es unter denen selbstverständlich genügend und so versanken sie im Zeitenstrom. Doch die Saat des Dunklen ist über die ganze Erde verteilt. Mehr oder weniger.

Wir tragen das Licht in die Dunkelheit. Und das ist das Einzige, was wirklich zählt. Das Land, in das wir gehen, ist zwar auch schon infiziert, aber noch lange nicht so sehr wie unser Land. Die Menschen dort sind noch frei in sich selbst."

Wie gebannt lauschte Magdalena ihm. Das war alles neu für sie. Neu war auch, dass sie sich zwischen diesen riesigen Gebäuden furchtbar klein vorkam. War das gewollt?

Der Wagen rollte in ein Gebiet mit kleineren Häusern, aber immer noch groß genug, um Jerusalem in den Schatten zu stellen. Vor einem dieser Häuser hielt der Wagen und Jeshua nahm ihre Hand. „Komm, Liebes, hier habe ich damals gelebt und gelernt."

Er öffnete die Tür und zog sie ins Innere. Ein sanftes Licht erhellte den Raum. Staunend erkannte Magdalena, dass das Licht von einem Kristall ausging. Gehört hatte sie schon davon, aber noch nie einen gesehen. Wie in Trance schritt sie zu ihm hin und legte ihre Hände herum. Ein Pulsieren erwärmte ihren Körper und füllte ihn mit neuer Energie. Bilder von Lemuria stiegen in ihr auf und viele Kristalle tauchten jenes Land in ihr warmes Licht.

„Warum hast du uns damals nicht so einen herrlichen Kristall mitgebracht?", fragte sie verwundert.

„Ich wollte es ja, aber es war mir verboten worden", antwortete er wahrheitsgemäß.

„Aber du warst doch damals auch schon ein Eingeweihter", wunderte sie sich.

„Ja, schon", lächelte er und gedachte der Abfuhr, die ihn damals hart traf. „Aber ich war ein Mann! Nur Priesterinnen können die Kristalle aktivieren und aktiv halten. Hier in diesen Räumen war es wohl meine Mutter, die das vollbracht hat."

Sie nahm ihre Hände herunter und streichelte den Kristall noch einmal mit ihren Augen. „Er ist wundervoll! Mit seinen Lichtgeschwistern möchte ich auch unser Zuhause ausgestalten." Sie seufzte. „Wenn es mir denn gewährt wird!" Sie seufzte erneut. „Doch nun wollen wir schlafen gehen." Sie blickte sich suchend um.

Jeshua öffnete leise eine Tür. Überwältigt standen sie vor den schlafenden Mädchen. Vorsichtig schoben sie sich jeweils am Rande des Lagers zu ihnen, sodass die zwei, wie sie es liebten, in der Mitte zwischen ihnen lagen. Schlaftrunken murmelte Sarafina: „Paputschi, Mamutschi", und war sogleich wieder im Traumland.

Dorthin trieb es auch Magdalena und sie sah einen jungen Pharao, der von den lichten Planeten kam und die Menschen zu Licht und Liebe führen wollte. Doch seine Zeit war nur kurz. Die Dunklen verbannten ihn und versuchten, alles, was er in der kurzen Zeit erwirkt hatte, wieder zu zerstören. Aber es blieb etwas zurück in den Menschen, was von Mund zu Mund heimlich weiterlebte bis in die Jetztzeit.

Freudiges Lachen und warme, feuchte Küsse holten Magdalena aus dem Traum. Gern ließ sie sich das von beiden gefallen. So lange musste sie darauf verzichten! Es war ein Liebkosen, das gar kein Ende nehmen wollte. Bis Jamyra plötzlich hinauslief und mit Maria an der Hand zurückkehrte. Hinter ihr tauchte auch Joseph auf.

Die nächsten Tage vergingen im Kreise der Familie wie im Fluge. Alle genossen diese neue Freiheit.

Jeshua führte sie zu allen seinen Schulungsstätten und zuletzt wollte er seine Lehrer noch besuchen.

Magdalena aber war begierig, den Kristalltempel kennenzulernen. Ehrfurchtsvoll betrat sie ihn und spürte solch starke Kräfte der Quelle, wie sie sie noch in keinem einzigen Tempel gefühlt hatte. Eine Hohe Priesterin trat auf sie zu und beide fühlten sich sofort äußerst stark zueinander hingezogen, dass nur eine Seelenverwandtschaft vorliegen konnte.

Magdalena sprach von ihren Plänen, im neuen Land hinter dem Meer auch einen Tempel für Frauen und Mädchen zu errichten. „Aber wie ich das alles schaffen kann, ist mir noch ziemlich unklar", meinte sie zuletzt und seufzte, weil sie so viel Unwissen spürte.

„Darf ich dich begleiten?", erkundigte sich die Priesterin spontan und schaute sie bittend an.

Überrascht schluckte Magdalena. „Das wäre großartig!", freute sie sich. „Du bist doch viel erfahrener als ich! Du wirst die Hohe Priesterin dieses neuen Tempels sein! Oh ja, das ist wunderbar!" Am liebsten hätte Magdalena getanzt vor Freude. So umarmte sie ihre neue Freundin und bat sie, sich für den Aufbruch bereitzuhalten.

„Aber ich habe noch eine große Bitte", begann sie zögernd. Die Priesterin sah sie mit einem ermunternden Lächeln an.

„Kann ich solch herrliche Kristalle erwerben?"

„Diese Frage habe ich erwartet", meinte die Priesterin. „Wir geben unsere Lichtgeschwister gern an dich weiter. Aber zuvor musst du eine Aufgabe erfüllen: einen schlafenden Kristall aktivieren und einen Tag lang aktiv halten. Willst du das tun?"

„Gern!", sagte Magdalena überwältigt, aber ahnungslos.

Sie wurde durch lange Gänge geführt, bis sie in einem wunderschönen Saal stand, dessen Wände golden glänzten und wie Perlmutt schimmerten. In langen Regalen lagen Hunderte dieser herrlichen Kristalle. Doch sie waren dunkel und nichts an ihnen leuchtete.

Magdalena schritt zu einem Regal und berührte eine Kristallin vorsichtig. Sie fühlte nur eine leichte Energie in ihren Fingern und wusste: Sie schlafen wirklich!

„Was hat sie einschlafen lassen?", fragte sie traurig.

„Es zu erfahren, ist deine Aufgabe. Nimm Kontakt mit ihnen auf. Dann werden sie dir ihre Geschichte erzählen. Wenn sie dich als würdig empfinden, werden sie ihr Traumland verlassen und auf die Erde zurückkehren. Ich lasse dich nun mit ihnen allein." Die Priesterin lächelte und verließ den Raum.

Magdalena blieb allein mit all den herrlichen Geschöpfen. Sie ging an den Regalen entlang und streichelte die Kristalle mit den Augen. Dann setzte sie sich einer Eingebung zufolge mitten in den Raum und schloss die Augen.

Leise begann sie von sich zu erzählen, von ihren Kindern mit Jeshua und von ihrer beider Mission. Am Ende bat sie laut und deutlich: „Wenn ihr mir Freundin und Licht auf Erden sein, mit mir gemeinsam das Licht auf Erden neu erstehen lassen wollt, dann erlaubt mir, eure Geschichte zu hören."

Wispern war plötzlich um sie und nach einem Weilchen hörte sie eine ganz zarte Stimme. „Du bist rein und klar in deinem Sein und deinem Fühlen. Wir werden dir gern Geschwister sein. Aber erinnere dich: Du hast einen kleinen Teil unserer Geschichte schon einer Gruppe Frauen erzählt."

Die Stimme erlosch und in Magdalena erstanden Bilder, als sie am Jordan den Frauen von der Zerstörung des Lichts erzählt hatte. Und plötzlich war sie mittendrin:

Dunkelheit senkte sich über Lemuria, weil die Dunklen immer öfter hier erschienen und nichts vor ihrer Gewalt sicher war. Der herrliche Kristallpalast strahlte nicht mehr so wie früher. Nur Oruluah, die Mutter aller Licht- und Leuchtkristalle, füllte die Halle mit ihrem Licht vollkommen aus.

Gerade erklärte sie allen, dass sich die Erde immer mehr verdichtet, in immer niedrigere Schwingungen fiel, während Lemuria feinstofflicher ward, ihre hohen Schwingungen beibehielt und für die menschlichen Augen zuerst nebliger erschien und schließlich unsichtbar wurde. So ward Lemuria für Menschen unerreichbar.

Oruluah jedoch liebte die Erde, Gaia, und verteilte ihre Kinder in ihrem Innern. Sie werden das Licht in der Erde halten und nur erwachen, wenn eine starke weibliche Seele sie berührt, wenn die Zeit reif ist, wenn die Energie der Erde wieder ansteigt.

Diese Kristalle hier im Tempel gehören zu einem Schatz, den ISIS in tiefen Wäldern fand und in diesem Tempel vor den Dunklen verbarg.

Magdalena erinnerte sich an ihre Liebe zu Oruluah, zu Lemuria, zu Isis und erinnerte sich an den Gesang, mit dem Oruluah die Kristalle in den Schlaf gelegt hatte.

Leise begann eine Melodie in ihr zu klingen, von der sie wusste, dass es die Erweckungsmelodie war. Sie zögerte, sie anzustimmen. War es recht von ihr? War es nicht noch immer zu dunkel auf Erden? Erlitten sie Schaden, wenn es noch nicht die rechte Zeit war? Die Melodie erfüllte inzwischen ihr Inneres und wollte hinaus. Sie hörte ein leises JA wispern und erhob sich.

Ganz leise entließ Magdalena diese kosmische Melodie in den Raum. Als Helligkeit durch ihre Augenlider drang, öffnete sie sie. Von einigen Kristallen ging ein feines Leuchten aus, das mit jedem Ton stärker zu werden schien. Voller Ehrfurcht und freudigem Staunen sang sie weiter. Ihre Stimme wurde fester und die Töne strömten aus ihr heraus.

„Singe, geliebte Schwester, wir sind auf dem Weg zu dir und wollen dir frohen Herzens Begleiterin, Schwester und Freundin sein", hörte sie sanft.

Mit freudiger Überraschung erklang ihre Stimme nun lauter, füllte den Raum mit klaren Tönen. Viele Kristalle waren erwacht und leuchteten für sie. Ergriffen ging sie zu jedem und berührte ihn voller Liebe, Glück und Ehrfurcht.

Ein leichtes Räuspern erklang vom Eingang. Erschrocken wandte sich Magdalena um und erblickte die Hohe Priesterin mit einigen jungen Priesterinnen. Alle hatten Tränen der Ergriffenheit in den Augen.

„So schön habe ich diese Melodie noch nie vernommen. Du bist eine wahre Schwester und Eingeweihte in das Licht der Großen Göttin. Alle Kristalle, die hier für dich leuchten, gehören für immer zu dir. Wenn deine Zeit gekommen ist, übergib sie deinen Töchtern. Wenn nicht, lass sie mit dem ersten Lied, das du hörtest, zurückkehren in ihre Sphären. Wie freue ich mich, dich begleiten zu dürfen, Schwester!"

Vor Ergriffenheit vergaß Magdalena eine Antwort. Dreiunddreißig Kristallinnen ließen ihr Licht für sie leuchten und sie schwor, sie zu jeder Zeit mit ihrem ganzen Sein zu schützen.

„Bis zur Abreise werden die Kristalle hier in Sicherheit bleiben", sagte die Hohe Priesterin, „und für dich leuchten."

Jeshua, Maria und Joseph hörten tief gerührt Magdalenas Bericht. „Dreiunddreißig?", fragte Maria und dachte, sie hätte falsch verstanden. Magdalena nickte nur bestätigend voller Freude. „Das ist ja wunderbar", freute sich Maria. „Dann sind meine nicht allein in unserer neuen Heimat und haben so viele ihrer Geschwister um sich." Sie strahlte Glück und Liebe aus.

„Aber nun wollen wir doch schlafen gehen, denn morgen reisen wir ab", meinte sie und verdeckte das Gähnen mit ihrer Hand. Sie ging zu jedem Kristall und verabschiedete sich liebevoll für diese Nacht.

Auch Magdalena sandte ihren Kristallen liebende Gedanken und ihren Dank.

Am nächsten Abend trennte sich die Familie von allen Begleitern um Josef von Arimathäa und Johannes, die mit dem Schiff übers Meer reisen würden.

Maria und Magdalena, Jeshua und Joseph, Sarafina und Jamyra, Aimee und die Kristalle reisten mit dem Transportschiff. Jaana würde nachkommen, wenn sie ihre Ausbildung im Tempel absolviert hätte.

Doch zuvor lud Sananda sie alle noch einmal auf die Lichtinsel. Sie erlernten hier in sehr, sehr kurzer Zeit die Sprache ihres neuen Heimatlandes.

Als der Transporter mitten in einem riesigen Garten landete und sie ausstiegen, überwältigte sie der Anblick.

„Ist das herrlich!", jubelte Maria und drehte sich mit ausgebreiteten Armen um sich selbst. „Hier kann der Transporter zu jeder Zeit landen und wir müssen ihn nicht im Schutz der Dunkelheit aufsuchen!" Sie war rein aus dem Häuschen und lachte und streichelte dabei die Pflanzen und Blüten.

Die Mädchen stürmten durchs geöffnete Tor hin zum Meer. Als es Maria bemerkte, lief sie hinterher. Sie rief etwas über ihre Schulter zurück. „Ich passe auf!", verstanden die anderen und wandten sich dem Gebäude zu.

„Meine Güte, ist das riesig!", rief Magdalena überwältigt. „Das habe ich damals gar nicht mitbekommen!"

Zwei Kuppelbauten ohne Ecken und Kanten waren verbunden durch einen langen, flacheren Bau, in dessen Mitte der Eingang zu sehen war.

„Komm!", sagte Jeshua und fasste nach ihrer Hand. Er musste sie geradezu losreißen, denn sie stand wie angewurzelt.

„Liebste, wir wollen doch hier unsere Schulen gründen. Dazu brauchen wir viel Platz. Du wolltest doch ein festes Zuhause und nicht mehr durchs ganze Land ziehen", rief ihr Jeshua in Erinnerung. Automatisch begann sie ihre Füße zu setzen, weil Jeshua sie voranzog.

Josef amüsierte sich, betrachtete aber auch alles voller Bewunderung. „Es sieht mehr nach einem Tempel aus", meinte er andächtig. „Und trotz der Größe sehr grazil! Das ist ein würdiges Haus für die Göttin!"

„Komm nur mit, Vater! Du wirst staunen!" Jeshua war kaum wiederzuerkennen. Die Freude leuchtete auch ihm aus den Augen, aber es schien, als kenne er alles schon.

Er schob Magdalena als Erste in das runde Gebäude an der linken Seite. „Ist das riesig!", staunte sie und wusste gar nicht, wo sie zuerst hinsehen sollte.

„Komm!", rief Jeshua lachend. „Ich zeige dir in unserem neuen Heim einen wunderschönen Ort!" Wieder zog er sie weiter. Gegenüber dem Haupteingang, durch den sie hereingekommen waren, führte ein großzügiges Portal in weitere Räume. Dann standen sie in einem überdachten Innenhof, von dem acht Eingänge in das Innere der Häuser führten. Vier waren genau nach den Haupthimmelsrichtungen ausgerichtet, die anderen vier jeweils dazwischen.

In der Mitte des Innenhofes plätscherte ein Brunnen und überall standen Blumen in voller Blütenpracht. Gedämpft schien das Sonnenlicht durch das Dach und schuf eine mystische Welt.

„Wie wunderschön!", flüsterte Magdalena fasziniert. „Ich glaube, das ist extra für uns gemacht!"

Jeshua lächelte leicht.

Dann wurde Magdalena vom Entdeckerfieber gepackt. Sie inspizierte jeden Eingang und die beiden Männer folgten ihr auf dem Fuße, amüsiert jeden ihrer Ausrufe aufnehmend.

„Das sind ja ideale Räume für unsere Schulungen!" Sie sah sich schon mit ihren Schülerinnen darin. „Und dort für die Männer!" „Und im Innenhof können alle die Pausen verbringen!"

Plötzlich hörten sie Maria rufen. „Wo seid ihr? Meldet euch!"

Magdalena lief leichtfüßig zurück ins Gebäude. „Hier! Kommt hierher!" Als sie die drei sah, wendete sie sich wieder dem Innenhof zu. „Kommt hierher! Es ist wunderschön!" Die Mädchen stürmten mit erhitzten Gesichtern an ihr vorüber. Auch Marias Haut schimmerte rosig wie ein reifer Pfirsich. Als der Innenhof sich vor ihr ausbreitete, hielt sie inne und nur ihre Augen wanderten bewundernd von einem Detail zum anderen. „Ist das schön!"

Die beiden Mädchen tanzten wie kleine Putten singend um den Brunnen herum: „Oh, wie ist das schön!"

Sie machten die Schönheit des Ensembles erst vollständig und Magdalena musste in diesem Moment voll Glück und Dankbarkeit an Sananda denken, der alles für sie gewählt hatte. Oder hatte er es sogar für sie erschaffen?

Der Gedanke konnte nicht ausreifen, denn die Mädchen wollten plötzlich mehr sehen. „Wo werden wir denn wohnen?", fragte Sarafina. „… schlafen?", kam von Jamyra.

Gemeinsam erforschten sie nun das Haus. Die oberen Räume waren lichtdurchflutet und in einem musste Magdalena an ihre Malerei denken.

„Dies hier wird mein Atelier!", sagte sie und erblickte schon ihre Malutensilien verteilt im Raum. Scheinbar ewig hatte sie diesem Hobby nicht mehr gefrönt.

„Wir können das Meer sehen, Mamutschi!", rief Sarafina und winkte sie heran. Schon stürmte sie weiter. „Hier ist mein Raum!", rief sie. „Meiner auch!", echote Jamyra.

„Ist ja alles hier für uns!", stellte Sarafina fest und streichelte ein wunderschönes Kissen, um es gleich darauf loszulassen und in den nächsten Raum zu rennen.

Nach einem leichten Imbiss gingen alle noch einmal an den Strand und genossen die frische Meeresbrise. Die Mädchen bauten Kleckerburgen und ließen Blütenblätter auf dem Wasser schwimmen, betrachteten jedes Meerestierchen voller Staunen und waren zum Schluss so müde, dass sie auf dem Rückweg schon auf dem Arm von Jeshua und Joseph einschliefen.

Der nächste Morgen sah sie vereint auf der Terrasse frühstücken. „Wir müssen unbedingt nette Bedienstete finden, damit wir nicht den täglichen Kleinkram machen müssen, der für unser Leben nötig ist. Schließlich haben wir andere Aufgaben", bemerkte Magdalena und zog die Brauen hoch.

„Und Handwerker brauchen wir auch", fügte Jeshua an. „Dort drüben könnten Häuser für unsere Schüler und Schülerinnen stehen. Aber auch alle, die mit Josef und Johannes ankommen, brauchen Unterkünfte."

Joseph schaute Maria an. Sie nickte. „Wir werden ins nahe Städtchen gehen und die Nachricht überbringen", sagte er.

„Dürfen wir mit, Mamutschi?", fragte Jamyra und schaute dann erwartungsvoll nacheinander alle Erwachsenen an.

Maria lächelte. „Wenn keiner etwas dagegen hat …"

Die Mädchen jubelten und waren nicht mehr zu halten.

Der Weg war nicht weit, bis die ersten Häuser auftauchten. Allüberall liefen Menschen mit offenem Blick umher oder strebten in eine Richtung, wahrscheinlich zum Marktplatz.

Diese Richtung nahmen auch dievier. Die Straße öffnete sich und sie standen am Rande des Marktplatzes. Viele neugierige Blicke trafen sie und es fiel ihnen auf, dass die Frauen und Männer sich nur in der Kleidung, aber nicht im Gehabe unterschieden. Später erfuhren sie, dass hier keine Frau als minderwertig behandelt, sondern im Gegenteil als Lebensspenderin hoch geachtet wurde.

Die vier strebten der Mitte des Platzes zu, um den sich die Marktstände drapierten. Joseph reckte sich und konnte bequem über die Köpfe der Leute hinwegsehen. Er räusperte sich und ließ dann seine Stimme ertönen.

„Liebe Nachbarinnen und Nachbarn. Wir sind neu hier, werden aber hier bleiben. Deshalb möchte ich uns vorstellen!" Während er das tat, blieben Leute stehen oder kamen näher, um zu sehen, was es Neues gäbe.

„Wir kommen aus einem fernen Land und wollen uns an diesem wunderbaren Ort einrichten. Dazu benötigen wir Handwerker, die Häuser bauen können, und Bedienstete und liebevolle Frauen für unsere Kinder. Wer uns helfen möchte, ist herzlich eingeladen, heute Nachmittag in unser Haus zu kommen." Er schloss mit einer einladenden Armbewegung und trat wieder zu Maria und den Kindern.

Ein Raunen ging durch die Menge. Dann erhob ein Mann mittleren Alters seine Stimme. „Willkommen, Fremde. Ich werde gern heute Nachmittag zu euch kommen." Er nickte ihnen freundlich zu. Weitere Stimmen entboten ein Willkommen und freuten sich, vielleicht Arbeit bei ihnen zu finden.

Alle redeten freudig bewegt miteinander. Ein kleines Mädchen näherte sich Sarafina und Jamyra und ganz schnell waren sie in ein fröhliches Gespräch vertieft, zu dem sich bald noch mehr Kinder fanden.

Marias Augen schweiften zu einem Marktstand mit Kräutern und Blüten, neben dem eine alte Frau mit geschlossenen Augen auf einem Schemel saß und die Hand einer anderen hielt. Eine weise Frau? Vielleicht die Heilerin hier? Maria erfasste eine kraftvolle Energie, die von ihr ausging, und trat automatisch näher heran. Die Weise rührte sich nicht. Maria erkannte einige Heilpflanzen, sah aber noch mehr unbekannte und empfing von den Pflanzendevas viele Informationen, bis sie magisch zu einem strahlenden Edelstein gerufen wurde. Sein rosa Schein faszinierte sie und sie beugte sich ein wenig darüber.

Ohne dass die Weise ihre Augen öffnete oder ihren Kontakt mit der Jüngeren unterbrach, sprach sie leise, gerade so dass Maria sie verstand. „Das ist ein Avalonkristall. Du darfst ihn in die Hände nehmen."

Avalon! Marias Herz hüpfte bei dem Namen freudig. Sie hatte sich schon im Tempel von diesem Wort angerührt gefühlt. Häufig hatten sie versucht, mit den Göttinnen und Göttern dort Kontakt zu bekommen. Nie war es gelungen. So hatte sich der Eindruck bei ihr gefestigt, dass Avalon unendlich weit weg lag, unerreichbar für Menschen.

Jetzt fühlte sich Maria tief berührt, nahm ihn vorsichtig in die Hand, schloss ihre Augen und tauchte ein in die Energien der Göttin des Kristalls und fühlte sie jubeln.

Tief atmete Maria ein, öffnete ihre Augen und blickte in die strahlenden Augen der alten Frau.

„Du darfst den Kristall für eine Nacht mitnehmen und bringst ihn mir morgen Vormittag in mein Haus. Dort hinten das kleine. Siehst du es?" Sie deutete mit dem Arm in Richtung eines unscheinbaren Häuschens und nickte. „Bis morgen."

„Oh, danke! Danke, Freundin meiner Seele!", stammelte Maria ergriffen und drückte die Hand mit dem Kristall an ihre Brust. „Ich komme morgen ganz bestimmt und bringe ihn dir zurück!" Maria war fassungslos. Diese einfache Frau, die bestimmt noch nie einen Tempel von innen sah, geschweige denn eine Ausbildung genossen hatte, strahlte so viel Würde aus und war so stark in ihrer Göttinnenenergie wie viele Priesterinnen nicht. Maria nestelte an ihrem Brustbeutel und legte den Kristall hinein. Sogleich spürte sie seine Energiewellen in ihr Herzzentrum einstrahlen. Mit einem freudigen „Dankeschön" an die Weise wandte sie sich nach Joseph um.

Er stand an einem Erfrischungsstand und die Mädchen in einem Pulk vieler Kinder.

Maria trat zu ihm und er reichte ihr einen Becher. „Ist das herrlich hier", meinte sie und schwenkte den Becher leicht im Kreis herum. „Jungen und Mädchen gemeinsam, Frauen und Männer leben, sprechen und lachen miteinander. So sollte es überall sein." Mit leuchtenden Augen trank sie und erzählte ihm dann von der Weisen und ihrem Stein.

Schon am ersten Nachmittag kamen genügend Leute in ihr Haus, sodass sie sich ab morgen kaum noch um den alltäglichen Kleinkram kümmern müssten.

Zufrieden saßen sie nach dem Abendessen im Innenhof und lauschten dem Plätschern des Brunnens. Jeshua brachte die Mädchen zu Bett. Die untergehende Sonne schickte einen rötlichen letzten Schein zu ihnen herab.

Magdalena saß mit geschlossenen Augen zufrieden im Sessel. Ihre Hände lagen auf ihrem leicht gewölbten Bauch. Sie hielt Zwiesprache mit Myriana und ein glückliches Lächeln lag auf ihren gleichmäßigen Zügen.

Maria nestelte den Beutel auf und holte den Kristall hervor, ihn auf der flachen Hand liebevoll betrachtend.

Magdalena schlug die Augen auf und ihr Blick ruhte sofort auf dem herrlichen Stein. „Woher hast du ihn?", erkundigte sie sich versonnen.

„Ich träumte am letzten Abend in Palästina von dieser Kristallin. Elfrun, eine andere Kristallin, sagte mir, dass nur auserwählte Frauen den Avalonkristall hüten. Eines fernen Tages wird diese kraftvolle Göttin das Licht auf Erden für immer verankern."

Magdalenas Blick hing gebannt an dem Kristall und Maria schien es, als beginne er zu leuchten. Sie legte ihn Magdalena in die Hand.

Magdalena lächelte glücklich und führte den Kristall zu ihrem Herzen, lauschte der Melodie und begann ebenfalls zu summen. Der Kristall begann warm zu leuchten.

Gemeinsam strebten beide am nächsten Tag zum Häuschen der Weisen. Sie saß davor und auf einem Tischchen standen Erfrischungen für drei Personen. Freudig begrüßte sie die beiden und hielt besonders lange Magdalenas Hand.

„Ich freue mich", sagte die Weise mit sanfter Stimme, „solch strahlende Göttin, die eine noch strahlendere Göttin in sich trägt, bei mir begrüßen zu können. Nehmt bitte Platz. Ich bin Alrun und freue mich, dass ihr in mein Land gekommen seid."

Magdalena reckte ihr die Hand mit dem Kristall entgegen. „Ich danke dir, dass wir ihn für einen Tag erleben durften."

Alruns Blick streichelte kurz den Kristall und schwenkte dann zu Magdalena. „Schwester, er gehört dir!"

Überrascht sank Magdalena auf den Sitz und schluckte ein paarmal. „Aber das kann ich doch nicht annehmen. Zwar fühle ich mich sehr hingezogen, aber er ist dir bestimmt ans Herz gewachsen in all den Jahren."

Alrun hob beide Hände mit den Handflächen abwehrend hoch. „Nein, nein", flüsterte sie. „Elfrun übergab ihn mir für dich, denn du ... und deine Töchter ... bist diejenige, die großen Anteil daran hat, dass das Licht eines fernen Tages für immer auf der Erde verankert werden kann. Sie sagte auch, dass noch dunkle Zeiten über die Erde kommen werden." Sie seufzte tief.

„Aber hier ist es nicht dunkel", widersprach Magdalena. „Wo wir herkommen, da herrscht fürchterliche Finsternis!"

Traurig schaute Alrun sie an. „Wenn ich in die Zeit reise, sehe ich, dass die Dunkelheit sich in wenigen Jahren auch hier ausbreiten wird. Es gibt zu wenige Inseln des Lichts. Deshalb werden die Dunkelmächte die lichtvollen Seelen mit Marter und entwürdigender Pein ihrer Körper immer mehr verdrängen. Sie kämpfen gegen die Liebe und das Licht und töten alle, um die Erde voll in den Griff zu bekommen. Vor allem kämpfen sie gegen die Frauen, die Göttinnen dieser Erde.

Wir werden das alles wohl nicht mehr erleben. Aber je mehr von uns gehen, desto schwieriger wird es für die Verbliebenen, ihr Licht zu erhalten. Und jeder neugeborene Mensch kommt mit einem kleineren Lichtteil zur Welt." Sie lächelte Magdalena an. „Aber dank dir und deinen Töchtern wird eines Tages das Licht über die Dunkelheit siegen und eine wunderbare Zeit für die Menschen und für Gaia kommen."

Magdalena und Maria waren überrascht und tief berührt von den Worten Alruns und wussten, dass sie hier eine Seelenverwandte gefunden hatten.

Am nächsten Morgen, kaum dass die beiden sich allein fanden, sahen sie sich an und sagten wie aus einem Munde: „Heute Nacht hat mich Elfrun besucht!"

Überrascht schauten sie sich an und begannen zu kichern, wurden aber rasch wieder ernst. „Sie hat dich nach Avalon eingeladen, Magdalena."

Magdalena lachte auf. „Sie hat dich nach Avalon eingeladen, Maria!", sagte sie dann und lachte erneut.

Maria lächelte. „Sie hat drei Heilerinnen eingeladen. Alrun nämlich auch. Weil Alrun mich erkannte und mir den Kristall gab, den du dann zum Leuchten brachtest. Das hat die große Kristallin auf Avalon so erfreut, dass sie uns bei sich sehen möchte."

Beide schauten sich tief berührt an, Tränen traten ihnen in die Augen und dann sanken sie einander in die Arme.

Schon nach zwei Tagen erschien ein weißer Wagen, bespannt mit vier wunderschönen Schimmeln und gelenkt von einer kraftvollen jungen Frau mit rotem Haar und blauen Augen, wie Magdalena sie besaß.

Sarafina und Jamyra waren traurig, dass ihre Mamutschi und Omama allein tagelang fortwollten. „Ich bringe euch auch etwas Schönes mit!", versprach Magdalena, was die zwei Augenpaare gleich wieder leuchten ließ.

Der Wagen hielt auch vor Alruns Häuschen und sie stieg aufgeregt zu den zweien. „Dass ich das noch erleben darf!", flüsterte sie andächtig.

Der Wagen brachte sie zu einem Schiff und vom Schiff stiegen sie wieder in eine ebensolche Kutsche und schließlich standen sie an einer Küste, an der nur ein kleines Ruderboot lag. Daneben stand ein Priester. Zum ersten Mal auf dieser Reise ein Mann! Er half ihnen ins Boot und legte sich dann kräftig in die Riemen. Er steuerte direkt auf eine Nebelwand zu, die von weitem sehr dicht und abweisend aussah. Doch je näher sie kamen, erkannten die drei Frauen, dass es eine Lichtwand war, die immer durchlässiger wurde, je dichter sie herankamen. Beim Hindurchgleiten kam es ihnen vor, als würde alles von ihnen genommen, was ihr Leben dahinter ausmachte. Alle drei fühlten sich körperlich verjüngt.

Sie verließen das Boot, setzten ihre Füße in den weißen Sand und fühlten sich wohler als je zuvor.

„Diese reine Luft!", seufzte Maria und atmete tief ein.

„Diese Energie!", sagte Alrun verzückt.

„Maria", meinte Magdalena, „das ist wie in meinen Visionen von Lemuria. Ich kann es nicht fassen! Wie auf der jungen Erde!" Alle drei fassten sich an den Händen und sangen leise ein Lied in die Wellen. Eine schöne junge Nixe hob sich aus dem Wasser und begrüßte als Erste die drei auf Avalon.

„Willkommen zurück in der Zeit!", winkte lächelnd Magdalena ihr zu.

Als sie sich nun umwandten, standen viele Frauen und Männer jeden Alters vor ihnen und eine Serenade des Willkommens erklang.

Die Angekommenen staunten, denn es schien ihnen, als leuchteten sie alle von innen heraus. Dadurch sahen sie alle ganz anders aus als die Menschen außerhalb Avalons.

Mit wiegendem Gang und wuschelweichem Fell kam ein Tier zu Maria und legte vertrauensvoll sein weiches Maul in ihre Hand. Maria kuschelte ihren Kopf an seinen schlanken Hals und „hörte": „So lange in der Zeit habe ich auf dich gewartet, Maria Mahnaz!"

„Du hast mich gerufen, seitdem ich zum ersten Mal von Avalon hörte?", fragte Maria von innen heraus und vernahm die Bestätigung.

Magdalena konnte es nicht fassen, was sie sah. „So etwas Märchenhaftes gibt es wirklich?" Sie staunte wie ein Kind.

Das Tier ging zu ihr und zwanghaft berührte Magdalena es, zuckte zurück und berührte es erneut. „So eine hohe Energie!", flüsterte sie erregt.

„Du darfst mich Aileen nennen." Es rieb seinen Kopf an ihrem Oberarm. „Ich grüße dich hier, wo die Erde noch die wirkliche Erde ist."

Maria schaute sich währenddessen um. „Was ist das für ein Hügel dort drüben?", fragte sie die neben ihr Stehende.

„Das ist das Wahrzeichen und die Schutzkristallin von Avalon", kam die umgehende Antwort. Allerdings sprach hier keiner mit dem Mund. Alle beherrschten die Telepathie.

Langsam setzte sich Maria in Bewegung in Richtung des Hügels. Anice, eine Priesterin, und Aileen begleiteten sie und erklärten ihr, was an Fragen in ihr aufkam. Die Tiere des Waldes bewegten sich ohne Scheu in ihrer Nähe.

Eine Kristalltür öffnete sich vor ihr und Maria trat in die Energie Gaias, hörte ihre Begrüßung und war überhaupt nicht überrascht, als sie sich wie zu Hause fühlte, sanft umfasst von Gaias Armen. „Hier kann ich dich in die Arme nehmen wie in den Lichtebenen, denn hier ist die Erde noch frei und unschuldig."

Freudentränen rollten Maria über die Wangen. „Warum konnte ich das alles nicht früher erleben?"

„Weil du eine Aufgabe erledigen wolltest. Aber auf diesem Weg wurdest du immer wieder in die Dichte gezogen. Erst als du den Avalonkristall berührtest und ihn an Magdalena weitergabst, aktivierte sich die Lichtenergie in dir so stark, dass du jetzt so feinstofflich bist, um mich hier besuchen zu können."

Als Magdalena und Alrun wieder zurück in ihre Welt wollten, war Maria noch nicht bereit.

„Ich weiß, auf dich warten die Kinder und Jeshua und auf Alrun ihre Kranken, aber ich bleibe noch. Ich weiß nicht, wie lange, vielleicht nur Tage, doch eventuell auch länger. Sag Joseph, dass er sich nicht sorgen soll. Ich komme auf alle Fälle zurück."

Nachdem Alrun und Magdalena fort waren, saß Maria lange Zeit in dem Kristallhügel und lernte, den Avalonkristall zum Leuchten zu bringen. Das dauerte eine ganze Weile.

„Gib dein Wissen an auserwählte Frauen weiter", riet ihr Gaia, „damit diese es ebenfalls weitergeben können. Eines fernen Tages werden Frauen den Avalonkristall zum Klingen und Leuchten bringen. Dann bricht eine wundervolle Zeit an und es kann wieder lichtvoll auf Erden werden."

Maria schaffte es, auch ihren telepathischen Kanal zu Aileen und ihren neuen Freundinnen und Freunden frei zu machen. So konnte sie immer, wenn sie ihr Bewusstsein darauf richtete, in die Energie von Avalon eintauchen.

Nun hatte sie sich verabschiedet und wartete am Strand von Avalon auf das Boot, versunken in ihren Gedanken und in den Anblick des Meeres.

Kräftige Flügelschläge ließen sie aufblicken. Sie konnte nicht fassen, was sie sah. „Märchenhaft! Ist das Wirklichkeit?"

Neben ihr landete eine stattliche Drachengöttin und begrüßte sie liebevoll.

„Du bist hier? Nicht in Lemuria?", staunte Maria.

„Ich bin hier, weil ich dich zu den Deinen bringen will", hörte Maria in sich ein feines Singen. Ein Flügel umfing sie und hob sie auf den Rücken der Drachin. Sie winkte Aileen und erhielt von ihr noch einen Energiestrahl. Dann hob Wynda ab und trug sie durch die Lüfte der neuen Heimat entgegen.

Es war schon dunkel, als Wynda im Park landete. Beim Abschied legte sie Maria noch ans Herz: „Wenn du mich brauchst, rufe mich!"

Maria sah ihr nach, bevor sie voller Freude zum Haus lief.

Wenige Wochen nach ihrer Ankunft waren die Unterrichtsräume und Badehäuser bereit für die Schüler und Schülerinnen. Joseph hatte sehr erfolgreich Personal und Handwerker eingestellt. Überall wurde fleißig und mit Freude gewerkt.

Sie kamen aus vielen Dörfern der Umgebung und wunderten sich, dass sie von diesem Anwesen noch nie gehört hatten.

„Na ja", meinte einer, „wir kommen ja kaum aus unserem Dorf heraus." Damit war für sie die Sache erledigt.

Aber für Magdalena stand es nun fest, dass Sananda und Sanada alles dies geschaffen hatten, extra für ihre Aufgabe und für ihr weiteres Leben in Frieden und Geborgenheit.

Die ersten Schülerinnen und Schüler kamen aus den Reihen des Personals und der Handwerker und der erste Unterricht konnte beginnen. Die Aufteilung würde genauso sein wie früher: Jeshua lehrte die Männer, Magdalena die Frauen, Maria die Mädchen und Joseph die Jungen.

Der große Unterschied zu früher bestand darin, dass die Menschen zu ihnen kamen und sie nicht mehr umherzuziehen brauchten. Besonders Magdalena und Maria empfanden dies als das größte Geschenk.

Am Abend, wenn die Dunkelheit herniedersank, begannen die Kristalle zu strahlen und bald nannten es die Leute „das leuchtende Schloss!"

Im rechten Flügel war der Tempel des Lichts eingerichtet. Hier würde

Sarandilja, Hohe Priesterin des Tempels, in denen Magdalena und Maria ihre Ausbildung erlebt hatten, mit der ägyptischen Hohen Priesterin ihr wunderbares Amt ausüben und das Licht in der Erde und in den Herzen der Frauen dieses Landes verankern.

Handwerker und Personal hatten in der Umgebung für Information gesorgt und so kamen schon bald die ersten Frauen und Männer, um Neues zu lernen.

Überaus schüchtern standen die Frauen und wagten kaum hochzublicken. Sie waren hier in diesem Land nicht so furchtbar unterdrückt, aber auch nicht mehr frei. Auch hier hatten die Männer das Sagen und die Frauen mussten gehorchen.

Magdalena sah sie und beschloss, in ihnen zuallererst Selbstvertrauen und Selbstliebe zu erwecken. Erst wenn sie erkannten, dass sie in sich frei waren, würden die weiteren Lehren auf fruchtbaren Boden fallen.

Nur wenige Wochen waren in diesem Land vergangen, als Magdalena niederkam. Dass die Schwangerschaft so schnell vorankam, war dem mehrmaligen Besuch auf der Lichtinsel zu verdanken. Auch die Geburt war leicht und unkompliziert.

Myriana lag zum ersten Mal in den Armen Magdalenas und schaute sie mit wacher Seele aus ihren wundervollen blauen Augen wissend an. Ein mystischer Moment!

Magdalena sah in ihr das Abbild Jeshuas in seiner Vollkommenheit. Für alle war Myriana das vollkommenste Wesen auf dieser Erde.

Sarafina wich nicht von ihrer Seite, wenn sie keinen Unterricht mehr hatte. Die beiden wurden unzertrennlich.

Inzwischen waren auch Josef von Arimathäa und alle anderen hier eingetroffen und hatten sich akklimatisiert. Alle hatten sie ihre Aufgabe gefunden und sich eingerichtet.

Jeshua wurde traurig, wenn ihn schlimme Nachrichten aus Palästina erreichten, fast immer auf telepathischem Wege. Deshalb bat er seinen Vater

Sananda, ein Treffen wenigstens mit denen zu arrangieren, die in die Lichtinsel kommen konnten. „Zum letzten Mal!", erklärte Sananda ernst.

Groß war die Wiedersehensfreude, aber auch das Leid wegen der vielen gefolterten und getöteten Freunde und Freundinnen. Saulus hatte sich vorgenommen, die Erinnerung an Jeshua von der Erde zu tilgen. Was er nicht vernichten konnte, gestaltete er um, sodass der wirkliche Jeshua darunter erstickt wurde. Hatte er wirklich ein Bekehrungserlebnis, nach welchem er sich Paulus nannte und zu missionieren begann oder war das alles nur zur Unterwanderung der christlichen Lehre gedacht?

Alle, die sich hier noch einmal mit Jeshua trafen, bekamen das Getränk, zusammen mit der verbesserten Rezeptur, das auch Jeshua durch Magdalena vor der Kreuzigung bekam und von körperlichen Schmerzen befreite. So konnten sie schmerzfrei und selbstbewusst in den Märtyrertod gehen. Viele wurden später von der Kirche zu Heiligen erklärt, weil sie „trunken von ihrem Glauben an Gott" singend in den Tod gegangen waren.

Jeshuas Freunde und Freundinnen ließen sich bei dieser letzten Begegnung auch seine Hände und Füße zeigen und staunten, dass er keine Wundmale trug.

„Aber ihr wisst doch, dass wir hier auf der Lichtinsel unsere Körper sehr gut vollkommen heilen können", erinnerte er sie lächelnd. „Auf der Erde werden es nur wenige schaffen, weil der Umbau der Atome eine große Konzentration erfordert." Er lachte kurz auf. „Die späteren Forscher werden also keine Knochen mit den Spuren der Kreuzigung finden."

„Dann werden sie wahrscheinlich leugnen, dass es dich überhaupt gegeben hat!", rief einer seiner Jünger.

„Wir aber wissen es und werden es in der ganzen Welt verbreiten", sagte einer in beschwörendem Ton.

Als Magdalena ihren ersten Sohn gebar und ihn im Arm hielt, blickte sie ein wenig ängstlich in seine Augen. Männer sollten ja das Gen der Göttin nicht in sich tragen. Aber seine blauen Augen sprachen eine andere Sprache und Magdalenas Unsicherheit verschwand. Er würde der

Erde die neuen Männer schenken, die vollkommenen Männer, die eine Synthese der weiblichen und männlichen Energie der lichtvollen Quelle sind. Genauso wie der nächste Sohn, den Magdalena und Jeshua der Erde schenkten.

Die Tage waren angefüllt mit Arbeit. Immer mehr Menschen kamen zu den Schulungen und Jeshua reiste sogar noch im Land umher, um weitere Menschen zu erreichen.

Doch Magdalena und auch Maria spürten eine Veränderung in ihm. Sie waren immer seltener mit ihm zusammen und das betrübte beide Frauen. Jeshua lebte scheinbar nur noch seine Mission und wachte ängstlich darüber, ja keine Fehler zu machen, damit er nicht in das Rad der Inkarnationen geriete. Er wollte nicht noch einmal inkarnieren, nie wieder! Die seelischen Wunden, die ihm in Jerusalem zugefügt worden waren, die Enttäuschung über die menschliche Natur, hatte er tief in sich vergraben. Würde er sich ihnen stellen und sie in sich heilen?

Magdalena fühlte wieder ein neues Leben in sich erwachen, ein Mädchen, und sie wusste, es würde ihre letzte Schwangerschaft sein.

Plötzlich war der Transporter da, stand im Garten und Sanada und Sananda baten Jeshua und Magdalena hinein.

Sananda umfasste beide liebevoll und sie fühlten seine Kraft in sich einströmen. Doch er war sehr ernst. Anders als sonst. „Meine Lieben", begann er schließlich, „die Zeiten, da ihr im Lichtschiff neue Kraft getankt habt, geht zu Ende. Ihr sollt nun als Mensch unter Menschen leben. Es droht euch keine Gefahr mehr."

Magdalena schaute ihn nur mit großen Augen an und tiefe Trauer über diesen Verlust ergriff ihr Herz.

Jeshua starrte fassungslos seinen Vater an. „Wie soll denn das gehen? Ich kann nicht ohne die Kraft meiner wahren Heimat leben! Wie soll ich, ohne aufzutanken, den Menschen all das lehren, was meine Aufgabe ist?", fragte er empört und ratlos zugleich.

Sananda schüttelte den Kopf. „Jeshua, du bist zur Hälfte Mensch und musst so auch leben können, musst dein Leben als Mensch meistern.

Eure Mission ist fruchtbar. In allen möglichen Gegenden verbreiten eure einstigen Begleiter die heilenden Botschaften. Auch hier in diesem Land ist eure Gemeinde schon sehr groß und eure Kinder sind wunderbare Träger des Lichts und werden es an ihre Kinder weitergeben. Die Saat kann aufgehen.

Du aber musst heilen, was du tief in dir begraben hast. Es ist Teil dieser Erde und nur hier auf Erden kann es erlöst werden."

Jeshuas Augen füllten sich mit Tränen und Magdalena stand auf, trat hinter ihn und legte ihre Hände auf sein Herzzentrum.

Sananda war voller Mitgefühl und nahm ihn in seine Arme und in seine Aura. Langsam beruhigte sich Jeshua.

Dann richtete er sich auf. „Na gut, wenn es denn sein soll", seufzte er. „Aber dann habe ich noch eine Bitte. Ja, ich muss mich stellen, wenn auf Gaia die Regeln so sind. Aber dann bring mich für eine kurze Zeit noch einmal nach Indien. Dort unter meinen Freunden und Lehrern kann ich bestimmt den Schmerz und die Verbitterung in mir erlösen."

Magdalena fuhr auf. Alles von damals erwachte in ihr. „Das kann nicht dein Ernst sein, Jeshua!", rief sie entsetzt. „Du kannst uns doch nicht jahrelang allein lassen! Deine Tochter ...", sie legte die Hände auf ihren Bauch, „... wird dich nicht kennen, wenn du wiederkommst! Und unseren anderen Kindern willst du das antun? Und deiner Mutter?"

„Magdalena, ich will niemandem etwas antun. Aber in mir ist so viel menschliche Angst. Ich weiß nicht, wie ich ohne die Energie des Lichtschiffs, ohne Vater leben soll. Ich habe furchtbare Angst zu versagen!" Er schluchzte verzweifelt.

In Magdalena kochte der Zorn hoch wie damals und Sanada erfasste es. Sie legte Magdalena beruhigend und Kraft schenkend ihre Hand auf den Arm.

Magdalena atmete tief durch und ergriff Hilfe suchend Sanadas Hand, während sie in Jeshuas Augen blickte. Sie sah darin wilde Entschlossenheit, mit der Reise nach Indien seinen Schmerz und seine Angst zu erlösen, und ihre bedingungslose Liebe zu ihm ... erlosch? Oder wandelte sie sich nur?

Durch die Hand Sanadas floss ihr Kraft zu, sodass sie in ihrer Mitte blieb und nicht ausrastete.

Sananda wartete. Er erfasste alles, was in den beiden Menschen vor sich ging, und wartete.

„Vater", sagte Magdalena schließlich gefasst, „wenn er es will, soll er nach Indien gehen." Dabei strömten ihr die Tränen aus den Augen und tropften in ihren Schoß. „Vielleicht kehrt er ja als der Jeshua zurück, den ich kenne und vermisse." Schon jetzt spürte sie die Sehnsucht nach ihm tief drinnen, diese Sehnsucht, die sie in vielen vergangenen Leben erfahren hatte. Sollte die nun wieder täglich in ihr ziehen?

Sananda blickte sie mitfühlend an. „Ich grüße und ehre die Göttin, die du bist, und auch das neue Leben, das in dir wächst, meine geliebte Tochter. Du sollst wissen, dass du auch weiterhin bei uns willkommen bist. Allerdings nur noch bis zum dritten Geburtstag deiner Tochter. Sie soll auch die Basisschulungen erhalten wie eure älteren Kinder."

„Ach, Vater, ich habe all die Jahre ohne euch gelebt und …", ein Lächeln huschte über ihre Züge, „… glaubte sogar, ihr seid nur ein Märchen, Angeberei eines Mannes, der beeindrucken will. Aber ihr werdet mir fehlen. Eure Liebe, euer Dasein für uns! Und ich will euch danken, dass ich so vieles durch euch erfahren habe, dass ihr immer da ward und mir Kraft in aussichtslosen Situationen gabt. Ohne euch hätte ich meine Mission bestimmt nicht erfüllen können." Ihr liebevoller Blick umfasste Sananda und Sanada und schwenkte dann zur versinkenden Sonne. Es kam ihr vor, als versänke auch die vollkommene Erfüllung und Ergänzung ihrer Liebe hier auf Erden. Doch die Göttin in ihr war stark. Jeshua würde nicht hier sein bei der Geburt ihrer beider letzter Tochter. Das schmerzte sie tief. Aber sie musste für die Kinder da sein, egal, was passierte.

Still verabschiedeten sich Magdalena und Jeshua von Sanada und Sananda und gingen wortlos dem Haus zu, als seien sie zwei Fremde.

Jeshua hielt diese Wortlosigkeit nicht mehr aus. „Liebes", begann er unsicher, „ich habe dich erschreckt. Ich hätte zuvor mit dir darüber reden sollen. Aber ich komme ja spätestens in drei Jahren wieder. Ich verspreche, dass ich mich dem stellen werde, was du schon lange in mir gesehen hast, aber ich nicht wahrhaben wollte. Daraus resultierte die Spannung zwischen uns. Wisse, du bist mein Leben und ich will dich nicht verlieren." Während dieser Worte hatte er ihre Hände ergriffen und sich ihr gegenübergestellt. Flehentlich schaute er ihr in die Augen.

Sie seufzte. „Ach, Jeshua, in drei Jahren wird deine jüngste Tochter voll erwacht sein. Doch sie kennt dich nicht. Sie wird ohne dich ihren Geschwistern gegenüber ein Defizit haben. Du weißt doch, dass Vater und Mutter gemeinsam die beste Entwicklung für ein Kind bewirken." Wieder stieg Zorn in ihr hoch, weil sie sein Verhalten als Verrat empfand. „Doch ich möchte jetzt nicht darüber reden", sagte sie kurz angebunden. „Wir müssen jetzt unsere Kinder für die Nacht verabschieden." Sie entzog ihm die Hände und eilte ins Haus. Er schritt ihr nach und brachte mit ihr die Kinder zu Bett.

Danach teilte er seinen Entschluss Maria und Josef und den engsten Freunden mit, die am heutigen Tag den Abend mit ihnen verbrachten.

Magdalena war nach dem abendlichen Ritual mit den Kindern schnurstracks ans Meer gelaufen. In zwei Tagen würde er fort sein! Sie wollte keinen sehen, keinen ansehen oder hören. Sie wickelte sich in ihren Mantel und ließ sich am Strand nieder, umschlang ihre Knie mit den Armen und legte das Kinn darauf. Leichte Wellen schlugen in steter Monotonie an den Strand und verliefen sich im Sand, um der nächsten Welle Platz zu machen. Ihr schien es, als gäbe ihr das Meer neue Kraft und jede zurücklaufende Welle nähme ihre Schmerzen mit, um sie in den Weiten des Ozeans aufzulösen. Jeder Atemzug stärkte das Gefühl der Freiheit in ihr.

Sie sah die Elfen und Feen neben sich und fühlte sich allein durch ihre Anwesenheit getröstet. Hatte sie wirklich gedacht, dass sie allein und einsam sei? Welch ein Irrtum! Diese Wesen der Erde sind immer hier, um uns zu helfen. Maria lehrte es fast täglich den Kindern. Und Maria, Josef und all die anderen waren ja auch noch hier. Ach Maria, wie sie Jeshua angesehen hatte, als er seinen Entschluss verkündete. War da sogar ein wenig Verachtung dabei, bevor sie den Raum schweigend verließ?

Und damit hingen Magdalenas Gedanken an Jeshua. Wie mochte er sich fühlen nach dieser seiner Ansage? Mitgefühl stieg in ihr auf. Sicher war er jetzt einsam und allein. Sie erhob sich, verabschiedete sich vom Meer und den Wesen der Nacht und ging langsam zu dem herrlichen Gebäude.

Sie redete sich selbst Mut und Kraft zu. Schließlich war sie kein kleines Kind, das vor der ersten Hürde aufgab. Sie hatte schon so vieles im Leben geschafft. Sie würde auch diesmal nicht verzagen.

Im Innenhof saß Jeshua und seine Augen leuchteten auf, als er sie erblickte. Sie ließ sich still neben ihm nieder.

Er fasste nach ihrer Hand. „Ich möchte dich um Verzeihung bitten", sagte er sehr leise. „Du weißt, dass du mir das Liebste und Wichtigste in diesem Leben bist und ich hatte bestimmt nicht vor, dich zu verletzen. Natürlich habe ich gesehen, dass zwischen uns nicht alles stimmte, und hatte auch schon mal den Gedanken, nach Indien zu gehen, um all die Angst und die Schmerzen, die durch die Folter gekommen waren, zu erlösen. Aber es war alles noch unausgegoren. Erst als Vater mir seinen Entschluss verkündete, kam das alles an die Oberfläche, völlig planlos, glaube mir, Liebste." Er legte ihre Hand an seine Wange und seufzte tief.

Sie seufzte ebenfalls. „Ja, ich glaube dir. Und es ist sicher gut für dich. Aber für die Kinder ist es nicht gut! Ich empfinde deine Entscheidung egoistisch. Doch wenn ich zurückdenke, warst du schon immer so." Sie sagte es ohne Vorwurf, nur mit tiefer Trauer. „Wir mussten immer zurückstehen, wenn du etwas wolltest oder nicht wolltest. Und warum? Weil du oft aus der Angst heraus handeltest, keinen Fehler zu machen, um ja nicht noch einmal inkarnieren zu müssen. Das ist albern und jämmerlich, aber sehr, sehr menschlich. Eigentlich müsstest DU es doch am besten wissen, dass gerade das NICHTWOLLEN einer Sache diese geradezu magisch in dein Leben holt." Sie lächelte traurig. „Hierbei bist du hinter vielen unserer Schüler zurück." Sie seufzte. „Deshalb ist es wohl auch gut, dass du gehst und lernst, es abzulegen. Frei davon kannst du vielleicht wieder der unschuldige, freudvolle Jeshua sein, den ich so geliebt habe. Und vielleicht wird dann alles so wie früher."

Jeshua reichte ihr tief berührt seine Hand. „Bitte vergib mir", flüsterte er halb erstickt und blickte sie an wie ein geprügelter Hund.

Magdalena musste an sich halten, sonst hätte sie ihn voller Mitgefühl in die Arme geschlossen. Doch sie fühlte, dass das weder ihm noch ihr half. Blanche, ihr Töchterchen, bewegte sich in ihr und Magdalena fühlte, dass sie weinte. Noch nie hatte eins ihrer Kinder in ihr geweint! Sie entzog ihm ihre Hand und legte sie beruhigend und liebevoll auf ihren Bauch. Könnten die Schulungen im Lichtschiff alle Defizite wettmachen, damit auch Blanche in ihrem Leben glücklich wird? Sie hoffte es innig.

Maria war wohl die Einzige, die fühlte, wie sehr sich Magdalena durch diesen Tag quälte. Ihr schien, als läge eine tiefe Traurigkeit wie eine Glocke über dem Anwesen. Ja, die Kinder lachten nicht wie sonst und alle anderen bewegten sich auch nicht normal, eher wie bedrückt und vorsichtig, um ja nicht etwas Falsches zu sagen oder zu tun. Maria musste an Avalon denken und plötzlich kam ihr eine Idee.

Als die Schülerinnen und Schüler fort waren, suchte sie Magdalena und fand sie bei den Kristallen.

„Magdalena, möchtest du für eine kleine Stunde auf Avalon Kraft tanken?"

„Aber Maria, die Reise dorthin dauert mindestens einen ganzen Tag!"

„Warte hier einen Moment, Liebes. Ich sage dir gleich Bescheid, ob du in einer Stunde schon auf Avalon sein kannst!" Sie wartete keine weiteren Worte Magdalenas ab, sondern lief in die Dunkelheit hinaus, rief nach Wynda und nannte ihren Wunsch.

„Bin schon auf dem Weg zu dir", erhielt sie zur Antwort.

Eilig lief Maria zu Aimee, ihrer ältesten Tochter, die mit Sarafina und Jamyra über den morgigen Abschied sprach.

„Aimee und ihr beide, meine Lieben, kann ich Magdalena für zwei Stunden entführen, damit sie neue Kraft tanken kann. Könnt ihr die Kleinen betreuen?"

„Aber freilich!", sagten alle drei gleichzeitig. „Wo wollt ihr denn hin?", fragte Jamyra.

„Nach Avalon!"

„Aber wie denn?", fragte Aimee überrascht.

„Kann ich jetzt nicht erklären. Erwartet uns einfach in zwei Stunden im Park. Aber erschreckt nicht vor meiner Drachengöttin. Dann könnt ihr sie kennenlernen. Aber jetzt muss ich zu Magdalena." Schon lief Maria davon, erhaschte aber noch die staunenden Blicke und die offenen Münder.

Sie stürmte in den Kristalltempel. „Komm, Magdalena, die Drachengöttin wird uns jetzt nach Avalon und nachher zurückbringen. Komm!" Sie griff Magdalenas Hand und zog sie in den Park.

Dort landete gerade die Drachin und sah ihnen warm lächelnd entgegen. Sie hob beide voller Zärtlichkeit auf ihren Rücken und stieg sachte auf. Maria erhaschte noch neugierige Gesichter an den Fenstern.

Nach kurzer Zeit landeten sie schon auf Avalon. Aileen eilte zu Magdalena, kaum dass die einen Fuß auf dem Boden hatte.

Magdalena umarmte sie und legte ihr verweintes Gesicht in das kuschelweiche Fell dieses liebevollen Wesens. Aileen umhüllte sie mit einem spiralförmigen Lichtstrahl aus ihrem dritten Auge und ließ Magdalena wieder heil werden. Dann führte sie sie zum großen Avalonkristall und hier strömte so viel liebevolle Energie in sie ein, dass sie wieder Frieden in sich fand.

Doch schon war die Zeit um und Wynda hob sie auf ihren Rücken.

Sachte landete sie im Park, wo schon alle ihr staunend entgegensahen. Myriana kam sogleich zu ihr hin und streichelte die samtartige Haut. „Bist du aber schön!", sagte sie bewundernd.

Wynda neigte den Kopf zu ihr hinab: „Du aber auch, kleine Göttin!"

„Ich kann dich ja verstehen!"

Wynda lächelte. „Du warst schon mal auf Avalon und trägst die alte Weisheit in dir."

Nun hatten auch die anderen Mut gefasst und näherten sich, die Frauen streichelten sogar.

Joseph staunte laut: „Das es sowas Wunderbares heute noch gibt!"

Jeshua stand wie erstarrt.

„Wer möchte denn eine kleine Runde mit mir drehen?", fragte Wynda. „Der soll vortreten!"

Da erwachte Jeshua und trat vor Myriana. „Nein!"

Magdalena trat zu ihm. „Ich bin soeben mit ihr in Avalon gewesen und wenn Myriana es möchte, dann hat sie meine UND deine Erlaubnis!"
Jeshua guckte völlig verdutzt. „Du warst …?" Nun stand SEIN Mund offen.
„Jetzt nicht!", schnitt ihm Magdalena weitere Worte ab. „Wer will, darf mit!"
Wynda setzte Myriana, Sarafina, Jamyra und Aimee mit ihren Flügeln sanft auf ihrem Rücken ab. „Und was ist mit dir, Joseph?", fragte sie schelmisch.
Er hatte kaum sein „Ja" gehaucht, als er auch schon auf dem Rücken saß. Majestätisch flog Wynda weit hinein in den strahlenden Nachthimmel.
Es dauerte nicht lange, da landete sie auch schon wieder und hob fünf glückstrahlende Menschen von ihrem Rücken. Mit einem „Gute Nacht!" flog sie dann davon.
Die Mädchen schnatterten aufgeregt und glücklich durcheinander, dabei ihren Schlafräumen zustrebend. Maria hakte ihren noch mit weichen Knien laufenden Joseph unter und führte ihn ins Haus.
Magdalena und Jeshua hatten noch viel zu reden und blieben noch eine ganze Weile am Ort, bevor auch sie langsam dem Haus zustrebten.

Jeshuas Abschied war kurz, aber tränenreich. In Sarafinas Augen stand die Angst von einst. Jeshua versuchte immer wieder, sie zu beruhigen, indem er sagte, dass er doch bald wieder da sein werde. Doch ihre Tränen rannen. Auch Myriana schluchzte hilflos in Magdalenas Armen. Magdalena beherrschte sich mit eiserner Disziplin. Nur nicht jetzt weinen! Sie musste den Kindern Halt geben, so tun, als sei es ganz normal, dass ihr Paputschi verreiste.
Mit Augen voller Tränen stieg Jeshua schließlich ins Transportschiff und entschwand den Blicken aller.
Für Magdalena schleppte sich der Tag dahin. Oftmals tat sie ihre Pflicht automatisch, kam sich wie eingefroren vor. Wie weh es tat, wenn wieder eins der Kinder fragte, wann der Paputschi wiederkäme. Dann war es

endlich Abend, die Schüler gegangen und etwas später schliefen auch die Kinder.

Zusammengesunken saß Magdalena am Brunnen und starrte ins Wasser, als leise Schritte ertönten. Sie wendete den Kopf und sah Maria auf sich zukommen.

„Darf ich mich zu dir setzen?", fragte sie leise.

Magdalena neigte den Kopf und wies mit schlaffer Hand neben sich.

Maria ergriff diese Hand und drückte sie zart. „Verzeih mir, was mein Sohn dir angetan hat. Es ist nicht richtig, was er tut. Er gehört gerade jetzt hierher. Ich überlege hin und her, was ich falsch gemacht habe bei seiner Erziehung. Ich weiß es nicht! Es haben so viele an ihm herumerzogen und alle dachten dabei nur an seine Aufgabe. Und das hörte er ja auch oft genug. Er ist ein Mann geworden, den alle lieben. Er aber lässt sich nie so tief in die Liebe ein, wie du es tust." Tief sog sie die Luft ein und entließ sie mit einem „Ach!".

„Dafür kannst DU doch nichts, Maria", erklärte Magdalena und legte die Hand auf ihre. „Ich kann ihn sogar ein bisschen verstehen und könnte mich dafür ohrfeigen. Vielleicht sollte ich ihm lieber alle Worte, die tief in mir sind, an den Kopf werfen. Aber ich will mich nicht wieder im ungezügelten Zorn verlieren und Menschen damit verletzen. Weißt du, ich habe mir letzte Nacht im Tempel all meine Gefühle, die einen Zusammenhang besitzen mit Verrat, angesehen und erlöst. Es war ja gar nicht MEIN Vater, der mich damals verriet.

Eigentlich muss ich deinem Sohn dankbar sein, dass ich wieder einen Teil meiner Seele befreien konnte. Aber meine Liebe zu Jeshua hat ihre Unschuld verloren." Sie schluchzte plötzlich. „Oh Maria, er fehlt mir so sehr!"

Maria schwieg, nahm sie einfach in ihre Arme und wiegte sich sanft mit ihr. Sie waren zwei Frauen, die denselben Mann auf ganz unterschiedliche Weise liebten und ihm immer alles vergeben würden, was er ihnen auch antat.

Die Tage vergingen mit vielen Pflichten und nach drei Monaten fragte keins der Kinder mehr nach dem Paputschi.

Ihre einstige Freude und ihr helles Lachen fand Sarafina immer nur dann, wenn sie mit Myriana zusammen war. Ansonsten erfüllte sie eine tiefe Ernsthaftigkeit. Mit Jamyra zusammen dienten sie voller Ehrfurcht im Tempel.

Blanche kam drei Monate nach Jeshuas Abreise und begann ihr Leben auf dieser Erde mit nicht enden wollendem Gebrüll. Magdalena wiegte sie in ihren Armen. Nichts nützte. Sie selbst hatte zum ersten Mal Geburtsschmerzen erlebt.

Fassungslos, mit offenen Mündern schauten ihre Geschwister auf das schreiende Bündel in Magdalenas Armen und schlichen dann traurig davon. War das eine Folge, weil ihr Paputschi nicht hier war?

Jeshua hatte Johannes als seinen Stellvertreter für die Familie gewählt und Johannes nahm diese Aufgabe sehr ernst. Er beschäftigte sich intensiv mit Blanche, hielt sie in seinen Armen, damit sich ihre weibliche Kraft mit seiner männlichen Gegenwart aktivieren und stabilisieren konnte. Die Kinder liebten Johannes ja auch, aber eben als Onkel. Er konnte nicht Jeshua bei Blanche ersetzen, obwohl er ja inzwischen ein hoher Eingeweihter war.

Bereits zwei Wochen nach ihrer Geburt wurde Blanche von Sanada und Sananda abgeholt, um im goldenen Bad Heilung vom Geburtsschmerz zu erfahren. Auch auf die Schulungen wurde sie vorbereitet, denn in dieser Lebensphase nehmen Kinder alles besonders intensiv auf und lernen am meisten.

Mit drei Jahren hatte Blanche die Reife einer Achtjährigen. Nun war es vorbei mit den Besuchen auf der Lichtinsel. Aber das Leben ging weiter und keiner hatte große Sehnsucht danach. Magdalena stellte fest, dass Maria in den letzten Jahren aufgelebt war und Jeshua nicht zu vermissen schien.

Vielleicht war Magdalena die Einzige, die voller Sehnsucht an Jeshua dachte. Sie sah die Kinder erwachsen werden: Sarafina und Jamyra waren wunderschöne junge Frauen und die beiden Jungen entwickelten sich zu jungen Männern, die alle weiblichen Wesen, aber besonders ihre Schwestern verehrten. Jeder Tag war voller Freude und Harmonie.

Nur Blanche, die Kleine, rastete des Öfteren aus, kam leicht in Wut, war auch voller Stolz. Und es verletzte sie tief, wenn alle anderen von ihrem Paputschi sprachen und sie nicht mitreden konnte.

Doch eines Tages landete der Transporter im Garten und Jeshua stieg aus, gerade als Magdalena am Haus stand und zum Ozean hinunterschaute. Er sah sie und breitete seine Arme weit aus. Doch sie konnte ihm nicht wie früher entgegenfliegen und sich hineinwerfen. Ganz langsam ging sie auf ihn zu, blieb vor ihm stehen und hätte sich am liebsten ohrfeigen können, als sie sich sagen hörte: „Bist du es wirklich?"

Er ignorierte ihre Steifheit und nahm sie einfach in seine Arme, löste sie vom Erdboden und wirbelte sie um sich selbst. „Oh meine Liebste! Was bin ich glücklich, wieder hier bei euch zu sein. Nie wieder verlasse ich dich. Kaum dass ich dort war, wollte ich auch schon zurück. Aber Vater hat es mir verweigert, auch das vorzeitige Abholen."

„Lass mich sofort runter", forderte Magdalena ziemlich laut.

Sogleich setzte er sie ab und schaute sie verwundert an.

Magdalena fühlte sich völlig verunsichert. Würde sie ihren gewonnenen Frieden nun wieder verlieren, wenn er erneut auf seine Reisen ginge? Sie kam nicht mehr zum Nachdenken, denn plötzlich gingen die Türen auf und die Kinder schauten neugierig, was es da wohl gäbe, warum ihre Mutter laut geworden war.

Drei Jahre hatten die Kinder verändert und Jeshua stutzte, als sie nun langsam auf ihn zukamen.

Sarafina löste sich aus dem Pulk und flog ihm entgegen mit dem Jubelschrei „Paputschi!". Er nahm sie in seine Arme und drückte sie an sich wie einst Magdalena.

Magdalena sah Blanche hinter Myriana hervorschauen. Verwirrt irrten ihre Augen von Jeshua zu Magdalena. „Mama, wer ist der Fremde, der dich im Arm hielt?"

Am liebsten hätte Magdalena sie in den Arm genommen mit den Worten „Das ist dein Papa! Er ist endlich wieder hier! Lasst uns feiern!". Aber der Ausdruck in ihrem Blick ließ Magdalena sich hinhocken, um in

Augenhöhe mit ihr zu sein. „Blanche, Liebes, das ist kein Fremder. Das ist dein Vater, von dem deine Geschwister immer erzählt haben. Er ist endlich wieder von seiner Reise zurück!"

Blanche nahm ihren Blick von Magdalena fort, legte den Kopf schief und schaute zu Jeshua. Der hatte an einem Arm Sarafina und am anderen Jamyra hängen und kam, gefolgt von den Jungen, langsam auf sie zu.

„Oh Blanche, wie sehr habe ich mich gesehnt, dich zu sehen", sagte Jeshua und ging vor ihr in die Hocke.

„Und warum bist du dann nicht gekommen?", fragte sie provokativ und legte damit eine Distanz zwischen sich und ihn. Er war sichtlich verwirrt.

„Weil ich sehr weit weg war", antwortete er wahrheitsgemäß.

Sie sah ihm selbstbewusst in die Augen und er hielt diesem Blick stand. Was hatte sie in seinen Augen gelesen? Sie lächelte plötzlich. „Und jetzt muss ich Papa zu dir sagen?"

„Nur wenn du es möchtest", sagte Jeshua leise.

„Ich werde es mir überlegen", meinte sie, drehte sich um und lief ins Haus zu Johannes.

Jeshua richtete sich auf. „Ich habe die jungen Männer noch gar nicht richtig begrüßt", sagte er leichthin. Doch Magdalena fühlte, dass die erste Begegnung mit Blanche ihn erschüttert hatte. Die Begrüßung mit seinen Söhnen war herzlich, doch die Fremdheit zwischen allen war deutlich zu spüren.

Aber die Kinder wollten viel wissen und durch die vielen Fragen und Antworten kam die Nähe zurück. Nicht so wie früher. Sie waren ja inzwischen älter.

Auch Blanche kam zurück und äugte neugierig zu ihrem Vater hin. Sie war die Einzige hier, der dieser Mann völlig fremd war.

„Mama", flüsterte sie leise, „wohnt er jetzt hier mit uns?"

„Ja, Liebling. Er ist doch dein Papa und mein Mann. Er war sehr lange fort, weil er krank in seiner Seele war. Er hatte schlimme Erfahrungen gemacht und konnte nur dort, fern von uns, richtig gesund werden. Ich weiß, dass du ihn bald genauso lieb hast, wie deine Geschwister und ich ihn lieben."

Der Abend nahte, als Sarafina sich plötzlich erhob. „Jetzt haben wir Paputschi lange genug ausgequetscht. Wir können morgen weitermachen", sagte sie voller Ernst zu ihren Geschwistern. „Mama und Papa haben sich noch gar nicht richtig begrüßt. Es ist an der Zeit, dass wir sie allein lassen. Mama, heute bringen Jamyra und ich die anderen zu Bett. Verabschiedet euch!", forderte sie ihre Geschwister auf. Und alle folgten ihr aufs Wort. Nach kurzer Zeit waren Jeshua und Magdalena allein.

Plötzlich war es ganz still.

„Wie erwachsen sie geworden sind", sagte Jeshua wehmütig. „Was ich alles versäumt habe!" Er seufzte.

„Oh ja, eine ganze Menge", bejahte Magdalena. „Aber nun bist du wieder hier und kannst Darian und Aman in ihr Mannsein führen. Ich werde Sarafina und Jamyra aus der Kinderzeit entlassen und sie als gleichwertige Frauen und junge Priesterinnen in mein Leben integrieren."

„Ach, Liebste, kannst du mir jemals verzeihen, dass ich dich, dass ich euch allein gelassen habe?" In seiner Stimme schwang so viel Hoffnung mit, dass Magdalenas Herz voller Mitgefühl überfloss.

„Ich muss dir nichts verzeihen, Jeshua. Ich kann nur hoffen, dass du in dir deinen Frieden gefunden hast, so wie ich ihn in mir fand." Wie von allein hob sich ihre Hand und legte sich auf seine. Sie spürte ihn und Freude kam endlich in ihr hoch.

„Du hast Maria noch gar nicht begrüßt. Ob sie schon weiß, dass du da bist? Geh sie begrüßen. Und Josef auch. Dann lass uns an den Strand gehen, um uns wiederzufinden. Dort ist es am schönsten, wenn es dunkel wird."

Er drückte ihre Hand und verließ leise den Raum.

Allein mit sich an diesem Tag kamen die Gedanken, die Fragen, ob er seinen Frieden gefunden hatte, ob es wieder wie früher werden würde ...?

Mit einem Lächeln auf den Lippen trat er zu ihr. „Nun komm, Geliebte, lass uns an den Strand gehen. Wie habe ich das Meeresrauschen vermisst! Vor allem aber dich und unser gemeinsames Leben!" Er legte seinen Arm um ihre Taille und während sie gingen, stieg in Magdalena die Freude hoch über die vertraute Berührung, die sie so sehr vermisst hatte. Jetzt konnte sie es sich eingestehen. In der vergangenen Zeit hatte sie es sich nicht erlaubt, glaubte, dass sie sich damit schwäche. Dabei wollte sie doch für die Kinder und ihre Schülerinnen stark sein. Je länger sie ihm nun zuhörte, desto mehr ging ihr das Herz auf und alle unterdrückten Gefühle durchströmten sie.

Und hier am Strand, nach Stunden des austauschenden Gesprächs, fanden sie wieder zueinander, fanden die vollkommene Göttlichkeit in der vereinigten Energie von männlicher und weiblicher Kraft.

In den nächsten Tagen staunte Jeshua, was sich in drei Jahren alles verändert hatte. Die Akademien waren dermaßen gewachsen, dass eine Warteliste eingeführt worden war.

Sarafina gründete die Akademie der schönen Künste. Sie konnte herrlich malen und gab die Techniken an andere weiter.

Jamyra hatte zu komponieren begonnen. Sie wollte eine Akademie für Musik gründen und suchte überall Instrumente dafür.

Myriana liebte Gesang und Tanz, war in beidem meisterhaft und wollte zusammen mit Jamyra die Musikakademie führen.

Darian und Aman hatten sich noch nicht festgelegt. „Wir müssen noch eine Menge lernen", hatte Darian auf Jeshuas Frage geantwortet. „Aber wahrscheinlich werden wir dann wie Johannes arbeiten." Er zog die Schultern hoch wie stets, wenn er Unsicherheit anzeigen wollte, und schaute zu Aman hin.

Der winkte lachend ab. „Ist ja noch so viel Zeit!", meinte er leichthin.

Jeshua teilte sich seine Zeit jetzt anders ein als früher. Er verbrachte viel Zeit mit den Kindern. Dadurch verschwand die Fremdheit sehr schnell und machte der alten Vertrautheit Platz.

Magdalena stellte sehr schnell fest, dass sich Jeshua stark verändert hatte. Er hatte sein Menschsein endlich angenommen und war für alle der warme, mitfühlende Mensch, der für jeden das rechte Wort fand. Alle liebten ihn und seine Schüler lagen ihm zu Füßen.

Nur Blanche hatte so ihre Schwierigkeiten und Magdalena erkannte oft sich selbst als junges Ding in ihr wieder. Blanche wurde schnell zornig, wie sie es einst war. Sie war ebenso stolz und temperamentvoll, hatte oft das letzte Wort und lief letztendlich zu Johannes statt zu ihrem Vater.

Im Laufe der Jahre hatte Maria ihre Töchter und Enkelinnen mit nach Avalon nehmen können. Ihre Tochter Jaana hatte dort die Liebe zu einem jungen Eingeweihten gefunden und wollte sich mit ihm verbinden. Sie würden auf Avalon leben.

Auch Joseph durfte Avalon besuchen und schloss sich dort den Priestern an, die genauso selbstverständlich auf Avalon lebten wie die Priesterinnen. Hier war alles noch in vollkommener Synthese von weiblicher und männlicher Energie so wie in den einstigen lichtvollen Welten und auch auf der jungen Erde.

Auch Myriana fühlte sich stark nach Avalon hingezogen. Sie liebte besonders Aileen und Wynda und genoss deren hohe Energien sichtlich.

Nur Blanche kapselte sich mehr und mehr ab. Sie hatte sich zwar an Jeshuas Anwesenheit gewöhnt, blieb aber immer distanziert, je älter sie wurde, desto mehr. Manchmal machte sie sich sogar offen lustig über ihn und fand ihn sterbenslangweilig, genau wie ihre Geschwister und Mutter.

Als Johannes dieses Leben verließ, verlor sie jeden Halt, den sie besonders jetzt in der Pubertät gebraucht hätte. Sie kam tagelang nicht mehr nach Hause und wenn doch, verschwand sie am nächsten Morgen wieder. Sagen ließ sie sich hier von keinem mehr etwas.

An einem schönen Sommertag ging Jeshua in der Mittagspause hinaus in den Garten und überraschte Blanche mit einem jungen Mann, beide nur noch dürftig bekleidet. Einen Moment war er fassungslos. „Zieh dir was an!", verlangte er zu Recht, denn es konnten immer auch Schüler oder Schülerinnen hier erscheinen.

„Ich mache, was ich will!", warf sie ihm schnippisch an den Kopf. Der junge Mann grinste und rührte ebenfalls keinen Finger, um sich wieder anzuziehen. Er schien sich zu amüsieren, je mehr die beiden sich in Rage redeten.

Auf den Lärm hin kamen auch Maria, Joseph und Magdalena gelaufen und starrten entsetzt auf die Szene. Inzwischen schrien sich Jeshua und Blanche an, wobei SIE immer schriller wurde und er immer leiser.

„Warum?", stieß Magdalena in einer Atempause Blanches mit tränenerstickter Stimme hervor. Sie wollte noch mehr sagen, aber ihre Stimme versagte.

Blanche schnellte herum. „Warum? Na, weil ich ihn liebe und mit IHM leben will. Darum!", schrie sie ihre Mutter an.

Maria schaute verzweifelt auf den jungen Mann, dessen Aura so dunkel war, wie sie sie seit Jerusalem nicht mehr sah.

„Was wird aus unserer Mission? Oder sollten wir auch Dunkelheit säen? Kann hier auf Erden denn nichts ohne Dunkelheit sein?", fragte Maria geschockt und versuchte, mit einer Hand Blanches Kleid vor ihre Nacktheit zu ziehen.

Blanche schob ihre Hand beiseite. „Omama, versteh mich bitte", sagte sie fast bittend und mit normaler Lautstärke. „Ich liebe ihn und werde mit ihm gehen. Ich muss es ja, denn ich bekomme sein Kind." Plötzlich sah sie aus wie das kleine Mädchen, das einen Fehler beichtete.

Maria erschrak und musste an die unglückliche Sarah, Magdalenas Mutter, denken. Muss sie denn denselben Fehler wie ihre Großmutter machen?

„Was bekommst du?", fragte Magdalena tonlos.

Jeshua ermannte sich zuerst und ging auf sie zu mit ausgebreiteten Armen. „Ein Kind! Wie schön, Blanche!", sagte er und wollte sie in die Arme schließen.

Doch sie drückte ihn weg.

Er trat ein wenig zurück. „Ist doch kein Grund zur Heirat. Du bist doch noch viel zu jung! Es kann hier aufwachsen und wenn du IHN in ein paar Jahren immer noch willst ... Jetzt willst du doch nur gegen mich rebellieren."

Blanche schoss Röte ins Gesicht. „Du hast mir gar nichts zu sagen!", schrie sie erneut los. „Glaubst du wirklich, mein Kind soll so ein Langweiler werden wie du? Ihr alle langweilt mich doch zu Tode, seit ich denken kann!"

Magdalena tat einen schnellen Schritt und knallte ihr die flache Hand ins Gesicht. Noch nie hatte sie eins ihrer Kinder geschlagen. Sie war selbst so erschrocken, dass sie entsetzt ihre Hand anstarrte und zurücktrat. Maria nahm sie verständnisvoll in ihre Arme, wäre sie doch beinahe ebenfalls so ausgerastet.

Blanche fasste die Hand des jungen Mannes und ihre Augen schossen Blitze zu den Eltern. „Komm, Ronaldo, hier habe ich nichts mehr zu suchen. Es war ja niemals mein Zuhause und jetzt schon gar nicht mehr. Ich hasse euch alle mehr als die Pest!" Sie zog den jungen Mann fort, der wie ein Sieger zu den Alten hinlächelte.

„Blanche!", rief Magdalena kläglich. „Komm zurück! Das sagst du nur alles im Zorn!" Sie lief ein paar Schritte hinterher.

„Du ahnst gar nicht, wie sehr ich das meine!", schrie Blanche zurück. Sie sagte etwas zu dem jungen Mann und beide begannen, lachend davonzurennen.

Magdalena stand mit hängenden Armen und blickte erschüttert hinter ihnen her. Dann wandte sie sich zu Jeshua um. „Sag, dass das nicht wahr ist. Das muss ein Traum sein! Meine Tochter rennt mit diesem Ungeheuer fort!" Sie schluchzte an Jeshuas Brust.

Auch ihm liefen Tränen über die Wangen und stumm legte er seine Arme um sie.

Unbemerkt waren irgendwann Sarafina und Jamyra dazugekommen und blickten nun entsetzt den Davonlaufenden nach.

„Warum habt ihr sie nicht aufgehalten?", fragten beide gleichzeitig.

Magdalena hob den Kopf und sah Jeshua an. „Ja, warum hast du sie nicht aufgehalten?"

Perplex schaute er sie an. „Ich? Gerade ich? Ja wie denn? Für sie wäre es vielleicht besser gewesen, wenn ich nie zurückgekommen wäre. Dann wäre das heute wohl nicht passiert", sagte er bitter.

„Paputschi", sagte Sarafina tröstend mit der Anrede aus Kindertagen. „Das darfst du nicht mal denken! Blanche war schon immer anders als wir und hat unser Leben nie geliebt. Hat sie mir oft genug gesagt. Manchmal müssen wir auch loslassen können. Aber sie muss wissen, dass sie immer zurückkehren kann!"

„Sarafina hat Recht!", sagte Magdalena und straffte sich. „Komm, Jeshua, lass sie uns suchen!" Sie griff Jeshuas Hand und zog ihn fort.

Sarafina und Jamyra hakten sich bei Maria und Joseph ein und zogen sie ins Haus, wo sie ihnen einen kleinen Imbiss und Tee richteten. „So, nun esst und trinkt erst mal ein bisschen, damit ihr wieder ruhig werdet", sagte Jamyra und Sarafina setzte tröstend hinzu: „Es wird bestimmt alles wieder gut."

Aber es wurde nicht wieder gut. Magdalena und Jeshua kamen erst am Abend deprimiert zurück und ließen sich in die Sessel fallen.

„Wir haben zwar das Haus des Freundes gefunden, aber sie hat uns rausgeschmissen!"

„Wir konnten ihr nur sagen, dass sie immer zurückkehren kann, wenn sie es sich anders überlegt."

„Mehr haben wir nicht erreicht!"

„Aber das reicht doch!", meinte Jamyra und streichelte Magdalenas Hände, die in ihrem Schoß unruhig zuckten. Nur langsam hörte das Zucken auf. Sarafina saß neben Jeshua und hatte den Kopf an seine Schulter gelehnt.

Blanche meldete sich nicht mehr. Von anderen Leuten erfuhren sie, dass sie mit Ronaldo die Stadt verlassen hätte.

Gemeinsam – Jeshua durfte diesmal auch mit – reisten sie nach Avalon. Hier wurde ihnen gesagt, dass sie sich keine Schuld einreden dürften, denn Blanche hätte eben ihren freien Willen genutzt und für sich das Leben gewählt, für das sich ihre Seele von Anfang an entschieden hätte. „Frei von jedem Urteil könnt ihr aber immer Wellen der Liebe zu ihr schicken", rieten ihnen die Priesterinnen und Priester.

Die Zeit verging, Sarafina, Jamyra, Aman und Damian hatten junge Priester und Priesterinnen geheiratet, die hier ausgebildet worden waren, und Kinder mit ihnen bekommen, als Maria und Joseph beschlossen, gänzlich nach Avalon überzusiedeln. Hier lebten mit ihnen auch drei Enkelkinder.

Wann immer sie wollten, brachte Wynda sie zurück zu Jeshua und den anderen. Dreizehn Urenkel konnten sie noch begrüßen, bevor sie sich von ihren Körpern trennten.

Joseph ging als Erster, acht Jahre später folgte ihm Maria in der Gewissheit, ihre Mission erfolgreich erfüllt zu haben, denn überall breiteten sich ihre, Magdalenas und Jeshuas Lehren aus. Und überall wurden Kinder geboren mit den vollkommenen Genen, mit der neuen DNA.

Doch die dunklen Mächte schliefen nicht. Jede Seele, die sich ihnen entzieht, schwächt sie und ihre Macht auf der Erde.

Sie kehrten zurück mit ihren Raumschiffen und bestärkten mit ihren Versprechungen von Macht und gutem Leben nicht nur die Machthaber in Palästina und Rom, sondern überall auf der Erde.

So bastelten sie zusammen eine neue Lehre, die als Zeichen das Marterkreuz hatte, machten aus Jeshua den Jesus Christus und verdrehten seine Lehren. Aus der Priesterin Maria, seiner Mutter, wurde die Mutter Gottes und Magdalena wurde zur Hure gestempelt und aus dem Gedächtnis gestrichen.

Das Merowingerreich, in dem noch Könige mit großer Weisheit die Menschen lenkten, wurde geschwächt durch die ersten Bekehrten, die jedoch noch dem alten Glauben anhingen. Viel zu viel, wie die Eiferer und Bekehrer wie Bonifatius feststellten, der 724 die Donareiche bei Geismar fällen ließ.

Schon vorher wurde die Lichtinsel im Süden Frankreichs überfallen, ausgeplündert und dem Erdboden gleichgemacht. Nichts sollte mehr daran erinnern!

751 wurde der letzte Merowingerkönig vertrieben und Pippin übernahm das Reich, das nach ihm sein Sohn Karl bekam. Karl der Große war sehr rührig und schlachtete schnell mal 4.500 gefangene Sachsen ab. Da-

mit begann die Karolingerzeit und das große Massaker an allen „Heiden" und Andersgläubigen, wie die Katharer und Templer (1313 letzter Großmeister hingerichtet). Die Inquisition fand immer einen Grund. Dann begannen die Frauen, die „Hexen", zu brennen. Warum wohl? Frauen mit ihren Genen waren die größte Bedrohung der dunklen Mächte.

Auch heute noch. In unserem Land geschieht es nur diffiziler und nicht mehr so offen wie z.B. bei den Türken.

Doch allem zum Trotz soll es in den östlichen Pyrenäen Verstecke geben, die große Reichtümer und vielleicht sogar die Gebeine Jeshuas enthalten. Zu allen Zeiten gab es Wächter, auch heute noch. Und wenn die Zeit reif ist, wird das Geheimnis offenbar.

Nie haben die dunklen Mächte alle Trägerinnen ausrotten können und gerade im deutschsprachigen Raum sind neue Lichtoasen entstanden. Der Harz strahlt geradezu in den Raum.

Rühren dich Themen wie Telepathie oder Wiedergeburt an? Dann trägst du wahrscheinlich auch die lichtvollen Gene und kannst sie aktivieren.

Doch die dunkle Seite schläft nicht. Mit Lügen und Halbwahrheiten schürt sie Angst und Unsicherheit. Dazu gehört auch das Auftauchen von UFOs.

Die lichten Kräfte kommen nicht mit solchen Geräten, entführen keine Menschen und entwürdigen sie nicht bei irgendwelchen Untersuchungen, Blutentnahmen und, und, und.

Sie wollen der Liebe und dem Licht helfen, sich auf der Erde und in den Menschen zu verankern.

Deshalb prüfe, was du in dein Leben integrierst! Angst, Hass, Neid ... schwächen dich und stärken die andere Seite.

Habe Mitgefühl und tue Gutes, denn was du dem Geringsten tust, das tust du auch für die lichten Kräfte und für dich und dein geistiges Wachstum.

Nachwort

Mit dreizehn Jahren habe ich, weil kein anderer Lesestoff in meiner Familie greifbar war, die Bibel von vorn bis hinten gelesen. Viele, viele Fragen tauchten bei mir auf. Was waren „Elohim" oder die „Nephilim"? Wieso konnten Sonne und Mond stillstehen? Und warum mussten Moses und andere auf Berge steigen, um mit Gott zu sprechen? Wieso strafte Gott?

Keine dieser und vieler anderer Fragen konnte mir beantwortet werden. Erst jetzt im Alter bekomme ich Antworten, und zwar auch durch die moderne Physik. Sie beweist heute all die Mysterien, die auch in diesem Roman sichtbar werden und vielen märchenhaft erscheinen müssen, wenn sie sich nicht mit all den Erkenntnissen in der jetzigen Welt beschäftigt haben.

Trotzdem konnte ich nur dank der vier unten genannten Bücher diesen Roman schreiben und fühlte mich dabei, als sei ich mittendrin.

Eva-Maria Ammon & Sananda, Tatort Jesus 1
Eva-Maria Ammon & Sananda, Tatort Jesus 2
Eva-Maria Ammon, Maria – Die Mutter Jesu im Wandel der Zeiten
Eva-Maria Ammon & Myriam von Magdala, Maria Magdalena – Jetzt rede ich!

Alle erschienen im Smaragd-Verlag

Die Bergpredigt habe ich vollständig übernommen aus: Tatort Jesus 1, S. 175 ff.

Ursula Schneiderwind